언젠가 내가 돌아오면

언젠가 내가 돌아오면

ⓒ전경린, 2005

초판 1쇄 인쇄일 | 2006년 1월 6일
초판 3쇄 발행일 | 2006년 1월 20일

지은이 | 전경린
펴낸이 | 김현주
펴낸곳 | 이룸

편집인 | 황남상
디자인 | 김경미
제　작 | 김동영, 조명구

출판등록 | 1997년 10월 30일 제10−1502호
주소 | 121−840 서울시 마포구 서교동 395−172 상록빌딩 2층
전화 | 편집부 (02)324−2347, 영업부 (02)2648−7224
팩스 | 편집부 (02)324−2348, 영업부 (02)2654−7696
e−mail | erum9@hanmail.net
Home page | http://www.erumbooks.com

ISBN 89−5707−194−6(03810)

값 9,500원

● 잘못된 책은 교환해 드립니다.
● 저자와의 협의하에 인지는 붙이지 않습니다.

34147974 9/06

언젠가 내가 돌아오면

전경린

HILLSBORO PUBLIC LIBRARIES
Hillsboro, OR
Member of Washington County
COOPERATIVE LIBRARY SERVICES

이룸

| 작가의 말 |

　살아가는 동안 우리는 이곳에서 저곳으로, 자신에게서, 또 타인에게서, 떠나고 또 떠난다. 그리고 몇 번이고 돌아오고 또 돌아온다. 현재와 과거와 미래 속에서 조각조각 흩어져 버리지 않기 위해 우리는 현실의 위태로운 외줄을 타지만 우리가 딛는 현실이란 머물 수 없는 것이고, 늘 무언가를 상실해 가는 것이고, 또 늘 무언가를 소망하게 하는 구차한 것이어서 존재는 편안할 날 없이 자꾸만 찢기고 나뉘고 끝없이 갈라진다.

　현실이란 단어를 사전으로 찾아보면, 가능적 존재에 대한 현재적 존재라고 해석되어 있다. 삶과 희망 사이에서, 시간들과 공간들 사이에서 가능태로서의 나와 답답하고 막막한 현재적 나 사이에서, 삐걱이고 어긋나고 헛돌고 비켜 가면서, 나는 이곳의 나와 잠시, 혹은 오래, 어쩌면 영원히 헤어져 살아간다. 그러므로 해질 무렵에 시간이 붕괴하듯 내면의 벽을 타고 흘러내리는 두려움과 슬픔의 밀의는 바로 이산된 자신을 향한 그리움의 통각이 아닐까.

　삶의 궁극인 영원이란 지금 이곳에, 모든 나가 동시에 모여든 일치의 순간을 말하는 것인지 모른다. 우리는 누구나 그런 절정을 향해 살아간다. 그것은 내가 내게로 온전히 돌아오기를 기다리는 일이기도 하다. 이 소설은 그렇게 자기로부터 떠나가고 또 돌아오는 사람들의 이야기이다. 세상 끝까지 갔다가 되돌아오는 눈처럼, 비와 구름과 안개처럼…….

　최근에 '우분투'라는 새로운 말을 들었다. 남아프리카 줄루족의 말인데 사람은 다른 사람들을 통해 사람이 된다는 의미이며 서로의 안녕을 가리키는 말이란다. 우분투, 하고 아름다운 인사를 혼자 해 본다. 경계를 넘어 이 세계 전체로 퍼져 나가는 잔잔한 파문이 느껴진다. 사랑하는 사람들뿐 아니라, 단 한 번 얼굴을 스쳤던 사람들도, 모르는 사람들도, 한때 내게 잘못을 했던 사람들과 내가 잘못을 했던 사람들도 모두 안녕하기를……. 그래서 우리들 모두 스스로 평화롭기를…….

| 차례 |

작가의 말

삶이 깊어질수록   11
불가능으로 둘러싸인 섬들   57
뜻밖의 손님   87
욕망이란, 사라진 별을 그리워하는 거야   115
내가 바이킹을 타는 이유는   159
아무도 사랑한 것을 모욕할 순 없어   189
진실과 거짓의 레이스 조각   215
그건 한 사람이 너무 불행했기 때문이었어   235
우리는 저마다 혼자인 이교도들   259

에필로그

삶이 깊어질수록

1

눈이 내리는 플랫폼에 승객을 부린 기차는 굉음과 눈바람을 일
으키며 서둘러 소읍의 역을 떠났다. 3월의 눈은, 누군가를 보고자
하는 희원이 삭고 삭아 세상 끝에서 하얗게 거품 져 내리는 듯했
다. 네 시간 전부터 내리기 시작한 눈은 처음엔 지상에 닿자마자
번번이 녹곤 했지만, 결국 제 몸을 바닥 삼아 뭉실뭉실 쌓였다. 기
차 바퀴가 푸른 불꽃을 일으키며 달려간 선로는 주변에 덮인 눈으
로 인해 지하로 빠져 드는 통로처럼 검고 선명했다. 눈이 녹으면
흰색은 모두 어디로 사라지나……, 언젠가 읽었던 문장이 떠오르
며 이마 위로 자막처럼 글자들이 또박또박 지나갔다.

사랑하는 두 사람이 헤어지면, 사랑은 모두 어디로

사 라 지 나…….'

혜규는 흐리면서도 환한 은회색 공기 너머로 양쪽 선로의 끝을
아득한 눈으로 바라보았다.

어린 시절 혜규는 그 모든 궁금증과 함께 선로 양쪽 끝의 세계
들을 동경해 공연히 상행선과 하행선 역사들의 이름을 외웠지만,
이제는 어릴 때 몰랐던 세상의 온갖 비밀을 다 알아버린 느낌이
들었다. 어린 시절의 그물이 아직 비어 있었듯이, 동경이 스러진
자리 역시 구멍이 숭숭 뚫린 그물자루 같이 비어 있었다. 대신 그
그물자루 속으로 무엇이든지 들어오고 무엇이든지 흘러 나갔다.

딸이나 아들 집에 다녀오는 듯한 노인 셋과 대학생 같은 여자
애 하나와 서류 가방을 든 중년 남자를 뒤따라 플랫폼 앞의 선로
를 건너고 개찰구를 지나 텅 빈 역사를 빠져나가니 혜도와 조그만
사내아이 하나가 눈을 맞고 서 있었다. 새하얀 얼굴에 박힌 혜규
의 눈동자와 마주치자 혜도는 그 특유의 미안해하는 표정으로 싱
긋 웃다가 눈을 둥그렇게 떴다. 시간이 흘러갔고 먼 곳에서 다른
경험을 하고 다른 것을 보았으며 이제 삶에 피로를 느끼는 나이가
되었지만 타인의 눈을 깊숙이 들여다보는 혜규의 버릇은 변함없
었다. 약간 낡은 눈동자는 아주 먼 곳에서 바깥을 내다보듯 흩날
리는 눈송이 사이로 혜도를 응시했다. 눈 속의 홍채가 자전거의
바퀴살처럼 굴러와 가만히 멈추어 서는 듯했다.

"눈 밑의 푸른 점이 없어졌구나."

혜도는 혼잣말처럼 중얼거렸다. 머리 위에 눈송이를 인 부자는

한 손에 눈 뭉치를 들고 있었다. 얼굴이 넙적하고 볼이 붉은 아이는 어째야 하느냐는 듯 제 아빠를 올려다 보았다. 혜규는 양손에 트렁크와 가방을 든 채 난감하게 웃었다. 혜도의 장난스러운 사인이 떨어지자 아이가 눈 뭉치를 던졌다. 눈 뭉치는 제법 야무지게 미색의 폭넓은 스프링코트에 감싸인 배 부분을 툭 맞히고 부서졌다. 혜규는 두 손이 묶인 포로처럼 고스란히 눈 뭉치를 맞았다. 타격 때문이 아닌데도 배 속 깊은 데가 찔리듯 아파왔다. 아이는 해죽 웃더니 동그랗게 눈을 뜨고 혜규의 반응을 살폈다. 혜도는 손에 든 눈 뭉치를 눈 위에 툭 떨어뜨렸다. 그 단순한 동작에서 혜규는 혜도의 본질인 허탈을 와락 조우했다. 검은색 면바지와 검은색 점퍼를 입은 혜도의 얼굴엔 어김없이 쑥스러운 표정이 떠올라 있었다.

혜규는 트렁크와 가방을 바닥에 놓았다. 그리고 조심스럽게 아이의 어깨 위에 손을 올렸다. 아이는 살이 쪄 볼이 미어져 터질 듯했다. 두툼한 겨울 방수코트에 감싸인 다섯 살짜리는 키보다 옆둘레가 더 컸다. 조카와의 첫 만남이었다. 첫눈에 반한다는 것의 비밀을 혜규는 알고 있었다. 그것은 한 얼굴에서 소년과 노인과 아이와 어른과 생탄과 죽음을 동시에 마주치는 것이다. 한 존재가 그런 식으로 덮쳤다면, 몇 번 만났건, 몇 마디 대화를 나누었건 그는 이제 모르는 사람이 될 수 없다. 혈육이란 첫눈에 반하는 것 같은 그런 비밀을 품고 있다.

"네가 문기구나."

닮은 데가 없는 듯하면서도 아이의 이목구비 선이 오빠 혜도를 닮아 여렸다. 혜도를 닮아 자라다 만 채 나이 들어 갈 장래의 모습이 눈에 어른댔다. 혜규는 속수무책의 연민을 밀어내며 온기가 밴 스카프를 풀어 아이의 목에 감아 주었다. 뺨이 붉어진 아이는 이내 혜규에게서 풀려나 혜도 곁으로 가 붙었다.

"이게 뭐냐?"

혜도는 의외인지 비닐 가방 속에 든 화분을 들여다보았다.

"로즈메리 향이 우울증을 달래 준다고 해서 엄마 방에 놓을까 하고 사 왔어."

그렇게 말하면서도 혜규는 노인성 우울증이라는 엄마의 병명을 구체적으로 실감하지는 못했다.

"짐은 이게 다야?"

혜규가 고개를 끄덕이자 혜도의 눈에 실망이 어렸다.

"짐 보니, 금방 돌아갈 사람 같구나."

그것은 혜규도 모를 일이었다. 처음엔 가구들을 다 버리고 옷과 책, 몇 가지 소품과 오디오 정도만 택배로 부칠까 하는 생각도 했다. 그러다가 고스란히 이삿짐센터에 맡길까도 생각했다. 모두 버리기도 서운하고, 둘 곳도 없는데 싣고 오기도 대책 없었다. 혜규의 마음도 그 사이에서 작정을 못하고 흔들렸다. 혜규는 셋집의 살림을 그대로 두고 빠져나왔다. 한 달 혹은 석 달, 어쩌면 반 년…….또 어쩌면 영영 돌아가지 않을지 알 수 없었다. 혜도는 혜규의 짐을 트렁크에 실었다.

작은 역 광장 양편에는 국밥집들과 콜택시 사무실과 자전거 수리점, 치킨 가게 같은 퇴락한 단층 가게들이 늘어서 있었다. 역 바로 앞 가게 둘은 폐점 상태였다. 붉은 페인트로 쓴 상호가 남아 있는 유리창은 흙먼지 더께가 부옇게 낀 채 더러 깨어졌고 미닫이문들은 틀어져 사이가 벌어져 있었다. 그 틈으로 눈송이가 날려 들어갔다. 그 안엔 먼지가 고르게 덮여 있을 것이고 그 위로 오래 흔들리지 않은 공기가, 마치 고형인 듯 단단한 형체를 이루고 있을 것이다. 의자가 넘어져 있고 낡은 액자와 달력이나 선풍기가 벽에 붙어 있고 신발짝이 뒹굴고 깨어진 접시 조각과 국자 같은 것이 바닥에 흩어져 있을 것이었다. 어딘가에 처박혔을 수저통 안에는 무수한 입 안으로 드나들었을 수저들이 한 덩이로 녹슬어 갈지 모른다. 사물과 생물의 차이는 생물 쪽의 분자구조가 조금 더 복잡할 뿐이라고 했다. 혜규는 그즈음 표정을 잃고 서서히 사물화되어 가는 존재들의 낙심과 시간을 축적해 가다 어느 순간 살아 움직일 것만 같은 사물들의 기척을 자주 느꼈다. 어쩌면 우리는 사람과 코끼리와 은행나무와 서랍과 비단과 숟가락과 달력과 물로 돌아갈지 모른다. 어쩌면 그것의 전생으로부터 왔는지도 모른다. 차가 출발해 커브를 돌며 역을 빠져나갔다. 경찰서와 버스터미널을 지나고 읍 상가 거리로 들어섰을 때, 의식적으로 호흡을 조절하는데도 소용없이 부정맥이 뛰기 시작했다.

대형 마트와 의류체인점들이 들어선 읍의 거리 풍경은 사뭇 달랐지만 피 속에서 비상벨 소리처럼 울려 나오는 기억의 힘은 완강했다. 혜규의 발자국들이, 바늘이 더 들어가지 않는 겹겹의 박음질처럼, 검게 퇴적층을 이룬 거리였다. 어린 시절부터 스물일곱 살이 될 때까지 조금씩 다른 크기로 다른 옷을 입고 다른 표정을

삶이 깊어질수록 15

짓고 다른 모습으로 변해 온 수많은 자신이 눈 덮인 거리를 가득 메웠다. 기억 속의 거리엔 혜규 한 사람만 해도 너무 많은 발자국을 가진 행인이었다.

예전의 네거리 자리는 알아보기 어려웠다. 100미터를 지나 어느새 네거리에서 정지신호를 받고 차가 섰다. 혜규는 오른쪽으로 고개를 돌리고 무심히 뒤돌아보았다. 예전 네거리의 우측에는 5층 상가가 들어서 있었다. 1층엔 슈퍼마켓과 빵집, 약국이 들어 있었다. 2층은 치과와 소아과 병원이, 3층엔 학습지 사무실과 알로에 대리점이 들어 있는 식이었다. 노란 불빛이 흐릿하게 자갈돌 위에 비치던 수정찻집과 등나무가 깊은 그늘을 드리웠던 우묵하던 둥근 정원, 그리고 비밀스러운 입구를 가진 수정여관은 사라지고 없었다.

"너, 괜찮은 거지?"

혜도도 멈추어 선 자리가 맘에 걸리는 모양이었다.

"괜찮아."

혜규는 담담했다.

"그 사이 많이 변했지?"

혜규가 고개를 끄덕였다. 많이 변했지만, 혈육의 얼굴처럼 낯설지 않았다. 그게 고향인 모양이다.

"저 찻집에서 나 선 본 적 있어."

혜규는 혜도를 안심시키기 위해 엉뚱한 기억을 꺼냈다.

"알아."

혜도의 눈빛에 측은함이 어렸다.

"저……."

혜도는 무슨 말인가 하려다가 그만두고 백미러로 새삼 혜규를 살폈다. 혜규는 혜도의 망설임의 끝에서 인채를 떠올렸으나 동요되지 않았다. 혜규는 거울을 향해 웃어 주었다.

"전과 달리 여자 향기가 확 나. 점을 없애길 잘했어."

혜규의 얼굴엔 왼쪽 눈 아래에서 뺨에 걸쳐 가로로 긴 섬의 지도 같은 푸른 점이 있었다. 그리고 영양부족으로 자라다 만 것같이 몸과 얼굴이 여위고 납작했었다.

"어째 키가 더 커진 것 같기도 하고."

혜도가 고개를 갸웃했다.

"살이 좀 쪘나 봐."

"아니야, 여자가 된 거야."

혜도는 공연히 얼굴을 붉히고 웃었다.

"7년 만이다. 너 집에 오는 거."

혜규가 집에 오겠다고 했을 때, 혜도는 길게 계속되어 온 나쁜 일이 이제야 끝난 것 같이 온몸에서 해묵은 긴장이 풀렸다. 따지고 보면 지나치게 오래 떠나 있었던 셈이었고, 모두가 오래 기다려 왔었다.

"네가 와 주어서 한시름 놓았다. 엄마가 병이 든 뒤부터 둘안댁이 들어와 살림을 하기는 하지만, 문기를 맡기고 있는 내 형편이 어지간히 딱했거든."

혜도는 긴 이야기를 접고 바로 지금의 일만 가볍게 말했다.

"고모할머닌 어때?"

"올해 여든하나잖아. 그래도 원래 작고 다부진 체격인데다 꼿꼿하고 총기가 정정하셔. 고모할머니가 오히려 엄마를 도와줄 정도니까. 사흘이 멀다 하고 오셔서 엄마 말동무도 해 주고 먹는 것, 입는 것 보살펴 주셔. 멍하게 맥을 놓아 버리는 엄마 곁에서 옛날 이야기를 끝도 없이 하시지."

차는 철길을 건너 시장 통로들을 지나 낮은 상가 거리를 지나고 있었다. 혜규는 의자에 등을 붙이고 눈송이가 날려 드는 차창 밖으로 지나가는 가게들 사이에서 어쩌다 예전에도 있었던 가게들을 발견하고 가게 주인들의 얼굴을 떠올렸다. 그러다가 꿈결처럼 느리게 중얼거렸다.

"……지금도 어릴 때 고모할머니가 해 준 이야기들이 불쑥불쑥 떠올라."

"나도 그래. 다들 그럴걸……. 우리 옛날이야기 정말 많이 들었잖아. 신도징 이야기는 지금도 섬뜩해. 생각나?"

"생각나."

"신도징이 숲에서 고운 처녀를 만나 두 아이를 낳고 행복하게 살았는데, 어느 날 그 아내가 속세의 얕은 정이 근심스럽고 숲의 깊은 뜻이 그립다며 호랑이 가죽을 둘러쓰고 사라져버렸다는 이야기였지."

"원래 그 처녀가 호랑이었어."

"그러니까 호랑이가 속내를 숨기고 비단같이 굴며 금실 같은 정을 쌓으며 살다가 어느 날 '하하하, 여기 내 가죽이 그대로 있었구나.' 하며 벽에 붙여 놓았던 호랑이 가죽을 쓰고 숲으로 가 버렸다고……."

"무서워……."

문기가 혜규에게 달라붙었다.

"문기야, 여자들 중에 절반은 사실은 호랑이란다. 어흥!"

혜도가 놀래키자 혜규의 품 안으로 파고든 문기가 겁먹은 소리로 물었다.

"우리 엄마도 호랑이었어?"

혜규의 얼굴이 굳었다. 안겨 있는 아이의 머리에서 절에서 피우는 향내가 났다.

"뭐?"

혜도가 아직 웃음이 번져 나가는 얼굴을 돌리고 되물었다.

"엄마도 호랑이었냐고?"

이번엔 문기가 혜규의 품에서 빠져나와 아빠를 향해 빽 소리를 내질렀다. 혜도의 눈이 이내 빛을 잃었다. 혜도는 속수무책인 듯했다. 어깨가 뻣뻣해져 앞만 보고 차를 몰았다. 아마도 난처하고 무안할 때면 그렇듯 입술이 좁쌀을 쪼는 새의 부리처럼 앞으로 몰려 있을 것이다. 문기는 대답할 시간이 오버되는 것이 어떤 의미인지 안다는 듯 혜도의 뒷모습을 향해 재촉도 하지 않고 오똑 앉아 있었다. 입을 꼭 다문 문기의 얼굴에 빛이 스러지며 오소소 소름이 돋는 듯했다. 그토록 쉽게 상처 받을 수 있는 부자간이었다.

혜규가 문기의 몸을 안아 등을 토닥이며 무작정 부정했다.

"아니야, 엄만 호랑이 아니야."

그러자 거짓말처럼 고모할머니가 들려준 호랑이의 노래가 떠올랐다.

　　금실 같은 정이 중하다 하지만 숲 속의 깊은 뜻이 절로 깊다.
시절이 변하는 것을 언제나 근심하고 백년을 함께 살 마음 저
버릴까 늘 저어하네.

　자라서 보니, 고모할머니가 해 준 이야기는 대부분 역사책이나
야사, 야담, 신화에 원전을 두고 있었다. 어린 시절에는 이야기를
들었고 그 이상한 이야기들의 출처를 확인하면서 혜규는 성장했
다. 그리고 살면 살수록 실제의 삶은 입에서 입으로 전해질 때마
다 와전되고 부언 첨삭되어 원전을 확인할 수 없도록 각색된 구전
이란 것을 깨달았다. 삶이란 아귀를 맞추는 것을 단념하고 해독을
유보한 채 다만 자신의 진실을 경험해야 하는 것이다. 혜규는 사
람이 태어나 살아가는 이유가, 이 세계에 새겨진 원전과 원전 사
이에서 저마다 하나씩의 이야기를 만들어 신에게 바치기 위해서
라는 생각이 들었다. 신은 행복인지 불행인지, 선인지 악인지, 짧
은지 긴지를 묻지 않고 얼마나 이야기다운가를 물을 것 같았다.

2

　차는 새로 칠한 듯 선명한 도로가의 오렌지색 대문 앞에 멈추었
다. 그와 함께 눈도 홀연히 그치고 회색 하늘 가득히 묵은 솜 더미
같이 처져 있던 구름장들이 조금 밝아지며 천천히 움직였다. 눈에

덮여서인지 30년 된 집은 시간으로부터 벗어난 것 같았다. 대문 밖에 바깥마당을 두고 담장 안에 앞마당과 뒷마당을 가진 디근자 형의 붉은 벽돌 양옥집이었다. 예전엔 마을과 뚝 떨어진 외딴집이 었으나 그 사이에 도로를 따라 가게들이 생기고 맞은편에 새집들 도 생겼다. 집들은 눈에 덮여 저마다의 기도로 살아가는 사원들 같았다.

정원을 지나 들어가니 엄마와 고모할머니가 마루에 나와 서 있 었다.

"다녀왔어요."

문기가 외치며 재빠르게 텔레비전이 있는 안방으로 들어가고 두 노인은 그 부산스러움 너머로 혜규를 더듬었다. 엄마의 눈과 마주친 혜규는 당혹스러웠다. 재색 머리가 덥수룩하고 누런 뺨이 비정상적으로 홀쭉하고 눈자위가 깊이 팬 조그만 노파가 엄마였 다. 단풍이 제 본성을 드러내며 물들 듯, 예민하고 강퍅하고 냉정 한 성격을 그대로 드러내며 늙어버린 모습이었다. 7년 만에 황폐 하게 늙어 버린 엄마에 비해 팔순이 넘은 고모할머니는 명주실 같 은 순백의 머리를 바짝 잘랐을 뿐 전과 달라지지 않은 해맑은 모 습이었다. 얼굴은 희고 볼이 소녀처럼 도로 통통해 진 것 같았다.

"엄마."

혜규가 마루로 올라서서 부르자 엄마는 두 손을 뻗어 혜규의 왼쪽 손목을 잡았다. 손목 위에 넓은 밴드로 된 시계가 묶여 있었다. 그 와중에 고모할머니도 혜규의 다른 손을 쥐었다. 늙은 여자들의 훈훈 한 손바닥은 햇볕에 말린 생선 살같이 습기가 없이 꾸덕꾸덕했다.

"잘 왔다. 그래, 이렇게 돌아와야지."

고모할머니가 중얼거리자 그때까지 굳은 듯 표정이 없던 엄마가 갑자기 한 손바닥으로 얼굴을 꽉 누르고 소리 없이 어깨를 떨었다. 손가락들 사이로 눈물이 흘러내렸다.

'엄마는 어디에서 왔나요? 엄마는 어디서 와서 어떻게 우리를 낳고, 우리 엄마가 되었나요?'

어릴 때 혜규는 엄마에게 묻고 싶었다. 아무도 엄마를 찾아오는 사람이 없었다. 엄마도 아무도 찾아가지 않았다. 엄마의 아버지도, 엄마의 어머니도 혜규는 본 적이 없었다. 엄마에겐 닮은 자매도 없고, 오빠나 남동생도 없었다. 아무도 엄마의 이름을 부르지 않았다. 엄마는 아들인 혜도의 이름으로 불렸다. 엄마는 타성의 이방인이었고 온종일 가족을 위해 일하는 성이 다른 부역자였다. 엄마는 폭풍우 같은 아버지의 운명적 미늘에 걸린 비늘이 다 헐은 물고기 같았다.

엄마가 집에서 어떤 옷을 입었는지 전혀 기억할 수가 없었다. 절대로 기억에 남을 수 없는 일복들을 입었을 것이다. 하지만 반짝이가 섞인 오렌지색 물방울무늬 한복을 차려입고 친척의 결혼식 사진에 찍힌 젊은 엄마의 모습과 번들거리던 푸른색 인조 레이온 원피스를 입고 동갑계 야유회에서 사진을 찍은 한창 때의 모습, 모란꽃 색 한복을 입고 아버지와 나란히 사진에 찍힌 중년 후반기의 모습은 아직 기억에 남아 있었다. 그러나 사진 속의 얼굴에서 엄마를 표식 할 수 있는 어떤 존재적 근거도 찾을 수는 없었다. 부유하는 듯 표정이 흐릿한 엄마는 다른 여자와 다른 여자 사이의 어떤 여자일 뿐이었다.

이제 덥수룩한 재색 머리에 뺨이 홀쭉하고 눈자위가 깊이 팬 노파를 보니 다시 묻고 싶었다.

'엄마는 누구세요? 엄마는 어디에서 왔나요? 엄마는 어디에서 와서 나를 낳고 내 엄마가 되었나요?'

이젠 엄마를 혜도의 이름으로 부를 사람들조차 사라지고 없었다. 엄마는 유효기간이 소멸된 존재의 여분 같았다. 여자도 아니고 엄마도 아니고 타인조차 아닌 것 같았다. 역전의 폐점된 상점 같은 엄마가 어깨를 떨며 울고 있었다.

3

호박과 부추 나물과 다진 풋고추와 볶은 깨를 수북하게 올린 뜨거운 실국수로 저녁을 먹었다. 실국수는 혜규가 특히 좋아하는 음식이어서 일부러 준비한 것이었다. 식사 후 혜도는 카페로 일하러 나가고, 국수를 잔뜩 먹은 문기는 안방의 두 할머니 사이에 누워 텔레비전을 보았다. 안방에는 옅은 지린내와 노인의 살비듬 냄새가 퀴퀴하게 배어 있었다. 혜규는 뒤늦게 생각나 가방 속에서 로즈마리 화분을 꺼내 문갑 위에 놓았다. 모든 것이 계속 그렇게 지내 온 것처럼 태연한 밤이었다.

둘안댁이 설거지를 하고 귀가하자 혜규는 물 한 잔을 들고 현관이 따로 나 있는 끝 방으로 갔다. 배는 여전히 약간 부풀어 올랐고 가끔 신경선들이 뭉치는 듯했다. 출혈도 미미하게 계속되고 있었

삶이 깊어질수록 23

다. 약을 먹은 뒤 이불을 펴고 자리에 반듯하게 눕자 눈 속에 먹물이 왈칵 번지듯 의식이 흐려졌다. 빈혈이었다.

감은 눈에 눈물이 고이면서 전날 밤 꿈에서 본 얼굴이 떠올랐다. 청년은 오른쪽 끝에서 나타나 혜규의 눈을 한없이 깊이 마주 보며 강물처럼 느리게 눈앞을 가로질러 갔다. 침착하고 깊은 흑갈색 눈, 하관이 약간 길고 얼굴선은 여리고 검은 고수머리에 키가 컸다. 누군가를 닮았다. 누군가, 혜규가 아는 누군가를 닮은 얼굴이었다. 꿈에서 깼을 때, 그 청년이 자궁 속에 깃들여 있던 손님이라는 생각이 번쩍 들었다.

'내 손님…… . 미안해요. 미안해요…… .'

혜규는 꿈 속의 청년에게 중얼거렸다. 배 속의 존재는 아기가 아니라 처음부터 청년의 인격을 가지고 들어섰던 것만 같았다.

낙태수술을 한 자궁 속은 피투성이일 것이다. 출혈은 열흘쯤이면 완전히 멎을 것이고, 자궁의 상처는 적어도 3주는 되어야 낫는다고 의사는 말했다. 수술한 지 일주일째였다. 허리의 기혈이 막힌 듯 뻐근한 마비감이 있었다. 혜규는 두 손으로 배를 안고 벽을 향해 돌아누웠다. 배 속이 겨울 과일처럼 차가웠다.

형주는 지금쯤 알아챘겠지…… . 그는 전원이 꺼져 먹통인 휴대폰 번호들을 눌렀을 것이다. 퇴근하자마자 빈집에 들이닥쳤겠지. 키를 꽂아 돌릴 때 이미 손끝으로 주인 떠난 빈집 특유의 적막을 느낄 것이다. 그는 소파에 우두커니 앉을까…… . 혜도의 친구인 윤 실장을 언뜻 생각해 낼지도 모른다. 하지만 윤 실장은 이미 캐나다로 떠나고 없다. 그는 혜규의 소읍을 알지 못한다. 혜규는 소읍이라는 과거를 유배의 도시에서 철저히 함구했다. 어떤 사건에 연루되어 어떤 반목으로 탈향했는지는 불문율이었다. 형주는 다만 손목의 깊은 상처로 아픔에 대한 막연한 짐작을 했을 것이다. 그러므로 휴대폰의 전원이 꺼져 버리면 믿을 수 없을 만큼 완전한 절연이었다.

어스름 속에서, 초침 소리와 바깥의 소음들과 함께 커튼이 내려진 실내는 이내 캄캄한 밤이 되고 말겠지. 입을 꽉 다문 형주는 천천히 셋집을 나갈 것이다. 세든 사람들의 부엌에서 저녁 짓는 냄새들이 새어 나오는 어둑한 계단들을 내려가 차들이 겨우 비켜 다니는 좁은 길을 걸을 것이다. 보이스카우트처럼 단정하면서 바닥을 믿지 않는 노인처럼 신중한 걸음걸이로.

그는 시장 거리를 빠져나가 큰 도로가에 있는 맥주 집에 들어갈지도 모른다. 출입문 맞은편 벽에 옥토버페스트라는 글자가 하단에 적힌 대형 패널이 붙어 있는 가게였다. 경기장만큼이나 큰 초대형 텐트 속에서 독일인들이 큰 잔들을 들고 마시고 씹고 떠드느라 닭장 속의 닭들처럼 등과 무릎을 대고 바글거리는 맥주 축제의 사진이었다. 그 곁 모서리 선반 위엔 작은 텔레비전이 켜져 있고 테이블은 아직 많이 비어 있을 것이고 홀 서빙을 하는 야구 모자를 쓴 남자 애는 카운터 앞에 멀거니 서 있고 인상 좋고 균형 감각도 있는 주인 여자는 주방에서 닭 조각에 튀김가루를 입히고 타오르는 갈색 기름 솥에서 계속해서 프라이드를 튀겨 낼 것이다.

어쩌면 형주는 그 가게에 혼자서는 가지 않을 것이다. 형주는

삶이 깊어질수록 25

정처 없이 걷고 또 걸을 것이다. 걷다가 혼자 들어가기 좋은, 낯선 동네의 허술한 중국집에 들어설 것이다. 배달 전문이어서 베니어 테이블 두 개 정도 놓인 좁은 홀에 앉아 이과두주와 군만두 같은 것을 시킬 것이다. 40도의 술을 작은 잔에 따르기 무섭게 자꾸 마시겠지. 하지만 중국집은 일찍 문을 닫으니 쫓겨나다시피 곧 나올 것이다.

그러면 새벽 두 시까지 문을 여는 그 동네의 시장 거리 어느 선술집으로 들어갈 것이다. 그리고 12시가 넘어 형주는 거리를 무단 횡단해 택시를 잡을 것이다. 그는 공장의 자동 공정 과정 같은 오르막과 내리막, 긴 직선 길과 휘어지는 길, 터널들과 교차로들 위를 흔들리며 실려 가겠지.

모르는 길, 형주를 만나기 전에는 까맣게 몰랐던 그 길이 지금은 혜규의 배 속에서 접힌 내장처럼 꿈틀댄다. 그가 사는 도시의 외곽 구역으로 가는 지름길은 네 개의 터널을 지난다. 그 길은 생경한 오르막과 내리막, 휘어진 곡선과 당혹스러운 터널들과 무엇에도 의지해 표식을 남길 수 없는 평범하면서 동시에 추상적인 풍경 속으로 혜규를 끌고 갔었다.

여러 달 동안 혜규의 감각은 길의 의지와 결합하지 못하고, 내부를 열지 못했다. 그를 만나기 위해 운전해 달려갈 때, 혹은 술에 취해 버린 그를 데려다 주러 갈 때, 그리고 홀로 돌아올 때마다 혜규는 길이 아닌 곳에 내던져진 기분이었다. 그러나 얼마 지나지 않아 혜규의 내부에서 길이 열렸다. 마치 물이 흐르는 잎맥처럼, 피가 흐르는 혈관처럼 혜규의 몸속에서 길이 개통된 것만 같았다.

26 언젠가 내가 돌아오면

그러자 거리는 시간이나 속도가 아니라 빛이나 생각, 근심과 희망의 조각들이나 정염의 질감 같은 것으로 변했다. 가야지, 하고 나면 어느 사이 도착했고 그 사이에 신호등에 몇 번 묶였는지, 오른쪽으로 도는지, 터널을 지나는지, 무슨 일이 일어나는지, 어느 곳을 지나는지는 느낄 수 없었다. 혜규에게 그 길은 결코 길 자체가 되지는 못할 것이었다.

그는 오래도록 살아온 12층 32평 아파트에 키를 꽂고 직접 열고 들어갈 것이다. 그는 옷을 벗어 식탁 의자에 걸쳐 놓고, 이를 닦고 세수를 하고 소파에 누울 것이다. 그는 혜규와 몸을 결합한 날부터 아내가 잠든 안방에 들어가지 않고 거실 소파에서 잤다. 겨울에는 담요를 깔아야 했고 사계절 내내 다리를 다 뻗지 못했다. 소파에서 자는 습관 때문에 잠든 그의 몸을 건드리면 반사적으로 두 팔을 허공으로 뻗어 후려친다. 이상하고 잔인한, 적반하장의 정절 앞에서 형주의 아내는 그와 타협할 길이 없다. 형주의 아내는 분노하고 슬퍼하고 증오하고 혐오한다. 소파에서 자지 않는 날 형주는 혜규의 침대에서 잤다. 반반쯤일까? 점심시간에도 간단히 식사를 하고 혜규의 셋집에서 사랑을 나누고 잠시 혼몽 속으로 빠지곤 했었다.

한낮의 햇빛을 가린 어스름 그늘에 나란히 누워 낮게 코를 골며 잠든 그를 보면 혜규는 행복했고, 또 행방을 가늠할 수 없는 그들의 열정이 바닥없는 추락처럼 두렵기도 했다. 그리고 까닭 없이, 비애스러웠다. 누구의 것도 아닌, 세상의 비애 속엔 형주 아내의 몫도 들어 있었을 것이다.

삶이 깊어질수록 27

잠이 들어갈 때 밖에서 나던 그 다양한 한낮의 소음들……. 아이들이 갑자기 비명을 내지르고, 어디선가 금속 용기가 떨어져 바닥에 구르며 꽝음을 울리고, 우편배달부가 벨을 누르지 않고 수취인의 이름을 큰 소리로 외쳐 부르고, 윗집에서 문득 청소기 바퀴를 굴리기 시작한다. 그 소음 사이에서 혜규는 물속에 가라앉듯 잠이 들었다가 누군가가 부르기라도 한 듯 갑자기 눈을 떴다.

짧은 잠에서 깨면 마루 벽에 걸린 시계의 초침이 다시 첵, 첵, 첵, 일정한 소리를 내며 돌아가고 집 뒷산 언덕에서는 비둘기가 울고 셋집의 벽이 쩍, 하고 울었다. 노래와 함께 마음의 한 가닥 현 위로 좋았던 날들이 머금었던 목화 같은 웃음이 전류처럼 빠르게 스쳐 가고, 세상에 가득한 아침과 한낮과 저녁의 절망들도 마음의 현 위에 맺힌 검은 물방울처럼 후두두둑 떨어졌다.

고개를 돌려 보면 형주도 어느 사이 눈을 뜨고 영원과 같은 정적 속에서 혜규를 보고 있었다. 그 눈 속엔 늘 사랑보다 먼저, 고통과 죄책감보다 먼저 다시 한 몸으로 풀린 해리의 고독이 보였다. 늘 이야기 같은 건 나눌 수 없이 다급하게 사랑을 나누고 지친 끝에 깜박 잠들었다가, 마치 영원 속에서 깨어나듯 눈을 마주쳤던, 그 이상하도록 긴 한낮의 시간 15분여의 잠 뒤에 눈앞을 메웠던 불투명 막이 날려 가고 전생까지 보일 듯 세상이 활짝 개이던 느낌과 동시에 아무리 서로의 몸속을 파고들고 또 파고들어도, 사랑만으로는 사랑을 구할 수는 없을 거라는 절망과 통증도 선명하던 시간이었다. 천애에 둘 뿐인 듯 고립무원이었다. 단 둘만 남기고 세상이 떠나버린 듯, 세상 속에서 단 둘만 가위로 오려낸 듯……

"꿈일까. 당신과 내가 함께 하는 이 시간들, 곧 거품이 되어 버릴 꿈일까……. 난 한 남자로서의 의무를 끝냈어. 민방위 소집 기간도 끝났고 작은 아이도 스무 살이 되었어. 그 아이들이 자랄 때까지 묵묵히 마을버스와 시내버스와 지하철을 환승하며 돈을 벌러 다녔고, 부모를 모셨고, 직장의 의자를 지켰고, 아내가 살림에 전념하도록 안심시켰고, 집에도 꼬박꼬박 들어갔어. 가족을 사랑해. 하지만 내가 가족을 사랑하고 내 아이들이 나를 사랑한다 해도 우리가 죽을 때까지 함께 살지는 않아. 아이들은 성장해 짝을 만나 떠나지. 나도 그렇게 집에서 떠나고 싶어. 가족을 사랑하면서도, 성장해 집이 비좁아지면 분가하듯이, 그렇게 내 삶을 분가하고 싶어. 벽에 꽝꽝 박혀서 뭐든 주렁주렁 걸고 버텨야 하는 못 같은 인생에서 벗어나 나를 위해 살고 싶어. 내가 당신을 사랑하고, 혜규 당신이 나를 사랑하는 이 시간을 삶으로 살아 보고 싶어."

형주는 건강 서적을 내는 작은 출판사의 편집장이었다. 그는 별다른 애착이 없는 책이라 해도, 책 만드는 과정 자체에 충실하고 싶어 했다. 하지만 사장과 함께 저자나 번역자를 만나 식사를 하고 술을 마셔야 하고 사장과 저자들의 시중을 들면서 여행을 다녀야 했다. 불쾌하지 않게 글을 독촉해야 하고 유행에 맞고 수입이 될 만한 날림 출간 기획을 만들어 내야 했다. 책의 저자들은 주로 의사였다. 양의와 한의, 대체 의학과 민간요법, 침술이나 마사지술도 들어갔고 약초 전문가나 영양 학자들, 그 외 특이한 기술로 병을 고치는 소문난 민간의도 들어갔다. 각종 암을 고치는 자연

치유법 책들을 끊이지 않고 출간되었다. 최근에는 역학과 건강이라는 시리즈가 나왔는데, 저자는 장안의 유명 역학자들이었다. 요리사들이 권하는 건강 푸드와 스타들의 다이어트와 미용에 관한책도 몇 권 냈다. 게다가 저자들이 자비로 내고 싶어 하는 취미 수준의 시집이나 수필, 소설 들도 내 주어야 했다. 형주는 자신이 만든 책들이 꽂힌 서가로 둘러싸인 사장의 방에 불려 갈 때면 배 속저 아래 직장쯤에서부터 꿈틀꿈틀 올라오는 염오의 심정을 가라앉히느라 입술 안의 살을 물곤 했다. 그러나 그는 20년 동안이나그 일을 해 왔다. 한결같은 생활이었다.

깊은 밤 소파 위에서 다리를 다 펴지 못하고 잠든 남자의 몸은이따금 파도치듯 흐드득 흐느끼겠지. 그는 자신이 우는 줄도 모르고 잠을 자겠지. 사랑하던 여자가 갑자기 사라져서 자신의 몸이우는 줄도 모르고 술에 취하고 지쳐 부랑자처럼 가난하게 소파에구겨져 잠을 자겠지……

혜규는 눈을 감고 잠을 기다렸다. 그러나 잠이 들 것 같다가도,구멍 난 자루에서 곡식이 흐르듯 의식이 주르륵 빠져나갔다. 의식이 흘러가는 곳은 어김없이 형주의 곁이었다. 밤이 얼어붙은 강처럼 물범의 울음소리를 냈다.

4

다음 날 오전 차를 마신 뒤 혜규는 엄마와 시장 입구의 미장원에 들렀다. 머리를 짧게 자르고 짙은 밤색으로 염색을 시켰다. 그러나 색깔이 너무 옅게 들여져 노파의 머리는 천박하게 밝았다. 엄마에게 미안한 나머지 미용사에게 항의조차 할 수 없었다. 밤중이나 새벽에 울었는지 엄마의 눈 속은 붉고 눈가가 부어 있었다. 머리를 하는 내내 엄마는 그 붉은 눈으로 거울 속을 뚫어지게 바라보았다. 미용사가 손을 놓은 뒤에도 얼마간 그 자세로 앉아 있는 폼이 곧 거센 항의라도 할 것만 같았다. 그러나 엄마는 회전의자가 무서운 아이처럼 앞의 거울 받침을 두 손으로 잡으며 말없이 일어섰다.

파마약과 염색약 냄새가 코를 찌르는 미장원에서 나온 엄마는 차를 세워 둔 큰길로 가는 동안 숨을 깊게 들이쉬고 내쉬었다. 그러다 불쑥 말했다.

"쑥 올라오는 냄새가 난다."

길은 검은 물로 질척이고 산과 들과 나무와 지붕들 위에 세제 거품 같은 눈이 보글보글 덮여 빠르게 녹고 있었다. 풍경을 세척하는 것처럼 보이는 눈이었다. 눈이 녹는 공기 속에서 쑥 냄새가 난다고, 엄마는 거듭 말했다. 혜규는 느낄 수 없었다.

"엄마, 쑥을 살까? 쑥국 끓일까?"

엄마는 무 반응이었다. 쑥국은 향이 강한 봄 음식이니 엄마의 식욕을 돋울 것이었다. 고모할머니도 잘 드실 것 같았다.

"혹시 들깨 가루 집에 있을까? 조개와 쑥만 사면 될까?"

엄마는 고개를 저었다. 살림을 잊은 지 오래인 모양이었다. 몸을 돌려 시장으로 들어가려 하자 엄마는 완강하게 저항했다.

"왜?"

삶이 깊어질수록 31

"싫다."

"……."

"아는 사람 만나는 게 싫어."

엄마는 화라도 난 듯 단호하게 대답했다. 감정을 섞어 말하는
것은 엄마의 버릇이었지만 몹시 히스테릭하게 느껴졌다. 혜규는
엄마를 부축해 도로가에 세워 둔 혜도의 차에 태웠다. 그리고 혼
자 시장으로 갔다. 다행히 시장에 혜규를 알아보는 사람은 없었
다. 혜규가 달라진 데도 이유가 있지만, 상점의 주인들과 채소전
을 벌리고 있던 난전의 여자들이 바뀐 것 같았다. 장을 보러 나온
여자들조차 낯이 설었다. 시장 여자들은 어린 꼬맹이 때부터 심부
름을 다닌 여중학교 교감 선생님 댁 둘째 딸 혜규에게 무슨 말이
든 걸었었다. 그 사람들이 혜진이나 혜미보다 혜규를 더 잘 알아
보는 이유는 무엇보다 얼굴의 점 때문이었다. 아, 얼굴에 푸른 점
있는 아이. 나중에 사람들은 소문을 입에 올려 극성스럽게 퍼뜨릴
때도 그렇게 시작했다. '그 왜, 얼굴에 푸른 점 있는 교감 댁 둘째
딸 있잖아.'

돌아온 엄마는 고모할머니와 쑥을 다듬다 말고 자리에 눕더니
이내 코를 골았다. 그대로 두면 온종일 잠을 잔다고 했다. 다들 엄
마를 잠들지 못하게 지키는 게 일이었다. 머리한다고 고단했나 보
다. 고모할머니가 혀를 찼다. 혜규는 둘안댁과 점심 준비를 했다.
찬장 곁 빈자리에 '자비, 검약, 겸손' 세 단어가 한글로 적힌 오래
된 액자가 걸려 있었다. 그것은 혜규가 중학생 때 쓴 글이었는데,

32 언젠가 내가 돌아오면

내내 혜규의 책상 앞에 걸려 있었다. 아마도 혜규가 떠난 뒤에 방을 정리하면서 엄마가 옮겨 단 듯했다. '자비, 검약, 겸손' 중학생인 그때는 그 세 단어만으로도 일생을 순조롭게 살 수 있을 줄 알았었다.

혜규는 둘안댁이 씻어 준 조개를 칼로 잘게 다졌다. 혜규의 혼수로 마련했던 독일제 식칼이었다. 그 칼을 엄마가 사용해 온 것이 이상했다. 조개를 잘게 다지는 혜규의 손이 수시로 떨렸다. 칼은 힘 조절을 하지 못하면 도마가 깊이 찍힐 정도로 여전히 무섭게 잘 들었다. 그 무렵 독일제 칼은 아직 포장도 풀리지 않은 채, 냄비나 접시, 밥공기들과 함께 상자 속에 담겨 혜규의 방에 있었다. 혜규는 그 칼날을 손목 깊숙이 눌러 넣었었다.

둘안댁이 참기름을 냄비에 두르자 고소한 향이 확 퍼지고 그 위에 다진 조갯살을 쏟자 치르르 소리를 내며 기름이 튀었다. 둘안댁이 조갯살을 덖는 동안 혜규는 씻은 쑥을 털었다. 조갯살이 끓는 물에 쑥을 넣자 향이 천지의 겨울잠을 깨울 수 있을 만큼 짙었다. 봄동을 갈치젓갈과 고춧가루, 통깨로 버무리고 고등어를 구워 점심을 차렸을 때, 혜미가 아이를 데리고 대문을 들어섰다.

"언니 왔다기에……."

혜미는 미색의 스웨터와 은회색 면바지를 입고 어깨에 닿을 듯한 머리카락을 하나로 묶은 혜규를 가만히 훑어보았다. 키가 큰 혜미는 밝게 염색한 긴 머리에 마스카라까지 칠한 완벽한 화장을 하고 니트를 몸에 달라붙게 입었다. 커다란 귀걸이와 목걸이를 주렁주렁 걸고 옷에 맞춰 매니큐어를 파랗게 칠한 모습이 화려하고

삶이 깊어질수록 33

활기차게 보였다.

"언니, 얼굴에 점 빼고 나니, 딴사람이 됐네. 요즘엔 레이저로 없앨 수 있다더니, 정말 감쪽같다."

혜규가 허물없이 웃었다.

"점만 없어진 게 아니라 살이 붙었네. 앙큼하게도 붙었다. 요기와 요기만. 옛날엔 볼품없이 납작했는데."

혜미는 제 가슴과 엉덩이에 둥글게 만 두 손을 갖다 대고는 웃었다. 혜규는 머리를 고슬고슬 파마하고 노랗게 물들인 조그만 조카의 뺨을 만졌다.

"처음 본다."

"네 살이야. 이름은 소라야."

"소라? 예쁘네."

볼이 동그랗고 눈도 댕그란 아이였다. 엄마와 같은 니트를 입고 귀걸이를 하고 팔찌도 하고 매니큐어도 발라 축소판 혜미였다.

"벌써 어린이 집에 다녀. 얼마나 극성인지 몰라. 꼭 애 노인 같아."

혜미는 밥상 앞에 앉아서도 가슴을 앞으로 쑥 내밀고 계속 떠들었다. 혜미는 자식들 중에 가장 붙임성도 좋고 정도 많아 어릴 때부터 무뚝뚝한 엄마에게 달라붙기도 잘했다.

"엄마, 머리 잘했네요. 훨씬 나아 보여. 내가 가자고 할 때는 무쇠덩이처럼 꼼짝도 않더니, 혜규 언니 말은 듣네. 엄마가 머리를 하고 나니, 집안 분위기가 한결 밝아졌어. 혜규 언니 돌아왔으니 언제 백화점에 나가 옷도 한 벌 사 입고 외식도 하고, 경주나 온천

34 언젠가 내가 돌아오면

같은 데로 놀러 가요."

혜미가 혜규를 향해 한 쪽 눈을 찡긋했다.

"이 노인이 몇 년 째 집 안에만 틀어박혀 꼼짝도 안 해. 자기가 이 집 방바닥인 줄 알아."

"늙은 것이 놀러 간다고 우쭐우쭐 따라다니면 꼴사납기만 해."

엄마는 늙은 것이 누구나 아는 수치라는 듯 말했다.

"꼴사납긴, 누가 꼴사납다고 해요?"

"길에서 다들 그런 눈으로 봐. 코에 바람 쐬러 나온 털 빠진 늙은 닭 보듯이."

고모할머니가 고개를 끄덕이고 말했다.

"어디 봐 주기나 하나. 눈에 보여도 안 본 듯이 하지. 젊은 것들 눈을 보면 내가 아직 살아 있는 게 무색할 지경이야."

"그렇게 꼼짝 안하면 치매가 아니라, 심장병이 먼저 온대요. 싫어도 몸을 움직여서 운동을 해야지."

"싫다. 난, 안 나간다. 늙은 과부가 뭘 더 볼 게 있다고, 뭘 더 얻어먹을 거라고 돌아다니나, 한다."

엄마는 무슨 원한이라도 쌓인 듯 감정을 한껏 실어서 선언했다.

"누가 그래?"

혜미가 짜증스럽게 물었다.

"사람들이 다들 그렇게 봐."

"그럴수록 보란 듯이 깔끔하게 가꾸고 나가야지."

혜미의 음성이 연민 때문에 누그러졌다.

"엄마, 나 좀 봐요. 내가 왜 이렇게 꾸미고 다니는 지 알아? 집에서 한 발자국만 나가도, 아가씨인양 머리부터 발끝까지 꾸미고 나서잖아. 아줌마처럼 하고 다니면 누가 나를 봐 주는 줄 아우? 그러니 죽어도 아가씨 해야 소외되지 않는 다구. 누구나 다 그래. 어린애도, 젊은 애도, 남자도 여자도, 아는 사람들이 자기를 어떻게 보나 노심초사하고, 모르는 사람들 속에서는 자기가 보이지도 않는 그림자 같은 허황한 기분이 드는 거라고. 그래서 외모를 꾸미고 성공하기 위해 노력하고 부자가 되려고 하잖아. 엄마도 건강해져서 남부럽지 않게 살아야지."

혜미는 떠들면서도 빠른 젓가락질로 엄마의 밥 위에 고등어 살이나 봄동, 콩자반 같은 것을 올려 주었다. 혜규는 고모할머니 시중을 들었다. 두 노인은 해 바뀌고 첫 쑥국이라며 흔쾌히 한 그릇씩을 비웠다.

식사가 끝나자 엄마는 또 자리에 누웠다. 혜규는 숄로 엄마의 어깨를 감싸고 억지로 일으켜 뒷마당으로 나갔다. 팔짱을 끼고 오락가락 걷는 동안 엄마는 성가신 표정으로 발을 무겁게 끌었다.

"엄마 왜 자꾸 자려고 해요? 엄만 누가 뭐래도 살아 있어요. 다른 사람 눈에 갇혀서 지레 시들면 안 돼."

엄마가 걸음을 멈추고 물끄러미 혜규를 보았다. 마치 자신이 살아 있다는 것을 오래 잊었던 사람 같았다. 엄마는 잎사귀 잃은 호두나무 가지로 눈길을 돌리고 중얼거렸다.

"세월 보다, 사람 눈이 독이더라."

너무 많은 것을 함축 한 말이었다. 어떤 사람은 다른 사람들과

36 언젠가 내가 돌아오면

어울려 있을 때 살아 있다는 것을 느끼고 어떤 사람은 홀로 있을 때 살아 있다는 것을 실감한다. 엄마는 다른 사람들의 눈과 마음에 매여 자기를 돌보지 못하고 평생을 보낸 사람이었다. 혼자가 되자 처치 곤란한 자신을 궤짝 속에 넣어 버리듯 잠재우는 것은 어쩌면 당연한 귀결인지 몰랐다. 겨우 20분여 만에 엄마는 기력이 떨어졌다.

혜규는 엄마를 부축해 안방에 눕혔다. 소라가 쪼르르 다가와 곁에 발랑 눕더니 푸른 단풍잎같이 작은 손으로 엄마의 얼굴을 쓰다듬었다.

"할머니, 나 보여? 많이 아파? 잠 와? 내 말 들려? 근데, 문기 오빠 언제 와요?"

소라는 할머니들 틈에서 소꿉놀이 판을 벌이고, 틈틈이 물었다.

"나 보여? 내 말 들려? 근데, 우리 문기 오빠 언제 와요?"

일곱 번째 묻자 고모할머니가 드르륵 방문을 열고 나왔다. 고모할머니는 아예 신을 신고 마당으로 내려서 버렸다.

"아이고, 귀 아프다."

혜미와 혜규는 웃었다. 방안에서는 코고는 소리가 새어 나오는데, 소라가 또 묻고 있었다. "할머니 , 나 보여? 내 말 들려? 근데, 우리 문기 오빠 언제 와요?"

높은 축담을 두고 돋우어 집을 올렸기에 마루의 소파에 앉으면, 대문을 지나 들판 끝까지 보였다. 들판 끝엔 은하수라는 이름의 하천이 흐르고 있었다. 은하수를 따라 집집마다 탱자나무로 울타

리를 두른 마을이 있고 그 너머는 낮은 산이었다. 그 산 언덕길엔
하늘로 높이 뻗은 아카시아 나무들이 일정한 간격으로 서 있고 언
덕 위엔 5층 아파트 몇 동이 놓여 있었다. 아파트 뒤로는 은백양
나무가 많았다. 눈이 덮여 있는 풍경이 금속성의 은빛을 반사해
혜규는 이내 눈을 감았다.

"저렇게 잠들었잖아? 그런데 십 분도 안 돼 깨어나. 그리고는
아직 집 안에 음식 냄새가 나니까, 너희들 밥 먹었냐고 물어봐. 그
래서 먹었다고 하면, 왜 너희들만 먹었냐고 화를 내. 처음엔 치맨
줄 알았다니까."

특별한 병도 없이 만성적으로 무기력하고 가슴이 답답하고 소
화가 안 되고 두통을 앓던 엄마가 발병한 것은 재작년 가을 아버
지 제삿날이었다. 절을 하다가 엄마는 갑자기 울음을 터뜨렸다.
격한 울음은 채한 듯 몸 밖으로 나오지 못하고 위와 머리에 경련
을 일으켰다.

"위내시경부터 시작해 심장영상촬영, 갑상선 기능검사도 하고
MRI로 뇌 정밀 사진도 찍고 당뇨 검사도 했어. 결국은 신경정신
과로 가게 됐지. 허혈성 심장병에다 심한 노인성 우울증으로 인한
가성치매라고 전문의가 진단했었어. 심장병이라기보다는 혈액 속
에 염증 복합물 수치와 아드레날린 수치가 정상인 보다 스무 배
쯤 높아 마비가 오기도 하고, 심장에 허혈증이 생기기도 한대. 식
이요법하고 운동하라고 했어. 엄마가 우울증이라니, 진짜 부끄럽
더라. 의사는 심리적 요인도 있겠지만 다른 노인성 질병과 마찬가
지로 뇌의 노화, 신체와 인격의 노화로 인해 온 병이니 가족들이

죄책감을 갖진 말라고 하지만……. 물론 좀 더 마음을 쓰고 잘 보살펴야 한다고 했어. 지금은 잠을 많이 자서 그렇지 가성치매 증세도 한결 줄었어. 그땐 아침마다 울고, 보아도 못 본 척하고, 들어도 못 들은 척하고, 웃지도 않고 표정도 없었어. 엄마 병에는 약보다 걷기와 대화가 더 좋은 약이래. 게임도 하래서 내가 틈틈이 마주 앉아 화투 쳐 주잖아."

엄마의 약들은 졸로프트, 프로작, 팍실 같은 항우울제였다. 세로토닌 분비 부족을 개선하겠지만 습관이 되면 점점 반응이 약해지는 문제가 있었다.

"엄마 보살피느라, 고생 많았다."

"흠흠. 이제 언니가 왔으니 다행이지. 실은 앞이 캄캄하더라. 언닌, 잘 지낸 거야?"

성급하고 쾌활한 혜미로서는 뜸을 들일만큼 들인 질문이었다. 혜규가 이마에서 손을 떼며 고개를 끄덕였다. 지나간 시간이 어느 먼 해변의 짙푸른 물결처럼 넘실댔다.

"그래도, 너무 오래 나가 있었다. 이 집에 애가 둘이나 태어나 저렇게나 자라도록……. 내 결혼식이야 그렇다 해도, 아버지 장례식 때는 올 줄 알았는데, 장례식 날 인채 오빠가 왔었어."

인채라는 이름에 혜규가 움칠했다.

"장례식장으로 들어오기에 내가 밀어냈는데, 혜도 오빠가 끌어다 문상은 하게 했었어. 문상만 하고 바로 돌아갔지. 사람들 눈이 모두 두 개씩 쏘아보는데 어디 앉을 수가 있었겠어. 누군가 '옛날 같았으면 멍석말이 감이다.' 하고 호통도 쳤어."

삶이 깊어질수록 **39**

혜미가 혜규의 눈치를 보고는 말을 이었다.

"그런데 말이야. 한참 소식을 몰랐는데, 올 연초에, 인채 오빠가 돌아왔어. 돌아와서는 공교롭게도, 저 아파트에 들어가 살아."

혜미가 은하수 너머 산언덕의 아파트를 손짓 했다. 혜규가 그 손짓을 따라 아파트 쪽을 바라보다가 못에라도 찔린 듯 눈을 찡그렸다.

"그것도 언니와 신접살림 차리려고 세를 냈던 바로 그 동 그 호수의 아파트에 들어가 사는 거야."

혼수로 마련했던 부엌칼로 동백을 끊던 순간이 날카롭게 되살아났다. 순간적으로 손목의 피가 파닥파닥 튀어 오르는 것 같았다. 혜규가 고개를 들어 이야기를 종용하듯 혜미를 물끄러미 보았다.

"이상한 일이잖아. 돌아올 수야 있다지만 왜 하필 저 아파트 바로 그 집이냐고? 그래서 또 그때 일을 아는 사람들이 새삼 떠드는 거야. 그 사이에 둘이 화해가 되어 언니가 돌아와 같이 살 거라고……."

"……."

"내가 화가 나서 인채 오빠를 찾아가 따져 보려고도 했지만, 사실 남인데, 그리고 그 인간이 무슨 짓을 하던 막상, 내가 상관할 수는 없는 일이더라. 그렇잖아? 그런데 언니까지 때맞추어 돌아오니……. 사람들 말이 혹시 맞나하고 나까지 어리둥절할 정도야."

혜규가 고개를 저었다.

"그래, 그럴 리가 없지. 참, 언니 알아? 예경이 유명한 쇼핑 호스트 된 거?"

혜미는 갑자기 무슨 연상 작용인지 예경을 들먹였다. 혜미는 예경이 일곱 살이나 나이가 많은 데도 언니라고 부르지 않았다.

"알아."

화제가 예경으로 옮기자 저절로 어깨의 긴장이 풀리며 몸속에서 긴 숨이 새어 나왔다. 혜규도 어느 날 텔레비전에서 예경을 본 적 있었다. 예경은 대기업 브랜드의 홈쇼핑 채널에서 쇼핑 호스트로 등장해 신형 드럼 세탁기를 설명하고 있었다.

"예경이가 맡으면, 그 물건은 틀림없이 매진이래. 나도 한 번 봤는데, 듣고 있으니 나중엔 침대가 과학을 넘어 두 팔을 벌려 나를 안아 줄 숨 쉬는 생명체 같이 느껴지더라. 그 침대에서만 자면 남편 없이도 한평생 밤마다 사랑 속에서 잠들고 깰 것 같더라니까."

세탁기를 팔 때도 그랬었다. 예경이 표현하는 세탁기는 세탁 성능과 디자인의 미학이 종합되어 믿음직하고 정중하고 변함없는 주부의 보호자가 되었다.

"잡지에 나온 인터뷰 보니, 그 사이 대학원 최고 경영자 과정까지 끝냈나 봐. 아……, 예경에 대해서는 말을 꺼내지 말아야지. 그 싸움닭, 함께 지낼 때 우리랑 얼마나 싸웠는지. 하긴, 혜규 언닌 이상하게 덜 시달렸지."

혜규네 식구들은 예경과 예경 엄마라면 일제히 혀를 내둘렀다. 예경이 2년 정도 얹혀 지내던 동안 식구들은 저마다 별칭으로 불렀다. 엄마는 싸가지로, 혜진은 도둑년으로, 혜미는 거짓말쟁이로, 아버지는 버르장머리 없는 것으로.

"언니, 혹시 알아냈어?"

삶이 깊어질수록 41

"뭘?"

"그 여자 말이야. 인채 오빠와……."

"관심 없어."

"언닌 참, 궁금하지도 않아?"

혜규가 고개를 저었다.

"혜도 오빠가 아는 것도 같던데……. 인채 오빠 내려오고 난 뒤 만나는 거 같더라. 건성건성 사는 것 같은데도 속은 비밀의 정원 이니, 혜도 오빠도 쉬운 사람은 아니야. 혜도 오빤 분명히 아는 것 같으니까, 물어 봐."

혜규는 담담했다. 반응하는 것은 신경증적인 감각일 뿐이었다. 언제까지나 절벽처럼 활짝 벌어져 있을 것 같았던 검붉은 상처도 메워져 그 위로 발이 딛어졌다. 결빙되었던 피는 따스하게 흐르고 영혼의 동창도 어느 사이 아물었다. 그 자리에 형주의 얼굴이 떠 올랐다. 형주와의 사랑은 그런 치유의 시간이었다. 버림받았던 열 등감을 완전히 무효화시켰을 뿐 아니라, 혜규의 존재 자체에 필연 성과 자긍심을 부여해 주었다.

"이미 지나간 물이야."

"혜규 언니. 뭔가, 많이 달라졌다."

혜미는 혜규의 얼굴을 새삼 살폈다.

"세상 끝까지 갔다가 온 사람 같아."

"세상 끝……. 세상 끝엔 눈이나 비, 안개와 바람 같은 것이나 갔다가 되돌아오는 거 아니니?"

혜규가 반문하자 혜미가 갑자기 소리 내어 웃었다.

"오빠 카페 이름이 뭔지 알아? 모르지?"

"몰라."

"세상 끝의 입맞춤이야."

그러자 사랑도 세상 끝까지 가겠구나 하는 생각이 들었다. 사랑도 세상 끝까지 가 입을 맞추고 비와 눈과 바람과 안개처럼 지상으로 되돌아오겠구나.

"카페 입구 벽엔 로댕의 입맞춤 패널이 사람 실물 크기로 붙어 있어. 기억나? 로댕의 〈입맞춤〉이라는 조각 작품 말이야. 난 그 작품이 무서워. 그 앞에 서면, 내 삶이 전부 가짜 같아. 허깨비인 듯 열등감에 빠져. 그게 뭘까."

혜규가 그 작품을 지면으로 본 것은 열세 살 여름이었다. 혜규의 눈과 귀와 의식은 아직 겹겹의 껍질 속에 덮여 세상의 모든 것이 모호하고 어렴풋했지만, 로댕의 〈입맞춤〉은 예리한 창상을 내며 심중의 핵에 곧바로 도달했다. 의식의 온갖 흐름과 생각의 갈래들이 하나의 검은 점으로 모여들어 압축되더니 폭발도 없이 아득히 사라지던 느낌. 미궁인양 깊은 입맞춤의 곁으로 세상은 깊은 물처럼 소리도 없이 물결치며 흘러가고 있었다. 그리고 입맞춤은 물속의 한줄기 물결처럼 삶을 넘어 죽음으로 흘러갔다. 그것은 수수께끼 같은 슬픔이 되었다가, 두려움이 되었다가, 현기증이 되었다가 차차 삶 속에 봉인되어 있는 완전한 합일에 대한 동경이 되었다.

혜규는 자신의 생이 세상 어딘가에서 만나게 될 그런 완전한 합일을 향해 미래로 나아간다고 믿었다. 로댕의 〈입맞춤〉은 혜규 자신도 모르게 생의 표상이 되었던 것이다. 지금 생각하면 존재가 하나의 검은 점으로 모여드는 그 압축의 느낌은 죽음조차 넘어서 지나갈 영혼의 궁극적 밀도였다. 죽은 뒤에도 결합이 흩어지지 않고 한 존재로 구성될 영혼의 합일이 세상에는 있는 것이다.

"세상 끝의 입맞춤이라니……. 처음엔 이상했는데, 이젠 좋아. 지금 가 볼래? 나 비디오가게 들어가야 할 시간인데 가다가 내려 줄게."

"아니, 내일 오빠 나갈 때 함께 가 볼게. 카페는 잘 돼?"

"잘 되긴, 돈이 안 돼. 오빠 체질 알잖아? 사람이 많이 올까봐 겁내는 거처럼 보여. 손님이 싫대."

그럴 것이었다.

"마침 아버지 물려준 땅이 팔리자 그것을 안 오빠 선배가 자기 하던 카페를 사라고 꼬여 얼떨결에 떠맡은 거야. 평생 놀던 백수 가 갇혀 지내자니 벌써 지겨운가 봐. 다섯 달밖에 안됐는데, 나보 고 비디오가게 넘기고 카페 좀 맡아 달래. 그 카페 위치가 나름대 로 괜찮아 의욕적으로 하면 될 텐데, 계속 적자를 내고 있어. 월세 는 내는데, 술은 외상으로 들이는 거야. 공연히 시작해 빚쟁이가 된 셈이지."

"혜진 언니는 잘 지내?"

혜진은 독일에서 십여 년의 공부를 마치고 2년 전에 돌아와 대 학에서 강의를 하고 있었다. 그러나 형부는 오히려 학위를 중도 포기하고 집안 사업을 잇고 있었다.

"내가 보기엔 그 쪽도 답답해. 돌아오자마자 형부한테 여자가 생겼잖아. 사람은 어김없이 뭘 하나 얻으면 내주는 게 있다니까. 어쨌거나 형부 사업도 잘 되고, 언니도 지금은 시간 강사지만, 몇 년 안에 교수로 임용될 거래. 석희와 석주 둘 다 지 엄마 닮아서 그런지 공부는 잘 해. 성격들은 별로지만. 그것도 지 엄마 닮았나?"

혜미는 말을 하면서 옷을 챙겨 입었다.

"소라야, 소라야, 외투 갖고 나와. 언니, 언제 내 비디오가게에도 놀러 와."

"그래."

혜규는 소라에게 외투를 입히고 신을 신겼다. 대문 밖 작은 마당에 빨간 소형자동차가 세워져 있었다. 8톤 트럭이 잔뜩 실은 자갈의 무게로 진동을 일으키며 빠르게 지나갔다.

"아휴, 왜 저렇게 큰 차들이 속도를 내고 달릴까. 어디 공사를 하나? 맞아, 바다로 넘어가는 저 고개 위에 도로 공사한다고 들었어. 사차선 도로를 연결시킨다나."

집 앞을 지나는 도로는 읍의 경계를 지나 시의 외곽 해안 마을들로 이어졌다.

"그래도 집 근처를 지날 때는 속도를 좀 낮추어야지, 저렇게 무섭게 지나 가냐?"

혜미가 불만을 터뜨리며 차에 올라 고모할머니와 혜규를 향해 들어가라는 듯 두어 번 손을 흔들었다. 액셀러레이터를 거칠게 밟았는지 차가 튀듯이 왈칵 도로로 나갔다. 뒷좌석에 탄 소라가 이쪽을 향해 보이지 않을 때까지 손을 흔들었다.

"조심해야지, 성격하고는……."

삶이 깊어질수록 45

대문 앞에서 함께 지켜보던 고모할머니가 중얼거렸다. 혜규는
눈앞의 풍경을 새삼 둘러보았다. 들판은 온통 계란 흰자위로 거품
을 풀어놓은 듯 눈에 덮여 있고 들판 한가운데엔 소나무 다섯 그
루가 둘러 선 두 개의 무덤이 고요했다. 넓은 들판 끝 은하수 둑
아래 마을도 눈 속에 아득했다. 언덕길의 아카시아 나무들은 무엇
을 수호하듯 하늘 높이 자라고 있어서 언덕 위에 성지라도 숨어
있을 것만 같았다. 그러나 언덕 위에는 그저 평범한 붉은 벽돌 외
장의 아파트 몇 동이 놓여 있을 뿐이었다. 혜규는 한순간 풍경을
담은 뒤 두 눈을 감았다. 눈 속에서 검푸른 바퀴들이 굴러다녔다.

7년 전 초봄에 혜규는 그 아파트를 바라보며 신혼의 꿈을 꾸었
었다. 엄마와 함께 도배 장수, 칠 장수를 데리고 다니며 집을 꾸몄
었다. 이웃 시로 나가 그릇과 이불, 가구 같은 혼수를 마련했었다.
평생을 쓸 것처럼 심사숙고해 선택한 장롱과 식탁 같은 가구들은
혜규가 결혼식을 올리고 신혼여행을 떠난 다음 날 들어오기로 되
어 있었다. 혜규는 그릇과 이불과 장식품들과 수예품 같은 혼수로
자꾸만 좁아지는 방에서 잠이 들었었다. 집이 생기고, 살림살이가
생기고 적지 않은 생활비가 생기고, 무엇보다 인채가 영원히 남편
이 된다는 사실이 믿어지지 않아 누웠다가도 벌떡 일어나 앉곤 했
었다. 삶을 그리 쉽게 소유하는 것이 불안하고도 달콤했다. 그래
서 가족이 사는 들판 집에서 빤히 보이는 언덕 위의 아파트를 신
접살림 집으로 정했는지도 모른다.

그땐 자신을 위해 행복이 기다리고 있는 줄로 믿었고, 인생이
예정 속에서 그토록 간단하고 쉽고 평범한 것인 줄로 알았다. 고

모할머니가 해 준 무섭고 슬픈 이야기들은 먼 곳의 특별한 사람들만 겪는 불행이거나, 지어낸 이야기라고만 생각했다. 그러나 지금은 행복이야말로 이 삶 너머에 있는 말이라고 생각한다. 살아서 몇 번이고, 자신을 부정하고, 자기 삶을 넘어섰을 때에야 스스로 수락하는 행복이라는 말의 의미를 납득하게 될 것이었다.

엄마는 잠들어 있었다. 움푹 팬 눈을 감고 틀니를 뺀 얼굴이 밀랍 인형처럼 단단하고 작았다. 그 모습은 차갑고 무력하고 슬프게 보였다. 고모할머니는 햇볕이 잘 드는 마루의 소파에 앉았다. 혜규는 마루 끝에 달린 유리문들을 닫았다.

"난로를 켤까요?"

"아니다. 눈이 녹고 있어서 따뜻하다."

공기 중엔 16분음표 같은 아지랑이가 자글자글 피어오르고 있었다. 마당의 빨랫줄엔 눈이 녹아 총총히 맺힌 물방울이 수정처럼 빛을 반사하며 반짝거렸다. 검은 것이 유독 더 검게 보이는 한낮이었다. 고모할머니가 잔잔한 눈빛으로 혜규를 지그시 바라보았다. 할 말을 애써 가라앉히는 얼굴이었다.

"혜규야, 너, 혹시 예경이 만난 적 있니?"

"아뇨."

텔레비전에서 본 예경의 얼굴이 선명하게 떠올랐다.

"지난 해 가을에 나를 찾아 왔었다."

"잘 지낸데요?"

혜규는 별 관심이 없었다.

"나한테, 용서를 빌더라."

"왜요?"

"……."

고모할머니는 온 세상이 모두 애처롭다는 듯 한숨을 내쉬었다.

"예경이 할미를 난 잘 알지. 기생이었다. 손발이 유독 작았지. 우리 오라비, 그러니까 너희 할아버지가 마흔 살이 다 되어 첩을 들였는데 2년을 살고 네 작은 아버지를 낳고는 젖을 떼자 흔적 없이 떠나 버렸다. 네 작은 아버지는 행랑채에서 종들 손에 자랐지. 나라도 바뀌고 법도 바뀌었어도 세상은 좀처럼 바뀌지를 않았지. 네 아버지와는 전혀 다르게 자랐다. 그때만 해도 그게 당연한 줄 알았고……."

"혜규야."

혜규가 말을 재촉하듯 바라보았다. 혜규의 눈빛에 고모할머니는 오히려 말이 막히는 모양이었다.

"왜 그러세요, 고모할머니?"

고모할머니는 끙끙 앓는 듯 말을 물고만 있었다. 이야기가 청산유수인 고모할머니에게도 풀어내기 어려운 말이 있는 모양이었다. 고모할머니는 마당의 둥근 정원 쪽으로 눈길을 피했다.

"어느 해 이렇게 따뜻한 눈이 덮여 녹고 있는 한낮이었는데, 네가 우리 집에 심부름을 왔지. 세상에, 내복을 벗어던지고 맨살에 치마를 입고 왔더라. 다리에 겨울 때가 하얗게 일어나서는, 춥지 않냐고 물으니 볼이 발그레해서는 도망을 치더구나. 지금도 생생하다. 아홉 살이나 열 살쯤이었을 걸."

고모할머니가 갑자기 방향을 틀어 엉뚱한 이야기를 하고 있었다. 그 말을 듣자 아지랑이를 흔들며 불어온 따스한 첫 봄의 바람이 고양이 꼬리처럼 무릎에 감기던 느낌이 생생했다.

"넌 어릴 때부터 참 얌전했지. 아주 어릴 때도 밖에 나가 뛰면서 놀지 않았어. 바느질하는 나와 네 엄마 곁에 붙어 실을 감아 주거나, 부엌문 앞에 앉아 나물을 다듬는 것을 함께 하거나 빨래를 걷어 주면 개거나, 아니면 뒷마당 호두나무 아래서 깨어진 옛 토기들을 가지고 놀았지. 네가 하도 집에서 맴돌아서, 자라면 이내 결혼해 알콩달콩 다복하게 살줄로만 알았다."

혜규가 집 안에서 맴돌았던 것은 얼굴의 점 때문이기도 했다. 유치원을 다닐 때부터 아이들은 기분이 좋을 때는 어울려 놀다가도 마음이 틀어지면 혜규의 점부터 트집을 잡고 놀렸다. 풀을 짓이긴 듯 짙푸른 점은 어린 혜규의 마음에도 점점 깊은 멍을 드리웠다. 혜규는 어두웠고 고집스러웠다. 새로운 장소에 가는 것, 새로운 사람을 만나는 것을 가장 싫어했다. 학년이 바뀌고 반이 바뀌는 3월은 늘 홀로 캄캄한 지하 세계를 헤매는 기분이었다. 점은 혜규를 보통 아이와는 좀 다르게 보이게 만들었고 실제로 혜규는 점점 달라져 갔다.

나중엔 들판 가운데 외딴집에 살았으니 가까이 친구도 없었다. 하지만 그것도 성격에 속하는 일이어서 혜미나 혜진, 혜도는 방과후나 방학 중이면 먼 친구 집을 찾아다니느라 얼굴 보기가 오히려 어려웠다. 집에서 맴돌다보니 자연 엄마를 조금씩 돕게 되었다. 식구도 많았지만 어릴 때는 할머니가 병들어 누워 있었고, 할머니

삶이 깊어질수록 49

가 돌아가시자 나중엔 할아버지가 병들어 누워 있었다. 할머니 할아버지가 자리에 누워 지낸 기간이 7년이었는데, 아버지 교사 월급으로는 일 도와 주는 사람도 따로 쓰지 못했다. 엄마는 늘 일에 치여 살았다. 혜규는 대체로 방안이나 뒷마당에서 혼자 노는 편이었지만 마루에 걸레질도 하고 시장 심부름도 했다. 빨래 걷기와 개기는 도맡아 했었다.

"니 엄마와 나는 혜미야 말로 사내애 같아서 바깥 일 왕성하게 하며 멀리 떠나 살 거라고 상상했다. 그 앤 고추밭에 터 팔라고, 어릴 때 내내 남자 애 옷을 입고 자랐지. 사람 운명을 어찌 알았겠니? 지금 와서 보니 오히려 집 밖으로 멀리 떠돈 것은 혜규 너이고, 시집조차 고작 바로 옆으로 가서 늘 집 주위를 돌며 엄마를 돌보는 건 혜미지. 혜미는 왈가닥 같지만 실은 겁이 많고 정이 많고 따뜻해. 혜진이야, 원래 저만 아는 차가운 애였고. 공부도 잘 했고 사업하는 집으로 시집 가 유학하고 돌아오더니 대학 강사가 되어 명예도 누리지. 혜진이가 아들이었으면, 네 아버지가 어깨를 펴고 살았을 텐데, 혜진이가 아들이었으면 집안을 다시 일으켰을 거야. 우린 여자 애치고는 차갑고 욕심 많고 지나치게 똑똑한 혜진이가 혼자 살 팔자라고 생각했었어. 그런데, 아직 혼자인 건 혜규 너니……. 사실 혜규 넌 조용했지만, 마음의 고집이 센 아이였다. 너희 엄만 걱정하곤 했어. 아침에 기분 나쁜 일이 생기면 하루 종일 그 기분이 지속 되었고, 어떤 일은 몇날 며칠 간다고……, 옆에 두기 은근히 까다로운 애라고 했지."

그랬었다. 기분이 상했을 때는 여러 시간 혼자 뒷마당에서 보냈다. 어느 날은 뒷마당이 차서 더 그릴 자리가 없을 때까지 말과 오리와 집과 여자 같은 것을 그리기도 했었다.

고모할머니는 아버지의 막내 고모였다. 식민지에서 해방되기 몇 해 전에 전문학교를 나와 스물두 살에 아들을 낳았고 며느리를 일찍 봐 마흔 아홉 살에 벌써 할머니가 되었다. 고모할머니는 이 집의 아이들이 아직 어릴 때 '이야기 할머니'로 불렸다. 지금 생각하면, 할아버지가 일찍 돌아가셔서 살림을 일찌감치 며느리에게 넘겼고 두 아들은 도시에서 공부를 하고 있었으니 무료했을 수도 있었다. 자주 혜규네 집으로 건너왔고, 늘 떡이나 과자를 만들어 아이들을 고모할머니 댁으로 유인 했었다. 특히 방학 기간이나 긴 겨울밤들, 집 바깥에서 늦도록 시간을 보내던 여름밤에 아이들은 고모할머니 곁에 조롱조롱 붙어 지냈다.

환갑을 넘기자 고모할머니는 자기 몫의 유산을 나눈 뒤 집은 큰아들에게 맡기고 작은 아파트로 나가 혼자 살았다. 언젠가 꼭 혼자 자유롭게 살고 싶었기 때문이라 했다. 고모할머니는 지금도 정기적으로 아들들 집과 혜규네 집을 방문해 며칠 씩 머물지만 대체로 작은 아파트에서 혼자 지냈다. 오랫동안 익힌 요가를 하고 친구 몇과 어울려 절에 예불 다니고, 문화원 소속의 소리 패에서 이따금 장구를 쳤다. 한평생 불경과 《삼국사기》와 《삼국유사》, 《그리스 로마 신화》와 자연과학 서적들을 곁에 두고 반복해 읽었고 서예를 했다. 글자는 주술이어서 같은 글자를 자꾸 쓰다 보면, 글자대로 소원이 이루어진다는 것이 고모할머니의 믿음이었다.

"혜규야, 내가 너를 특히 더 예뻐했던 거 아니?"

삶이 깊어질수록 51

혜규가 비밀이 담긴 미소를 지었다. 고모할머니는 혜규를 편애했다. 혜미와 혜진과 예경이 알아채고 입을 비죽일 만큼. 어느 해엔 고모할머니가 설 선물로 보내온 한복의 저고리 소매단과 고름, 치맛단에 혜규의 것만 분홍색 매화꽃 수가 놓여 있어 혜미가 울음을 터뜨리기도 했다. 입학과 졸업 선물도 혜규에겐 마음 씀이 늘 달랐다.

"늙고 병든 오빠와 올케를 네 엄마에게 온통 맡겨 놓고, 난 지척에서 딴 살림을 살아야 하니 형용할 수 없이 죄스럽고 고마웠지. 틈나는 대로 도와주려고도 했지만, 일 년 삼백 육십오일 일구덩이에 빠져 사는 네 엄마에게 무슨 도움이 되었겠니? 아이들이라도 떼어 주자고 늘 집에 떡과 과자를 해 두고 너희들을 벌처럼 꼬이게 했지. 그런데 가만 보니, 혜규 너는 다른 아이들과 달리 집 안에서 맴돌며 엄마를 돕더구나. 네 엄마가 이따금은 네게 화풀이를 했던 것도 안다. 그렇게라도 치솟는 화를 못 풀었으면 진작 화병으로 넘어졌을지도 모르지. 그러니 엄마 곁에서 불똥을 맞아 주었던 네가 한 것 없이도 크게 도운 셈이다. 네 엄마 늙어서 발병한 것도 오래 병치레 한 우리 오빠 내외와 니 애비 탓인 것만 같다. 우리 부모 오래 병을 앓아 등골을 뺐거니와 니 애비 얼마나 성질 고약했냐? 차갑고 허약하면서 무섭고 이기적이고 참 인색했지. 게다가 허무에 빠져서 평생을 같이 살아도 네 엄마를 산 사람 취급을 하지 않았어. 살아 있는 마음이 있어 상처 받는다는 것도 모르고 위로 받고 싶어 하는 것도 모르고 쓰러질 정도로 고단해하는 것도 몰랐지. 네 애비에겐 천지가 헛것이었고 사람도 헛것이었지.

그러니 어디에 정이 있었겠니. 네 엄마가 얼마나 외롭게 살았는
지……. 그러다보니 네 엄마 성격도 차갑고 강퍅해지고 때론 무
섭다 싶을 정도로 사나울 때도 있었지. 하지만 난 네 엄마 이해한
다. 무르기만 했으면 그만큼도 못 버텼을 것이다."

혜규도 고개를 끄덕였다. 엄마는 한 번은 어린 아이들을 방 안
에 모두 가두고 매를 들고는 무차별적으로 때린 적도 있었다. 뚜
렷한 이유도 없었다. 아마도 뜻대로 살아지지 않는 엄마 자신의
울분 때문이었을 것이다. 그런 식으로라도 힘을 내야했는지도 모
른다. 혜규 역시 엄마가 무서웠고 가여웠다. 그러나 자라서는 엄
마의 무력함을 경멸하기도 했었다. 엄마는 아버지를 닮아가는 것
같았다. 엄마는 아버지를 따라, 자식을 대했다. 혜도를 무시했고
혜진은 머리 위에 모셨으며 혜규에겐 무심했고 혜미는 성가셔 했
다. 그리고 그 아이들을 모두 헛것으로 보듯 했다. 혜진도 혜미도,
혜도도. 그 속에 추워하는 여린 마음이 있는 것을 몰랐다.

"하지만 아버지 미워하지는 마라. 니 애비는 자신에겐 더 차갑
고 인색한 사람이었으니. 니 아버진 병원에서 링거도 거절하고 음
식 섭취도 거부했다. 암으로 죽은 게 아니라 엄밀히 따지면 사인
은 아사일 거야. 그런 사람이었어. 혜규야, 네가, 아버지 병원에도
들러 보지 않고, 장례식에도 오지 않아 나는 놀랐고 서운했다."

"……."

"니 아버지가 네게 어떻게 했는지는 나도 안다."

아버지는 혜규가 손목에 붕대를 감고 병원에서 돌아온 지 6개
월쯤 지났을 때, 선을 보게 했었다. 또 경계선을 넘은 곳에서 시부

삶이 깊어질수록 53

모 될 사람과 남자가 한 차를 타고 집으로 왔었다. 남자는 상처해 네 살 난 딸애가 있었다. 혜규는 두문불출 집 안에만 박혀 지냈으나 아버지는 집 안에서조차 혜규와 마주치는 것을 못 견뎌했다. 아버지가 원했던 것은 오직 한 가지, 혜규를 눈앞에서 치우는 것이었다. 그것도 경계선 바깥으로……

"딸이란, 아버지에게 절대로 만만한 존재가 아니다. 어릴 땐 볼에 입을 맞추고, 껴안아 주고 손을 잡고 다니지. 자라는 여자 애들이란 얼마나 요사를 떠는지, 하긴 아버지들이 딸들이 요사를 부리도록 부추기지. 그러나 딸이 가슴이 자라고 월경을 치르면 아버지들은 마음 깊은 곳에 딸들을 감추게 된단다. 마치 내연의 여자라도 되는 듯 남들에게는 마음을 감추고 스스로는 두려워하지. 어쩌면 모든 딸들은 전생에 아버지들의 처거나 첩이었는지도 모른다. 딸들에 대한 아버지의 마음이란 그렇게 은밀한 데가 있는 것이다. 옛날 이야기속의 아버지들이 가장 무서워한 건 딸이었다. 딸과 교합하게 되는 것이 가장 큰 공포였지."

혜규의 얼굴이 왈칵 붉어져 말리듯 손사래를 쳤다.

"고모할머니……"

그러나 고모할머니는 표정하나 바뀌지 않았다.

"왜? 늙은이가 이런 말하니 어울리지 않는다는 게냐? 사라지지 않고 전해오는 옛날이야기란, 모두 바로 우리 마음속에서 나온 거다. 우리 마음에 없는 이야기는 만들어지지 않고, 만들어졌다 해도 이내 사라져 버리지. 네가 어릴 때, 네 아버지가 얼마나 애지중지 했는지 기억해야 한다. 그러면 지워지기라도 하듯, 얼굴의 점

54 언젠가 내가 돌아오면

을 늘 손으로 어루만졌어. 어린 네게 직접 피아노를 가르쳤지. 붓
글씨도 가르치지 않았냐? 유난히 네 손을 잡고 산책을 자주 다녔
다. 넌 이상하게 의젓하고 유순해서 보기 좋았지."

"초등학교 저학년 때까진 그랬죠. 아버진, 내가 학교에서 두각
을 나타내지 못하자 실망했었어요."

아버지는 차례차례 아이들에게 낙심했다. 한결같이 아버지의
관심을 독차지했던 아이는 언니 혜진이었다. 혜진은 초등학교 3
학년부터 대학까지 내내 1, 2등을 놓치지 않았고 신학기마다 반장
으로 뽑혔다. 그로인해 아버지는 혜도를 더욱 무시하며 그 실망감
을 혜진을 통해 달랬다. 말하자면 혜진은 아버지에게 유일하게 자
랑스러운 자식이었다.

"네 아버진 네가 불행해지자, 자신이 숨겨 둔 여자가 팔자를 그
르치기라도 한 듯 전전긍긍했지. 네 아버지가 특히 나빴던 것은
너를 온통 자기 딸로만 여겼다는 거야. 자신과 혜규 너의 독립적
인 인생을 분리하지 못했어. 옛날 아버지들이 흔히 저지르는 잘못
이다. 옛날 아버지들이란, 딸이 어떤 남자와 결혼하면 그걸로 자
기와는 관계 끝이라고 여기기 때문이야. 그 뒤의 인생이란 무탈하
면 최고였지. 달리 딸의 인생에 대한 상상력이 없었다. 네 아버지
도 옛날 아버지였던 거야."

"……"

"그렇게 이해하거라."

혜규는 고개를 끄덕였다.

"너의 집, 겉보기에는 아쉬운 것 없이 유복하게만 보였을 것이

삶이 깊어질수록 55

다. 사람 사는 속이란 게 다 그렇지, 누가 네 엄마가 발병한 그 속 사정을 알겠니?"

아버지, 엄마는 유독 더 체면을 중요시해서, 남들에게 흉잡히는 것을 싫어한 사람들이었다. 그러니 이런저런 일을 겪을 때마다 다른 사람보다 몇 배는 더 힘들었을 것이었다.

"혜규야, 산소에 꼭 다녀와."

혜규는 억지스럽게 미소만 지었다. 아직도 모든 게 보류되어 있는 대답이었다.

"혜규야……."

고모할머니는 정작 하고 싶었던 말은 여전히 입 안에 물고 있는 모양이었다. 끙끙 앓는 표정이 가시지 않았다. 고모할머니가 한숨을 쉬었다.

불가능으로 둘러싸인 섬들

1

혜도는 일주일 째 행방불명이었다. 식구들은 아무도 걱정하는 내색을 하지 않았다. 다만 혜미가 혜도 특유의 무책임에 대해 불만을 늘어놓았다. 엄마는 아무렇지도 않았다. 어찌나 무표정한지 이제 어떤 경우에도 자식들 일로는 놀라지도 않고 마음을 다치지도 않을 것 같았다. 하지만 아무도 모르게 걱정하는지도 모를 일이었다. 깨어 있는 시간이 길어졌다.

카페에는 혜규가 대신 나가야 했다. 카페는 읍의 경계를 벗어나 유서 깊은 못이 있는 조그만 면 소재지의 간이 기차역 근처에 있었다. 초록빛 물이 찰박이는 못가 비탈 위의 평평한 솔숲은 인근 학교의 소풍 장소였다. 혜규도 학교를 다니는 동안 몇 번이나 봄가을에 소풍을 갔었다. 면소재지는 이웃 시와 경계를 하고 있어

철길에서부터 저수지 수문이 있는 둑 아래까지 백숙집과 가든과 카페들이 들어서 있었다. 아름드리 벚나무가 철로 변에 서 있던 간이 기차역도 폐쇄되어 식당으로 변해 있었다.

기차역을 지나 차단기가 있는 선로를 넘어 저수지로 들어가는 길가에 흰 회벽으로 칠하고 붉은색 덧문을 단 유럽식 2층 건물이었다. 입구에 세워진 나무 기둥에 철제 장식 고리로 매단 흰색 목 간판에는 '세상 끝의 입맞춤'이란 글자가 진 초록색으로 쓰여 있었다. 카페로 들어가는 마당엔 검은 기름 먹인 침목이 깔려 있고 침목 사이엔 녹물 밴 자갈 대신 노랗게 마른 잔디가 채워져 있었다.

혜도는 오후 한 시에 문을 열어 자정에 닫았고 스낵 수준의 식사 요리 몇 가지와 맥주와 칵테일, 포도주와 위스키 그리고 안주들과 온갖 종류의 차와 과일주스와 커피를 메뉴로 하고 있었다. 카페 이름에 비해 내부는 별다른 특징도 없고 의욕도 보이지 않았다.

오후 네 시가 되었지만, 두 쌍의 커플이 다녀갔고 테이블엔 한 쌍의 남녀가 마주앙 스페셜과 치즈 접시를 놓고 앉아 있었다. 혜미가 전화를 해 투덜댔다.

"하나도 변한 게 없어. 이제 백수도 아니고 업체를 가진 사장이란 자가 온다간다 말도 없이 사라지는 게 말이 돼? 지금쯤이면 자리를 잡았어야 할 시기인데도 주인이 행방불명! 이내 말아먹고 말거야. 금새라고. 엄마가 우울증에 걸린 것도 다 오빠 때문이야. 아들이라고 하나 있는데, 나이 마흔에도 금치산자 같이 비실거리기만 하고 제멋대로만 사니, 이번엔 대체 어딜 간 거야? 아직도 모래성 쌓는다고 해변에 엎어져 있나? 완전히 애야, 애……."

혜미는 식구끼리 비난하기를 좋아하는 집안의 전통을 보여주듯 기다렸다는 듯이 혜도를 질타했다. 그런 식으로 탓을 하자면, 혜규야 말로 엄마를 발병 시킨 원인 제공자였다. 그런 면에서 혜규는 혜도에게 이심전심의 동질성과 연민과 공범자적 유대를 느꼈다.

예전의 혜도는 동해안이나, 서해안이 아니면 남해안 쪽 어느 바닷가 마을로 떠나곤 했었다. 혜도는 샌드 캐슬 오브 사이런스(sand castle of silence) 멤버였다. 1992년에 모인 여섯 명이 이집트의 카이로에서 버스를 타고 오아시스 마을 바헤리아에 들어가 보름을 머물고 온 뒤 결성한 모임이었다. 그들이 가 있었던 10월에 카이로에서 지진이 나 500명 이상이 죽고 집 수천 채가 부서졌고 도시 한 부분이 폐허가 되었었다.

그 사이 자살로 한 명이 결원되었을 뿐 다섯 명의 멤버는 유지되고 있었다. 1995년도에는 중국 북서부 신장 위구르 자치구의 타클라마칸까지 몰려가서 샌드 캐슬 오브 사이런스의 친목을 다졌다. 그곳에는 높은 산도 하나 없이 사구들이 바람에 불려 다닌다고 했다. 그들은 흙을 경멸했다. 한 줌 흙이란 한 달만 젖어 있어도 마흔 가지 벌레와 풀이 꿈틀거리며 기어 나오는 불순한 것이었다. 모든 것이 흙으로 말미암았다. 모래는, 순결한 부재의 기록이고 비역사이고 무 자체였다. 세상에서 죄 없는 것, 궁극은 모래였다.

서른아홉 살이나 된 남자의 꿈은 세상의 모든 해변에서 모래성을 쌓는 것이었다. 혜도가 말하기를, 세상 모든 해변의 모래의 수를 다 합해도 우주의 별보다는 적은 수라고 했다. 정말일까, 그가 하는 다른 말처럼 의심스러웠다. 지구가 잘해 봤자 세상 모든 해변의 모래 알 중의 하나라는 말을 믿어야 할까…….

혜도는 애초부터 생의 궤도를 약간 벗어나 있었다. 어디에서부터 무엇이 잘못되었을까. 밥이 아닌 카스텔라와 우유만 먹고 자랐던 어린 시절이 문제일지도 모른다. 그에게 무거운 대상은 단 두 가지, 아버지와 순이였을 것이다. 아버지는 무서운 사람이었으나 혜도에게는 번번이 졌다. 혜도는 열네 살이 될 때까지 흥분하면 경기를 했던 것이다. 열일곱 살에 시작되어 스무 살에 끝난 순이와의 첫사랑이 문제일지도 모른다. 스물다섯 살에 새로운 생을 시작하려 했을 때 카이로 행이 좌절되었기 때문인지도 모르고 엄마 말대로, 아버지가 늘 중얼거렸던 전도서의 첫 구절 때문인지도 모른다.

헛되고 헛되다. 사람이 하늘 아래서 아무리 수고한들 무슨 보람이 있으랴. 한 세대가 가면 다음 세대가 오지만 이 땅은 영원히 그대로이다. 떴다 지는 해는 다시 떴던 곳으로 숨가삐 지고 남쪽으로 불어 갔다 북쪽으로 돌아오는 바람은 돌고 돌아 제자리로 돌아온다. 모든 강이 바다로 흘러드는데, 바다는 넘치는 일이 없구나. 강물을 떠났던 곳으로 돌아가서 다시 흘러내리는 것을. 세상만사 속절없어 뭣이라 말할 길이 없구나. 아무리 보아도 보고 싶은 대로 보는 수가 없고 아무리 들어도 듣고 싶은 대로 들을 수 없다. 지금 있었던 것은 언젠가 있었던 것이요, 지금 생긴 일은 언젠가 있었던 일이라 하늘 아래 새것이 있을 리 없다.

혜도가 원하는 일은 그다지 많지 않다. 첫사랑인 순이를 다시 만나는 일과 엄마가 먼저 죽을 때까지 사는 일, 그리고 꼭 쉰 살에 이집트의 사막 마을 시와의 텐트 속에서 사위는 저녁 빛이 모세혈관 구석구석까지 너무나 부드럽게 흡입되는 것을 느끼며 느리게 죽어가는 일이다. 왠지 모르지만 죽는 장소는 꼭 사막 도시 시와여야 했다.

혜미 말을 들어 보니, 혜도는 아버지 임종 직전에 결혼을 했다가 아버지 돌아가시고 다섯 달 만에 이혼을 했다. 그때 혜도의 아내는 이미 임신한 상태였다. 친정으로 돌아가 있던 여자는 여섯 달이 지난 뒤 갓난아이 문기를 집으로 보냈다. 혜도 주위에 여자들은 늘 있지만, 십 년도 더 된 관계인 열 살 연상의 술집 마담을 제외하고는 가든에서 일하는 여자 같이 이런저런 뜨내기에 불과했다. 그런데도 신기한 것은 그 억척스러운 여자들이 한결같이 피부도 곱고 자궁에 물이 도는 길이 보일 듯 투명하고 말랑말랑하고 유순한 여자들이라는 점이다.

혜도가 인생을 바로 잡을 마지막 기회인 유산으로 가게를 인수하자 가족들은 반신반의하면서도 변화를 기대했었다. 그런데 겨우 다섯 달 만에 나 몰라라하고 사라져 버린 것이었다. 이내 말아먹지. 말아먹는 건 시간문제야. 아이가 자라나는데, 어쩌려고 그렇게 무책임한지, 늘 그랬지만 오빠 집안의 우환거리야. 이런 저런 말을 늘어놓는 사이사이, 혜미는 이내 말아먹지를 추임새 넣듯

불가능으로 둘러싸인 섬들 61

반복했다.

그 사이 두 커플이 더 들어왔다. 가끔 서로의 눈을 떼지 못하는 열정적인 쌍도 있었지만 대체로는 물건이라도 깎아 보려는 듯한 시선으로 서로를 힐금힐금 살피며, 중요하지 않은 흥정이라도 하는 것처럼 건성건성 굴었다. 저녁이 되자 카페는 텅 비었다. 한 시간 이상 손님이 끊기자 혜규는 주방 아줌마를 퇴근시키고 네온등과 천장의 조명들을 소등했다. 혜규는 밤이 깊도록 어둑한 카페에 홀로 앉아있었다. 혜규의 곁으로 기차가 몇 번이나 다가왔다가 밀어져 갔다. 그 철길은 혜규가 실려 내려온 길이기도 했다. 기차가 지나갈 때마다 실내가 흔들리고 형주가 떠올랐다.

2

형주와 둘이 자주 가던 공원 앞에 카페가 있었다. 1층은 생맥주집이었고 2, 3층이 카페였다. 형주와 혜규는 공원을 산책한 뒤 가끔 그 카페의 넓은 통유리 창가에 앉아 하이네 캔이나 비엔나커피를 마셨었다. 어느 날 커피를 마시러 갔더니 2, 3층 카페가 까맣게 불에 타 있었다.

벽 전면 창의 유리들은 창틀째 날려가 뻥 뚫려 있었다. 나무 재질의 출입문도 직사각의 공동을 남긴 채 흔적도 없었다. 전소의 색은 보랏빛이 스민 광택 있는 흑연색이었다. 3층으로 오르는 난간을 가진 내부 철제 계단의 검고 가느다란 골조와, 유화가 붙어 있어서 더 뜨거웠는지 외장 벽돌까지 드러나 버린 한쪽 벽, 불탄 전기의 철선들이 치렁치렁 떨어진 천장과 쇠 장식장과, 그 속에 여전히 형태를 유지하고 있는 작은 돌탑과 한 쌍의 청동 백조 장식물 같은 것들, 그들이 늘 앉던 자리의 테이블과 의자의 금속 골조……. 사물은 아름다웠다. 불이 붙어 완전히 전소되는 동안 카페 안의 사물들은 어느 것 하나 제자리에서 미동도 하지 않았다.

그들이 늘 앉았던 창가 테이블과 의자들이 꼼짝도 않고 불에 타는 사념이 보였다. 형주가 혜규의 손을 부서뜨릴 듯 힘주어 쥐며 말했다.

"우리 밖으로 나가지 말자. 다 타도록 꼼짝도 하지 말자. 빠져나가지 말고 저렇게 다 타 버리자. 완전히 다 타 버릴 때까지 미동도 하지 말자."

그때 혜규도 고개를 끄덕였었다.

'그럴게요. 미동도 하지 않을게요.'

하지만 두려웠다. 두려워서 손을 풀고 도망가고 싶었다. 혜규는 형주의 손을 더 세게 잡았다. 손이 잡힌 혜규의 몸 안에서 말들이 전율하며 흘러 다녔다.

'화염의 고온, 우린 이미 그 속에 있어요. 이토록 뜨거우니, 곧 불꽃이 우리에게 옮겨 붙을 거예요. 마침내 불길이 번져 와 우리 몸을 파헤칠 때 난 정말 저 창가의 의자들처럼 두 손을 무릎 위에 놓은 채 꼼짝 않고 다 탈 수 있을까요? 저렇게 골조만 남을 때까지 미동도 않고 전소될 수 있을까요? 난 두려워요. 우리가 정말로 사랑하는 것 같아, 난 무서워요.'

3

7년 가까이 근무했던 편집 대행사의 사장은 마침내 손익분기점의 선상에서 허덕이던 사무실을 접었다. 그는 고등학교 동창과 새 사업을 할 생각이었다. 망해 가는 마트를 싸게 사서 수단과 방법을 가리지 않고 주변의 슈퍼들과 경쟁 마트들을 먹어 치운 후에 즉시 팔아넘긴다는 전략이었다. 몇 번만 그렇게 돌리면 빌딩도 살 수 있을 것이라고 장담했다. 사장의 표정은 더러운 인생, 하고 스스로 모욕하는 것 같이 자학적이었지만 동시에 들떴고 비장했다. 그는 몇 번이나 네 명의 식구들에게 미안하다고 했다. 사장은 뿔뿔이 흩어져 호구지책을 마련해야 하는 식구들 앞에서 길게 견디지 못했다. 점점 말이 없어지더니, 나중에는 뻣뻣이 굳은 얼굴로 계산을 하고 먼저 자리를 떠났다. 커다란 룸의 테이블엔 샤토브리앙과 카스와 발렌타인과 치즈 안주와 과일 안주, 마른안주 접시들이 성찬처럼 가득 올려져 있었다.

그 뒤에도 네 명의 식구는 오랫동안 룸에 퍼져 있었다. 아무도 노래하지도 않았고 허용되어 있는 지하의 클럽으로 춤을 추러 가지도 않았다. 윤 실장은 맥주 7부, 발렌타인 5부로 거품이 넘치는 폭탄주를 만들어 돌렸다. 네 번쯤 거푸 돌았을 것이다. 다들 너무 취해 버렸다.

"어디로 가세요?"

누군가 혜규의 어깨를 흔들며 물었다. 카키색 버버리 코트를 입고 서류 가방을 든 30대 중반의 남자였다.

"어느 쪽으로 가세요?"

머리카락을 짧게 자른 남자는 다시 물었다. 코트 속에 짙은 색 양복과 새하얀 와이셔츠, 양복과 같은 색의 넥타이까지 갖추어 맨 정장 차림이었다. 세상이 물에 잠긴 듯 조용하고 어두웠다. 정신을 차리고 보니 혜규는 셔터가 내려진 옷 가게 앞의 턱에 오도카니 앉아있었다. 혜규는 장식 없는 검정 스웨이드 구두와 검정 스타킹과 몇 년 동안 겨울을 난 회색 모직 스커트와 같은 색 터들 스웨터, 그리고 검정색 누비 코트를 차례로 확인했다. 옷차림에 이상은 없었다. 왼쪽 손에는 휴대폰을 꼭 쥐고 있었다. 밤공기와 옷 안의 체온이 저항 없이 뒤섞여 안팎의 경계를 잊게 만드는 2월 말의 밤이었다.

"택시가 정말 잡히질 않네요."

남자가 중얼거리며 곁에 앉았다. 혜규는 우선 그곳이 어딘지 알고 싶었다. 고가도로 아래의 횡단보도 지점, 이 거대 도시에 스무 군데 이상 그와 비슷한 장소가 있을 것이다. 그래서 공간지각 능력이 느리게 작동되었지만 느린 만큼 형주와 허벅지를 부딪치며 걸어 본 길에 대한 지각이 더욱 예리하게 되살아났다. 낯익은 브랜드의 옷 가게와 일식당과 미장원과 은행……. 형주와 혜규의 사무실 중간 위치였다. 혜규와 형주는 여러 번 그곳을 걸어서 지난 적이 있었다. 퇴근 후 간단한 저녁을 먹고 극장에 가거나, 맥주를 마시거나, 쇼핑을 할 때, 그들은 차가 막히는 도로를 피해 걸었다. 휴대폰 케이스에 장착된 시계를 보니 새벽 두 시였다.

"집에 안 가도 돼요?"

불가능으로 둘러싸인 섬들 65

남자가 이번엔 도가니 뼈가 굵직한 무릎을 꺾고 앉으며 이마가 닿을 듯 가까이 얼굴을 들이대고 물었다. 깊은 밤을 넘어서는 남자의 입에서 구취가 훅 끼쳤다. 혜규는 상체를 뒤로 젖히며 벌떡 일어섰다.

"어느 쪽으로 가냐고요?"

남자가 다시 물었다.

"벼랑으로요."

잔뜩 잠긴 목소리가 문틈에 낀 스카프처럼 간신히 빠져나왔다. 혜규는 그곳을 빨리 떠나고 싶었지만 네 갈래 길에서 방향을 어떻게 잡아야 할지 몰라 주춤했다.

"벼랑? 벼랑으로 간다고요?"

남자가 반문하더니 혜규의 어깨를 잡고 주위를 둘러보았다.

"갑시다."

남자는 무언가를 찾는 듯 허공 어딘가에 눈길을 둔 채 혜규의 어깨를 끌며 성큼 나아갔다.

"저리 가요!"

혜규는 남자를 밀쳐 냈다. 택시를 잡으려고 거리에 내려선 힙합 바지 입은 청년이 놀라 뒤돌아보았다. 남자는 근처 어느 빌딩에 근무하는 샐러리맨이 틀림없었다. 그는 뻔뻔스럽다기보다는 무감각한 얼굴로 여전히 혜규 앞에 서 있었다. 그런 남자들은 이 거리 곳곳에서 수 없이 마주칠 수 있었다. 마치 비밀스러운 국가 산업체에서 생산해 거리 곳곳에 풀어놓은 기계 인간들 같았다.

심장 대신 하루 분의 초침이 돌아가고 있을 것 같은 가슴, 오직 현재성 속에서 긍정과 의욕을 사수하려는 듯 뻣뻣이 치켜들린 목과 의식적으로 개인성을 지운 사무적인 표정, 최소한의 피부만 드러내는 짙은 색의 정장 차림, 왼손에 든 서류 가방, 척추와 어깨를 편 곧은 자세와 효율적인 움직임. 생산성과 경제성과 거래 규정과 직업적 품성이 철학인 도시 경제인들, 컴퓨터게임 속의 롤러코스터를 방문해 놀고 돌아가는 인간들처럼 그들은 화면의 저 끝으로 가서 벼랑으로 툭툭 떨어져 버릴 것만 같았다. 그리고 다음날 아침이면 또 멀쩡한 얼굴로 벼랑에서 툭툭 뛰어 올라와 거리 곳곳을 활보하는 것이다. 그렇기는 혜규도 마찬가지였다. 먹을 것을 구해서는 다들 벼랑 아래로, 해결할 수 없는 삶의 심연 속으로 돌아가고 또 돌아간다.

혜규는 상점들이 셔터를 내린 어둡고 황폐한 거리를 빠르게 걸어갔다. 적어도 한 시간 동안의 기억이 떠오르지 않았다. 어디서 무엇을 한 것일까. 혜규는 다시 한 번 옷차림을 살폈다. 아껴 신은 비단 스타킹의 코가 한 줄 나가긴 했지만 단정한 편이었다.

가로등 아래 멈추어 서서 휴대폰 폴더를 열고 수신 기록을 확인했다. 아홉 시부터 한 시까지 열세 번의 수신 기록이 떴다. 모두 형주의 번호였다.

왜 하필 그곳에 있었는지 알 수 없었지만 택시 기사가 내려 주었을 것이다. 윤 실장의 도움으로 택시에 오른 기억이 떠오르긴 했다. 그러나 내린 기억은 전혀 없었다. 시간이 어디에서 흘러갔는지도……

셋집의 문을 열고 들어섰을 때 예상과 달리 형주는 없었다. 그가 기다리지 않았다는 것은 자신을 통제할 수 없을 만큼 화가 났다는 표시였다. 혜규는 옷도 다 벗지 못한 채 한 컵의 물이 쏟아지듯 침대 속으로 스며들었다.

아침에 눈을 떴을 때, 몸속의 점막들을 훑고 나왔던, 젖은 타월 같은 울음의 결이 생생했다. 창자까지 끄집어내듯이 길고 청승맞게 울었던 것 같았다. 울 때, 윤 실장이 곁에 있었던 것도 떠올랐다. 그가 술집에서 울음을 터뜨린 혜규를 밖으로 데리고 나간 모양이었다. 혜규는 천천히 화장실로 가 변기를 잡고 앉아 구토를 했다. 체했던 것일까, 그래서 갑작스럽게 술에 취해 버렸고 잠시 의식까지 잃었던 것일까……. 탈수증으로 입 안과 기도가 풀로 바른 듯 말라붙었다. 혜규는 응급처치를 하듯 냄비에 수돗물을 받아 멸치와 김치와 콩나물을 한꺼번에 넣고 끓여 마셨다. 그리고 햇빛이 들지 않게 커튼 아귀를 맞추어 붙이고 침대에 다시 누웠다. 귓속에 자신의 울음소리가 가득했다. 울음 너머로 양복을 입고 서류 가방을 든 남자의 음성이 들렸다. 어느 쪽으로 가세요? 벼랑으로…….

혜규는 중얼거리며 이물이 들어간 듯 피로한 눈을 감았다. 그 어둑한 방에서 이제 한 달 동안 내처 자 버려도 상관없었다. 밖에는 바람이 많이 부는지 창문이 덜컹덜컹 흔들렸다. 금속성의 겨울 바람과 달리 사납거나 뾰족하지 않았다. 폭이 넓고 가슴으로 미는 듯이 부드러운 바람이었다. 바람 소리 때문에 아득히 넓은 들판에 홀로 누워 있는 것만 같았다. 죽어서 누구의 것도 아닌 천지간에 떠도는 넋들의 잠을 자려는 것 같았다.

　잠 속에서 혜규는 종이로 만든 것 같은 흰색 트럭을 보았다. 흙바람이 부는 광활한 들판 한가운데로 천천히 달리는 흰색의 1톤 트럭은 커다란 종이꽃 같았다. 부연 먼지를 일으키며 달리던 트럭은 들판 길 한가운데에서 휘청대다가 주춤주춤 멈추어 섰다. 차 안에서 다툼이 일어난 듯하더니 조수석 문이 열리고 늙은 남자가 허우적대며 굴러 떨어졌다. 머리가 희끗하고 야윈 남자는 다시 트럭에 오르려고 문짝에 달려들었다. 그러나 트럭은 늙은 남자를 문짝에 매단 채 출발했다. 늙은 남자는 다시 떨어졌다. 바닥에 모로 누운 남자의 얼굴이 이쪽으로 드러났다. 아……, 혜규는 놀랐다. 늙은 남자는 형주였다. 마치 폐기물처럼 투기된 남자는 이제 꼼짝도 하지 않았다. 그러나 꿈 속에서도 혜규는 머리를 저었다. 형주가 저렇게 늙었을 리가 없다. 그러자 늙은 남자는 아버지 같았다. 그러나 아버지라기엔 젊은 남자는 이제 혜도 같기도 했다. 혜도 같기엔 너무 늙은 남자는 작은 아버지 같기도 했다. 트럭이 멈추고 쓰러져 있던 남자가 간신히 몸을 일으켜 앉아 혜규를 쳐다보았다. 인채였다. 혜규야, 꿈 속에서 누구의 것인지 모를 음성이 그녀를 불렀다. 길바닥이 걸쭉한 액체처럼 흐늘거려 혜규는 이리저리 흔들리며 트럭으로 다가갔다. 놀랍게도 트럭의 운전석에 앉은 사람은 아버지였다. 그리고 곁에는 작은 아버지가 타고 있었다. 뒤를 돌아보니 어느 새 뒤쪽 짐칸엔 인채가 웅크리고 앉아 있었다. 인채는 너무 줄어들어서 흙으로 만든 인형 같았다. 혜규야……,

11월의 새벽 바람 같은 음성이 그녀를 불렀다. 혜규는 멈칫 물러섰다. 트럭에서 경보음이 요란하게 울렸다.

간신히 잠에서 빠져나왔을 때 전화벨이 요란하게 울리고 있었다. 혜규는 형주와 그의 아내를 동시에 떠올렸다. 어느 사이 형주는 그의 아내와 한 쌍으로 혜규에게 다가왔다.

"네가 이혼하라고 했니? 내가 이혼해 줄 거 같니? 차라리 모두 다 같이 죽자. 다 죽여 버릴 거야……."

사흘 전 형주의 아내는 모두 죽자는 말로 통화를 끝냈다. 형주가 이혼 말을 꺼낸 모양이었다. 여자의 절규 앞에서 혜규는 더 이상 아무 응답도 할 수 없었다. 처음 알았을 때 너희 같은 불륜을 어떻게 응징하는지 제도의 쓴맛을 보여 주겠다고 짱짱하게 단죄할 때와는 달랐다. 돈도 받지 않고 남자와 놀아나는 창녀보다 더한 창녀라고 질타할 때와도 달랐고, 너 같이 떠도는 년은 이 남자 저 남자 아무 남자나 침대에 끌어 들일 텐데, 왜 하필이면 내 남편이냐고 억울해 할 때와도 달랐다. 그 놈은 내 거야, 영원히 내게 등기 되었어라고 차갑게 냉소하던 때와도 달랐다. 흥신소 직원을 샀으니 너희는 곧 쇠고랑이라고 협박할 때와도 달랐다. 감방에 가두어 너희 둘에게 수치감이 뭔지를 배우게 한 뒤 땡전 한 푼 없이 홀랑 벗겨 거지꼴로 내보낼 테니 잘 살아 보라고 증오할 때와도 달랐다. 교통사고가 나서 네 년 즉사하기를 날마다 하느님께 빈다고 저주할 때와도 달랐다. 삶의 내면이란 얼마나 다양한 수납의 칸들을 가졌으며 그 뿌리란 얼마나 질기고 깊은 것인가. 이미 일

어나 버린 배우자의 부정 앞에서도 한사코 지켜야 하는 결혼의 삶
이란 경이로우면서도 역겨웠다.

"오빠다."

수화기 저편에서 혜도는 대뜸 오빠다, 라고 했다. 혜규는 안도
의 숨을 내쉬었다.

"어제 부로 문 닫았다면서?"

윤 실장에게서 작별 전화를 받은 모양이었다. 혜규보다 세 살
위인 윤 실장은 혜도의 대학 동창이었다. 윤 실장에게 부탁해 우
선 수습사원으로 취직부터 하고 편집 학원을 4개월 다닌 뒤 정식
으로 채용하는 특별한 절차를 밟게 해 준 사람도 혜도였다. 덕분
에 혜규는 다른 원생들처럼 학원에서 만든 포트폴리오를 들고 취
업을 하기 위해 충무로의 사무실을 기웃거리지 않아도 되었다.

"사흘 뒤에 떠난다고 재호가 전화했어. 식구들 보다 먼저 가서
이런저런 준비를 하겠다더군."

윤 실장은 캐나다 동부 쪽에 정착한 누이의 권유로 이민을 준비
해 왔다.

"엄만 어때?"

"잠만 자. 깨었을 때는 걸레질만 하고. 방바닥, 문갑, 장식장과
그 위의 도자기들, 문고리와 문살, 문기 장난감, 창틀, 축담. 저러
다 가는 마당과 담장 위에도 걸레질을 할 것 같다."

엄마의 상태는 계절이 바뀔 때마다 조금씩 달라졌다. 요전엔 엄
마가 물건을 분간 못하고 헛소리를 한다했다. 돌연히 단맛에 집착

해 크레용을 초콜릿으로 알고 먹었는가 하면 마루 소파에 놓인 모자를 강아지라고 쫓으려 하고, 마당의 돌멩이를 쥐 떼라고 비명을 질러댔다고 했다. 병원 모시고 다니랴, 약 챙겨 먹이랴, 식이요법 신경 쓰랴, 혜도의 음성은 지쳐 있었다.

"다른 일거리라도 찾는 거니? 아니라면, 이틀에 한 번 내려오는 건 어떠냐?"

혜규는 꾸물꾸물 시침한 흉터가 선명한 왼쪽 손목을 내려다보았다. 제 손목의 흉터를 바라보면 몸속의 통각이 일제히 마비되는 듯 아득해졌다.

"엄마도 언제까지 살 사람 아니지 않니? 다시 돌아가더라도, 이렇게 시간 났을 때, 곁에서 얼마간 돌보는 것이 좋을 거야. 덜컥 잘못되면 나중에 한이 돼."

혜규는 바다 밑 해면이 갈라져 가라앉는 섬처럼 그 자리에서 가만히 사라지고 싶었다.

"내려갈게."

혜규는 결심해 둔 일인 양 선뜻 대답했다.

"잘 됐다."

혜규는 전화기 선을 끌고 가 탁자 위의 시계를 당겨 손목에 차려고 했다. 백화점에 나와 있는 시계 중 가죽 밴드가 가장 넓은 스타일이었다.

"정말 잘됐어. 그렇게 마음먹었으면 하루라도 빨리 정리하고 내려와. 엄마한테도 소식 전할게. 네가 오면 한결 호전될 수도 있을 거야"

혜도는 혜규를 자극하지 않았지만 엄마의 우울증이 혜규와 관계있다는 것을 일깨웠다. 그것은 원망도 아니고 질타도 아니었다. 그저 사실이었다.

"오빠, 나 이상한 꿈을 꾸었어."

"어떤 꿈인데?"

"······."

꿈에 대해 말하려하자 혀끝에 맴돌던 이미지들이 타버린 담뱃재처럼 툭 떨어지는 듯했다.

"아니야, 다음에 말할게."

혜도와 통화가 끝나자 혜규는 전화선을 뽑았다. 휴대폰은 이미 전원이 꺼진 상태였다. 창 밖을 내다보니 어느 사이 저녁이었다. 밤이 올 때마다, 혜규는 귀양 온 유배자처럼 몇 개의 강을 넘어야 하는 먼 고향 집을 생각했다. 벽이 얇은 어둑한 셋집과 몇 장의 엽서 속 같은 낯선 거리들에서, 아무리 시간이 흘러도 정이 들지 않는 사무실에서, 사람들과 어울린 떠들썩한 술자리에서도, 지쳐서 실려 오는 밤 버스 안에서도, 아주 먼 낯선 나라의 여행지에서도 마찬가지였다.

새 직장을 구하는 것이 불가능하지야 않겠지만, 급한 일은 아니었다. 7년이나 맥킨토시 컴퓨터를 끌어안고 한 달에 네다섯 번꼴로 밤을 새워 가며 일 했던 직장이 그리도 무책임하게 폐사를 한 뒤였다. 나마겡꼬(육필원고)를 컴퓨터에 처넣는 오퍼레이터부터 시작해 혼자서 사보 셋과 카탈로그 둘, 단행본 한 권을 동시에 마

불가능으로 둘러싸인 섬들 73

무리하면서 끝난 일이었다. 일에 가치를 두어서가 아니라 오히려 일에 망명해 살았던 시간이라 해도 허망하기는 마찬가지였다.

눈물 흘리듯 출혈하는 자궁 위에 손을 올리고 천장을 향해 반듯하게 누워 있으니, 다른 사람의 일인 양 애정 없는 사랑의 귀결들이 하나하나 떠올랐다. 혜규는 이성을 잃지 않기 위해, 현실감각을 유지하기 위해 애썼다. 첫째는 정사였다. 두 번째는 도주, 세 번째 흔히 재력가들이 하듯 금력으로 조선 시대에나 허용되었던 축첩의 특권을 공공연히 누리는 것이었다. 혹은 재력가가 아니라 해도 사랑이 깊으면 연인은 음지 생활을 하고, 부인은 인고의 세월을 살거나 무관심한 세월을 살아가는 경우도 있었다. 네 번째는 온갖 우여곡절 끝에 남자가 아내와 이혼하고 연인과 재혼하는 경우, 다섯 번째는 부인의 폭력과 협박과 눈물 등, 온갖 방해 책으로 불가능을 깨닫고, 이성적으로 헤어지는 경우였다. 여섯 번쨴 간통죄로 구속된 뒤 이혼하고 둘도 헤어지거나 결합하는 경우였다. 헤어지면 참혹하거니와 결합해도 자신들을 극복하기 쉽지 않을 것이다. 일곱 번째는 사고나 상해, 살인이 일어나는 경우이다. 대개 제3의 여인이 청부 살해를 당하거나, 남편이 아내의 부엌칼에 찔려 죽거나 혹은 남편이 아내를 죽이거나, 아내가 스스로 목을 매거나 아이들과 고층 옥상에서 뛰어내린다. 늘 쫓기고 흥분 상태인 두 연인이 교통사고로 죽거나, 흥분한 아내가 교통사고로 죽을 수도 있다.

허용된 사랑조차, 사랑은 세상에서 가장 우아한 불행이라고 했었다. 그러니 애정이 없는 사랑은 얼마나 무도한 불행일까. 혜규의 얼굴에 허탈한 미소가 번졌다. 강박적으로 여덟 번째의 귀결까지 떠올린 자신이 가여웠다. 물론 그런 상상은 어디까지나 모습이었고 현실 일반의 과학이지 혜규의 과학이 아니었다. 혜규의 과학은 아무것도 원하지 않는 것이었다. 아무것도 원하지 않기 위해 손아귀를 펴놓는 것, 형주에 관한 것이라면 형주의 양말 하나도 탐내지 않기……

어떻게 시작되었는가? 사람들은 연인들에게 그 일을 가장 궁금해 한다. 피할 수 없었던 운명이라는 이름의 자연성인가, 혹은 서로가, 아니면 둘 중 한 사람의 의지가 개입되었는가, 사물이나 사람, 혹은 공간이건 일이건, 어떤 매개가 있었는가, 혹은 오리무중의 우연인가, 그렇다면 몇 번의 우연인가? 연인들은 저마다 자신들의 시작에 피할 수 없었던 운명적 키를 앞세우고 싶어 한다. 그래야만 스스로와 타인들에게 승복시킬 신성한 가치와 의미가 생기니까. 그리고 모든 만남은 궁극적으로 연인들이 만족할만한 봉인된 밀의로 가려져 있다. 우연이든 필연이든, 인간의 분석은 어떤 지점 이상의 심층적 인과 아래로는 접근하지 못하는 것이다.

형주는 어느 날 혜규의 사무실에 나타났다. 여름휴가가 끝나고 출근한 첫날이었다. 그가 문을 열고 다가왔을 때, 우연히도 고개를 들어 눈이 마주쳤었다. 그때 무슨 일이 일어났던가. 처음엔 고막에 이상이 온 것 같기도 했다. 귓속에 물이 차는 듯이 먹먹하고, 솜으로 귀를 막은 듯이 적막했다. 그 적막 속으로 고압의 전류가 흘러드는 듯 이명이 들려왔다. 혜규의 몸은 고압선이 흐르는 철탑이 된 것만 같았다. 문득 사무실의 벽과 동료들의 책상이 양 옆으로 아득히 밀려났던가. 혜규는 자신과 그 남자 사이에 측량할 수 없는 광활한 통로가 열리는 것을 목격해 버렸다. 주변 공기의 저항이 얼마나 팽팽했던지 마치 따귀라도 맞은 기분이었다. 얼굴이 곧 터질듯이 얼얼했다. 그것은 누구에게도 전달할 수 없는 느낌이었다.

그가 사무실에 들어설 때마다 혜규는 괴롭도록 그 느낌에 시달렸다. 그 남자는 말은 소통도구로 충분하다는 듯 짧게 했고 하나의 표정으로 세상을 상대하기로 한 듯 무표정했다. 그것은 고려해 볼 필요조차 없이 흔해 빠진 속물적 중년의 얼굴이었다. 그러나 혜규는 하필, 매사에 성가신 듯 무감하고 사는 일에 이골이 났다는 듯이 권태로 도포된 형주의 단단한 얼굴 그 아래를 보아 버렸다. 너무 오래 계속되어 굳어 버린 틀 아래 습기 찬 좌절과 영원히 은폐될 고독과 용암 빛 갈망을 보아 버렸다.

형주가 가져오는 원고들은 대부분 일러스트와 철저한 윤문 작업이 필요했다. 표지 작업과 외주에 맡긴 일러스트가 도착해 레이아웃이 끝나면 일단 형주에게 보여 주었다. 형주는 표지와 미다시(제목)의 크기와 서체, 새로 뽑은 소제목들과 순서와 예상되는 책의 두께 등을 주의해 보았다. 예상되는 책의 두께에 따라 글자 크기와 행간을 정하고 표지와 속장들의 종이를 결정했다. 형주는 한 번에 정확히 보고 단번에 결정을 했으며 욕심이 없어 깐깐하지 않았다. 그도 그럴 것이 건강 서적이란 소비량이 어느 정도 정해져 있고 대부분의 책은 자비출판이거나 저자가 일정 부분 매입할 책들이었다. 5년이나 7년에 한번 베스트셀러가 터지기도 한다지만, 그것은 야심이나 의욕으로 되는 일이 아니라 가끔 일어날 수 있는 운이라고 여겼다. 형주의 일은 지루하고 쓸쓸해 보였지만 그는 한결같았다. 아무렇지 않은 사람처럼 데면데면 사무적인 이야기를 나눌 때도 귀속엔 이명이 울렸지만, 아무리 고막이 터질 듯 긴장되고 힘들어도 그렇게 계속 지낼 수 있었다.

어느 날 형주가 혜규의 장갑을 양손에 들고 달려왔을 때조차 혜규는 미동도 하지 않았다. 할 수 있었다면 영영 그렇게 지내다가 서로의 향방을 모른 채 나뉘어졌을 것이다. 혜규의 편집 회사에 책이나 표지나 카탈로그, 사보 같은 일을 맡기는 거래처 손님 몇과 망년회 자리를 만든 날이었다. 식당에 장갑을 놓고 나온 것을 알아차렸을 때는 이미 2차 자리로 이동하는 택시 안이었다.

"장갑을 놓고 왔어."

뒷자리에 끼여 앉아 있던 혜규가 옆의 동료에게 들릴락 말락 속삭이자마자 앞자리에 앉아 있던 형주가 택시를 세우고 내렸다. 모두들 아연할 수밖에 없었다.

"내가 찾아서 뒤따라갈게요. 먼저들 가 있어요."

형주가 내리고 난 뒤 다들 혜규를 쳐다보았다.

혜규는 화장실을 가다가 2층 술집 문을 밀고 들어선 형주와 마주쳤다. 형주는 양손에 하나씩 혜규의 검정 가죽 장갑을 쥐고 있었다. 형주가 당황하며 두 손을 내밀었다. 장갑은 혜규의 손가락 두께와 모양을 그대로 간직한 채 형주의 양손에 꼭 잡혀 있었다.

혜규는 장갑을 받아 넣고 화장실로 갔다. 화장실에 가 양손에 장갑을 끼어 보았다. 그리고 잠시 거울 속의 두 눈을 들여다보았다. 눈 속에 고열이 흐르는 것이 보였다. 그러나 그 뿐이었다.

그리고 새해의 첫 한 달이 흘러갔다. 한 장짜리 스프레드 광고 인쇄물 편집을 서둘러 마치고 혼자 뒤늦은 점심을 먹기 위해 사무실 근처 식당에 들렀다. 인근에 편집 대행소들이 모여 있어서 언제나 서서 기다려야하는 식당이었다. 그날은 오후 두 시를 넘긴 시간이기는 해도 낯설게 보일 정도로 식당이 한산했다. 그곳에서 형주가 혼자 생태탕을 먹고 있었다. 혜규는 난감했지만 별로 망설이지 않고 다가가 맞은편 의자에 앉았다. 그리고 같은 것으로 시켜 이마를 숙이고 먹었다. 혜규는 가시를 발라 생선살을 다 훑어 먹고 바닥이 깊은 뚝배기의 국물을 비웠다. 형주가 일어나 둘의 음식 값을 계산했다.

둘은 편집 대행사 간판들이 즐비한 거리를 나란히 걸었다. 찻집을 찾는다고 생각했다. 빽빽한 글자의 사슬에서 풀려나 잠시나마 한적해지고 싶기도 했다. 두 사람은 영하의 거리를 두리번거리며 걸었다. 형주는 찻집을 두 개쯤 지나쳐 계속 걸어갔다. 줄 이은 애완동물 가게들을 지나고 극장도 지났다. 빵가게와 분식집과 모텔들도 몇 개를 지났다. 거짓말처럼 두 사람은 40분여를 무턱대고 걸었다. 거리 끝에서 세 번째 횡단보도가 나타났을 때, 혜규는 형주의 팔을 잡아 돌려세웠다. 형주의 눈에서 불이 번쩍 튀었다. 그것은 전광석화처럼 일어난 한 인간의 변질이었다.

형주의 얼굴은 이전과는 다른 성격으로 단단했다. 권태와 중년의 이력으로 도포된 속물적 경직이 아니라 어떤 모욕과 불행과 슬픔도 감당할 수 있는 준비가 끝난 듯 결연하게 단단했다. 자신의 죄를 영원히 반성하지 않을 것 같은, 세상에 대한 적개심과 같은 욕망이 그토록 오래 굳은 권태와 좌절을 밀어내 버렸다. 두 눈이 곧 터져 버릴 검은 폭약처럼 긴장되었고 몸에서는 화약 냄새가 새어 나왔다 익명의 타인들이 쉴 새 없이 스쳐 가는 그토록 태연한 일상의 거리에서 홀로 전쟁을 선포한 전범자 같은 얼굴이었다.

그것은 두 사람이 처음 마주친 날로부터 9개월여가 지난 뒤였다. 그 순간 혜규는 첫눈에 반한다는 것의 비밀을 알게 되었다. 첫눈에 반한다는 것은, 첫눈에 그 사람의 전부를 보아 버리는 것이다. 아이인 그 남자, 소년인 그 남자, 청년인 그 남자, 어른인 그 남자, 노인인 그 남자, 죽음이 찾아든 그 남자…… 혜규는 처음 형주가 사무실에 들어오던 순간에 9개월 후 바로 그 순간의 얼굴을 보아 버렸다는 것을 깨달았다.

앞에서 뒷모습이 보이고 옆에서 다른 옆모습이 보이는 것처럼, 외부에서 내부를 보아 버리고 아래에서 윗면을 보며 위에서 바닥을 보는 사차원의 시선처럼…… 돌이킬 수 없이 전부를 보아 버렸다. 그런 일이 세상에 실제로 있을까. 그것은 영원히 간직될 혜규만의 비밀이기도 했다. 어쩌면 서로에게 누설하지 않았지만 형주 역시 그것을 느낀 게 아니었을까. 그도 처음 혜규를 보았을 때, 9개월 후 거리에 마주 선 그 순간의 얼굴을 본 게 아니었을까.

다음 날 혜규는 6개월여 동안 간간이 데이트 해 오던 한 독신 남자와 헤어졌다. 그는 당황했지만, 늘 버릇처럼 두 세 여자와 동시에 만나고 있었기 때문에 문제는 전혀 없었다. 문제라면, 오히려 혜규에게 남자가 생긴 것이 이별의 이유가 될 수 없다는 쿨한 논리였다. 그로인해 얼마의 기간 동안 그는 계속 혜규에게 데이트 신청을 하곤 했다.

더러는 광범위한 우정과 사교를 통해 유사 사랑과 예비 사랑의 상대들을 비축해 두고 봄 여름 가을 겨울, 그때그때 날씨처럼 변덕을 부리며 열정이라는 바이러스를 장거리에서 통제하는 축들도 있지만 대부분 도시의 독신 남녀들에게 사랑은 해마다 닥치는 태풍의 이름처럼 습관적인 열정이 되어 갔다. 그것은 습관적으로 초래하는 재앙이기도 했다.

남녀의 만남이 내포하는 사랑의 전조와 사랑과 사랑의 후반부와 이별이 어떤 것을 요구하는지 정도는 혜규도 잘 알고 있었다. 그런 사랑이란 혜규처럼 영혼에 동창을 앓는 사람들의 질병이었다. 그들은 표피만 껍질이 벗겨지도록 비벼대다가 쉽게 실망하고 더욱 헐고 얼어붙는 영혼을 펄럭이며 영영 해결되지 않는 허기를 안고 제 골방으로 돌아갔다가 해가 바뀌고 바람이 달라지면 다시 영혼의 가려움을 참지 못하고 외출하곤 했다. 혜규에게 형주는 유배지에서 만난 네 번째 남자였다. 형주는 공교롭게도 혜규가 사랑에 모든 기대의 깃발을 소거하고 냉소와 경멸로 침을 뱉고 등을 돌렸을 때 그 등 뒤에서 기다리고 있던 무엇이었다.

두 사람의 존재 속에서 뻗어 나온 열정이라는 동물성 넝쿨에 갑자기 뒤엉킨 뒤에도 의문과 부정과 망설임과 자기 검증이 필요했다. 사랑이 시작되기 전에 사랑을 일종의 의심스러운 적으로 간주

한 맹렬한 쟁투를 먼저 치룬 것이다.

마침내 두 사람이 승인하기까지 다시 3개월이 더 걸렸다. 형주를 만나는 동안 집을 떠난 이후로 화전민처럼 떠다니던 혜규의 마음이 땅으로 내려왔다. 흩어지는 구슬처럼 하루와 하루가 망각 속으로 지워지던 날들이 멈추었다. 현재란 지속에 대한 측정이었다. 2년 동안 현재라는 하나의 시간이 계속되고 있었다. 한 줄에 꿰어지는 목걸이처럼, 연못에 떨어지는 빗방울처럼 하루하루가 어디로도 사라지지 않고 치밀하게 몸 안에 재였다. 자연성으로부터 경계를 가진 배타적인 몸으로, 무의식에서 의식으로, 외부에서 내부로 찰나에서 항상성으로 변했다.

사랑 속에서 혜규는 늘 그랬듯, 두 사람의 문제를 자기 속에서 해결하려고 노력해 왔다. 혜규가 온 존재를 던진 곳은 형주 그 자체였다. 어쩌면 혜규는 형주라는 존재외에 일체의 형식을 두려워하는지 모른다. 형주는 형주 외의 모든 것에 의해 훼손될 수 있는 것이다. 그 태도가 형주 아내를 더욱 견딜 수 없게 했다. 형주 아내 같은 여자는 사랑이란 결혼하기 위해서만 하는 것이기를 바란다. 심지어 섹스조차 아이를 낳기 위해서 하는 것이라고 주장할지 모른다. 사랑 자체의 수정처럼 순수한 존립이 가능하다는 것을 부정하는 형주 아내는 2년 동안이나 아무 것도 원하지 않고, 말하자면 결혼하자거나 책임지라고 조르지도 않고 헤어지지도 않는 그 태도를 이해하지 못했다.

그래서 창녀보다 더한 창녀라고 욕을 했을 것이다. 그것은 남자에 대한 거래 질서를 문란 시키는 행위였다. 제도적 아내가 되어 생활비를 받던지, 제도 밖에서 창녀가 되어 화대를 받던지. 독립 여성입네 하며 사랑 자체를 행하는 여자의 부류가 아내와 창녀들에겐 속수무책의 적들인 것이다. 아내들의 가정을 뒤흔들고 창녀들의 장사를 망치는 것이다. 너희들 때문에 멀쩡한 가정들이 깨어져, 이 가정 파괴범.

혜규에게 올 수 없는 형편이지만 돌아갈 수도 없는 몸과 마음을 가진 형주, 남편을 놓을 수도 없지만 온전히 다시 받아들일 수도 없게 된 그의 아내, 무지하지도 않고 환상에 빠지지도 않으며 현실감각을 잃지도 않지만 현실적이지도 않은 혜규, 셋은 이제 불가능으로 둘러싸인 섬들이었다.

깊은 밤에 혜규는 깨어 있었다. 몸속에 모래 한 알만큼의 잠도 없는 듯 의식이 투명했다. 저녁부터 내리기 시작한 비는 한결같이 추적추적 내렸다. 시간이 갈수록 무엇으로도 채울 수 없는 내부의 공동이 활처럼 위태롭게 휘어졌다. 휴대폰 전원도 끄고 전화선도 뽑아 버린 그 공동 속으로 발자국 소리가 들려왔다.

택시에서 내린 형주가 걸어오고 있었다. 골목을 들어와 오른 쪽으로 꺾어 다세대주택의 계단을 올라 복도를 걸어 와 끝 집의 문 앞에 섰다. 늘 그렇듯 형주는 주먹 쥔 손등으로 가볍게 문을 두드렸다. 안에서 반응이 없자 형주는 좀 더 세게 문을 쳤다. 그리고 벨을 누르고 잠시 기다리더니, 키를 꽂고 돌렸다. 문이 안쪽에서 이중으로 잠긴 것을 확인한 형주는 갑자기 부술 듯 두드렸다.

"혜규야!"

"······."

"혜규야!"

이름을 부르다가 다시 문을 두드리고 벨을 누르고 문을 세게 치기를 몇 번 반복하더니 잠잠해졌다. 아마도 복도에 주저앉아 담배를 피울 것이다. 담배를 끄고도 그대로 앉아 있겠지. 그리고 몸을 일으켜 문을 쳐다보고는 돌아설 것이다.

"혜규야, 문 열어."

그는 아직 가지 않고 문에 매달려 있었다. 그는 소리 지르는 타입은 아니었다. 대신 방범 틀이 달린 창문을 깰 듯이 두드렸다. 그는 방범 틀을 뜯어내려는 듯 잡고 흔들었다. 방범 틀은 완강했다.

"혜규야! 문 열어!"

혜규는 방으로 들어가 방문을 꼭 닫고 이불을 머리까지 덮었다. 곧 숨이 막혀 오고 이불 속이 더워졌다.

'작별 인사는 다음에 할게요. 아니, 그런 인사는 하지 않을 거예요. 끝까지 하지 않을 거예요.'

불탄 집이 떠올랐다. 꼼짝하지 말자던 형주의 음성도······.

'우리 밖으로 나가지 말자. 다 타도록 꼼짝도 하지 말자. 빠져나가지 말고 저렇게 다 타 버리자. 완전히 연소할 때까지 미동도 말자.'

형주는 창문의 방범 틀을 뜯어낼 작정인 것 같았다. 언젠가 그랬듯이, 이제 곧 방범 틀을 뜯고 창문을 열고 창틀을 타고 넘어 부엌 바닥에 내려 설 것이었다. 형주는 문을 열어 주지 않는 식의 지엽적이고 감상적 거부 따윈 허용하지 않았다. 그에게는 차라리 죽을 것인가, 살 것인가가 있을 뿐이었다. 그리고 죽거나 살거나 관계없이, 사랑은 계속되어야 했다.

얼마나 흘렀을까. 이불을 내렸을 때, 주위는 고요했다. 거실로 나가보아도 빗소리만 가득했다. 부엌 쪽으로 가 창을 열어 보니, 아무도 없었다. 형주도 단념하고 떠날 줄 아는 남자였다. 혜규는 창문을 꼭 닫았다. 다시 자리에 눕자, 치열한 다툼이 끝난 듯, 벼랑에서 낙하하듯 눈물이 흐르기 시작했다.

4

사람들은 보통 세 번씩 같은 잘못을 반복한다고 한다. 지구는 돌고 있고 생도 돌고 있기 때문에 우리가 원심력 바깥으로 빠져나가기는 쉽지 않다. 다만 실패를 반복하며 그 자리에서 심화되어 가는 것이다. 세 번씩 같은 짓을 저지른 사람 중에는 더 이상의 시도를 그만두는 사람과 세기를 그만 두는 사람 두 종류가 있다. 앞에 것은 절망이고 뒤에 것은 체념이다. 대부분의 사람은 이 두 가지 중에 속한다. 혜규, 그녀는 전자이길 스스로 바랐다. 가능한 완전히 절망하기를……. 손안에 잡았던 것을 놓고 담담해지는 것은, 어찌할 수도 없는 경우엔 그것도 하나의 생존 방법이다.

소용돌이 바람 같은 혼란스러운 열정이 가라앉으면 다시 서로가 다만 인간으로 보일까? 만났지만 아직 한사코 사랑을 시작하지 않았던 때처럼, 건널 수 없고 뒤섞을 수 없는 서로의 인생이 다시 선명하게 보일까. 사랑이 깊어지면, 사랑보다는 사랑하는 사람이 문제가 된다. 혜규는 사랑보다 형주가 더 소중했다. 형주의 삶을 생각하면 헤어지지 못할 이유는 없었다. 사랑은 사랑으로, 삶은 삶으로, 형주는 단지 혜규의 네 번째 남자였다.

혜규는 자신이 포기한 것을 하나하나 떠올렸다. 아이와 남편, 자기실현, 작은 정원이 딸린 조그만 단층 주택, 무릎을 덮는 윤기나는 밍크코트나 변하지 않는 진짜 보석들, 생일날이나 크리스마스의 카드들과 선물들, 여자 친구와의 허심탄회한 우정, 영원까지 이르는 진정한 사랑, 고요한 포만감이 주는 정숙하고 생기로운 삶, 이웃 혹은 어떤 그룹과의 지속적 친교. 그것은 감상이 아니었다. 차라리 세상살이와 타자와 자신에 대한 각성이고 결심이었다. 그리고 남은 것은 무엇일까.

어쩌면 심장 소리 같은 것. 난생 처음으로 자신의 심장 뛰는 소리를 들었을 때, 삶을 위해 심장이 온 힘을 다해 북을 치는 것 같았다. 심장은 기계처럼 그저 규칙적으로 뛰는 것이 아니라 젖 먹던 힘까지 다해 팥죽 솥처럼 끓고 있었다.

북 쳐, 북 쳐, 북 쳐…….

혜규에겐 그렇게 들렸다.

북 쳐, 북 쳐, 북 쳐…….

아무도 모르게, 너무나 고독하고 격렬하게 뛰고 있어 힘내라고 울음이 섞이는 외침으로 응원하며 스스로를 끌어안고 바닥을 뒹굴고 싶을 정도였다. 다른 사람들은, 심장이 그토록 터질듯이 뛰고 있으니 보다 나은 삶을 살아야겠다고 생각했겠지만 그때 혜규는 단지 심장이 뛰고 있는 것만으로도 충분히 살아 있는 거구나

불가능으로 둘러싸인 섬들 85

하고 생각을 했다. 왜 그런지 모르지만 눈물이 흘렀었다. 동맥을 끊고 살아난 직후였다. 북 쳐, 북 쳐, 북 쳐……. 지금 이대로도 생은 충분 했고, 이대로의 자신에게 충실해야 했다. 북 쳐, 북 쳐, 북 쳐, 아무도 모르게, 고독하고 격렬하게……. 그렇게 이유는 모르지만, 혜규는 살아 있기로 했다.

뜻밖의 손님

1

마당에 낙하한 매화 꽃잎이 흰 종이 가루처럼 날려 다녔다. 정원에는 목련이 꽃잎을 열고 모란과 작약의 붉은 싹이 부푼 흙덩이를 밀며 뾰족뾰족 올라오고 라일락 가지에 착시처럼 푸른빛이 어리고 장미 가지에도 붉은 물이 차올랐다. 꽃씨를 뿌리고 구근을 심을 시기가 다가오고 있었다. 꽃씨를 뿌려 모종이 올라오면 촉촉하게 봄비 내리는 날씨를 택해 모종을 옮겨 심을 것이다. 혜규는 호미로 나무들 주변의 흙을 부드럽게 헤쳐 주고 거름을 뿌려 주었다. 히아신스와 수선화, 봉숭아와 붓꽃과 달리아, 과꽃과 해바라기와 나팔꽃이 차례로 피어날 것이다. 혜규는 한여름 꽃들이 좋았다. 지구라는 별의 표면을 호미로 톡톡 파고 있는 자신의 모습이 먼 다른 별에서 보일 듯했다.

"니 몫이다."

엄마가 혜규를 불러 통장을 내밀었다. 엄마 이름의 통장이었다. 생각보다 상당히 많은 액수였다.

"객지에서 고생 많았지? 그동안 어찌 지냈니?"

늘 끼고 살았던 자식인 듯 무심하더니 돌아온 지 한 달이 다 되어서야 물었다. 엄마는 기분도 안정되어 보이고 어느 때보다 정신도 맑아 보였다.

"이런저런 일 있었지만 지낼 만 했어요."

집에 온 후 처음으로 엄마와 제대로 소통하는 듯했다.

"나이도 있는데, 네가 좋은 사람만나 결혼했으면 좋겠다. 죽 혼자 지냈니? 식구들에게 선 보일 남자 없어?"

형주와 그 집 안의 일을 알게 되면 실망할 것이었다. 혜규를 상종 못할 괴물로 여길지도 모른다.

"헤어졌어요."

혜규는 거짓말을 제대로 못했다. 엄마는 혜규의 숨소리 속에 섞여 나오는 복잡한 감정들을 읽는 듯했다.

"아마, 헤어질 거예요."

"안 될 사람이면 그래야지……."

혜규가 고개를 끄덕였다. 침묵이 흘렀다. 혜규가 용기를 내어 가만히 엄마의 손을 잡았다. 엄마가 움칠했다. 그러자 모녀 사이에 쌓인 결코 해소할 수 없는 특유의 불편함과 이물감이 다시 어른댔다. 엄마는 여전히 단단하고 차가웠다. 엄마와 딸이란 본질적으로 소문만큼 막역한 사이는 아닐지도 모른다.

88 언젠가 내가 돌아오면

"우리 어디 놀러 갈까? 답답하지?"

"아니다. 안 답답해. 가만히 방 안에 앉아 있어도 정신 사납게 움직이는 것 같다."

혜규로서는 알 수 없는 말이었다.

"눈 속에 끊임없이 뭐가 보여. 니 아버지는 온종일 내 눈가에서 산다. 피할 도리가 없이 늘 눈에 어른거려. 처음엔 내 눈에 보이는 것에 속아 문턱에서 넘어지기도 하고 벽에 부딪치기도 하고 계단을 오르느라 허방을 짚어 관절을 다치기도 했다. 내 눈에 보이는 것이 사실이 아니라는 것을 자꾸만 잊었지. 혼자 중얼거리고 화내고 울고 없는 것을 잡으려니, 미친 사람이었지. 하지만 이젠 괜찮아. 눈에 보이는 것이 사실이 아니란 걸 늘 기억하고 있거든. 내 눈에 보이는 것은 잠 속의 꿈같은 거야. 네가 꾸는 꿈 속의 장면 같은 거지."

그 말을 들으니, 환각 증세를 이해할 수 있었다. 혜규의 눈에 눈물이 고였다. 순수한 아픔과 죄책감이 뒤섞였다.

"엄마, 아버지 생각 많이 나요?"

그러자 엄마의 눈이 아프도록 붉어졌다.

"……얼마나 까다롭고 냉정하고 무섭고 이기적이었는지, 살아생전 니 아버지가 미워서, 천벌 받을까 떨면서도 부처님께 빌었었다. 니 아버지 먼저 데려가고, 몇 년 만이라도 이승에 나 혼자 좀 살게 해 달라고……"

굵은 눈물이 턱 밑으로 흘러 옷깃 속으로 들어가고 방바닥으로 툭툭 떨어졌다. 엄마는 발병한 뒤로 입을 다물고만 살았다. 좀체

하지 않던 이야기를 꺼낸 셈이었다.

"그래서 죄책감 때문에 괴로운 거야?"

혜규는 조심스럽게 말을 시켰다.

"니 아버지 죽고 5년을 더 살았다. 그냥 죽고 싶다."

엄마가 손바닥으로 눈물을 훔쳐 냈다. 혜규가 티슈를 뽑아 눈물을 닦아 주었다.

"죄책감이 아니라, 니 아버지 없으니 내가 아무것도 아니다. 내가 무엇인지를 모르겠다. 니 아버지 없으면 편하게 살 수 있을 줄 알았는데, 생각과 달리 목숨 부지하는 데에 아무 이유도 없는 허접한 과부야. 어미 없는 문기의 할미 노릇도, 이혼하고 되는대로 살며 속절없이 늙어 가는 혜도 어미 노릇도 서러워 못하겠다. 집을 버리고 홀홀 나가니 아버지 옆에 눕고 싶은 마음이 하루에 열두 번도 더 든다. 니 아버지 살았을 때는, 내 뜻대로 한 게 아무것도 없었어도 인생이 위엄이 있었다. 힘겨워서 쓰러질 것 같았어도 이렇게 허접하지는 않았어. 차라리 니 아버지 밑에서 완전히 뼛가루가 되는 게 나을 뻔했다."

평생 아버지의 가부장적 통치하에서 젊은 시절을 다 보내고 늙어서 굳어진 엄마는 과격하고 독단적인 권력의 중력이 비워진 자리에서 공황 상태에 빠진 것 같았다. 엄마에게서 아버지를 빼면 아무것도 남지 않는 것이다. 오래 집을 등졌던 혜규로서는 위로의 말을 찾을 수 없었다.

"오래 못 챙겨 미안해요, 엄마."

"아니다. 너도 내가 원망스러울 것이다. 네가 가장 어려울 때,

난 깃털만한 힘도 되지 못했지. 네 아버지 하는 대로 구경꾼처럼 쳐다만 보고, 집 바깥 동네 사람들처럼 흉만 보았지. 내가 그렇게 어리석고 겁쟁이다."

엄마는 혜규의 가슴 한켠에 지혈제처럼 단단하게 뭉쳐 있는 서운함을 꿰뚫어 보는 듯했다.

"꼭 한번 네게 이 말을 털어놓고 싶었다. 네가 집을 떠나 가족과 소식을 끊은 뒤로 내 가슴이 늘 답답했다. 찾아가 볼 작정을 한 것도 여러 번이었다. 하지만 이렇게 돌아왔으니, 되었다. 원망은 잊어 주렴."

"그럴 수밖에 없었다는 거 알아요. 엄마 원망 안 해요."

"내가 걸리는 것은 바로 그거다. 그렇게 힘없는 어미였던 게 두고두고 부끄러운 거다. 그럴 수밖에 없었던 것……. 지금도 마찬가지다. 이럴 수밖에 없는 사람, 오죽하면 그 많은 병중에 가장 병 같지도 않은 우울증으로 온 식구들 성가시게나 하고, 난 남은 세월이 벅차다. 넌 많이 달라졌구나. 돌아왔을 때, 첫눈에 알았다. 정말 많이 달라졌어. 누가 뭐래도 네 삶을 살 것 같은 힘이 보여. 네가 나를 닮지 않아서 다행이다. 예전엔 나를 가장 많이 닮은 애가 너였거든."

어릴 때 친척들로부터 그런 소리를 종종 들었다. 혜규는 등 뒤로 돌아가 엄마의 어깨와 팔을 안마하기 시작했다. 엄마는 몸을 움츠리지 않고 편하게 내맡겼다. 엄마의 살과 뼈마디를 만지자 7년 동안 시간의 모서리마다 찔리며 흘린 눈물들이 떠올랐다. 입을 악다물 수밖에 없었던 가혹한 노동량과 마음을 촛농처럼 굳게 하던 외로움과 부랑 같았던 값싼 여행들과 상처로부터 독 기운처럼 올라오던 긴 한숨들……. 형벌 같은 시간이었지만 대가가 없지는 않았다. 그녀는 변했다. 그 변화는 너무 뚜렷해서 겹겹이 들어 있는 러시아 인형처럼 제 속의 작고 딱딱한 과거의 껍질들이 만져질 정도였다. 그녀는 이제 타인의 삶에 기생하려고 기웃거리는 예전의 잉여적 생존자가 아니었다. 안정을 위해 안정을 숙성시키는 공허한 삶에 편승하지도 않을 결심이었다. 실존을 노동으로 표현하고 자기 생산물로 자립하며 이 세계에 대해 표현력을 가지고 자유로운 삶을 살겠다는 분명한 전망을 가지고 있었다.

"누가 왔나? 혜도가 왔나보다."

척추를 따라 등을 손바닥으로 쓸고 있는데, 소리에 예민한 엄마는 갑자기 대문 쪽으로 고개를 뺐다. 내색하지 않았지만 혜도를 무척 기다려 온 모양이었다. 혜규가 마루로 나가보니 온통 검정 옷을 입은 혜도가 한 손으로 바지춤을 올리며 들어왔다. 그는 일년 내내 캘빈클라인 블랙 진 바지 석 장으로 지냈는데, 늘 바지가 내려가 벨트를 붙드는 버릇이 있었다. 그런데 혜도의 다른 손에 긴 파마머리에 키가 크고 거미 같이 검고 야윈 여자가 이끌려 들어왔다. 여자는 작은 트렁크를 들고 있었다. 혜규는 몇 초가 흘러간 뒤에야 여자를 알아보았다.

"손님이 왔나?"

엄마는 방 안에 앉은 채 낯선 발을 감지하려 했다.

"엄마……."

혜규의 입에서 가느다란 신음 소리가 흘러나왔다. 귀신을 본 것처럼 놀랐기 때문이었다.

"순이야."

"뭐? 순이?"

엄마도 이번에는 놀라 눈썹이 활처럼 휘어졌다. 마루 앞까지 온 순이는 혜규를 향해 코를 찡그리며 웃었다. 초콜릿 색 얼굴에 주름이 자글자글 물결쳤다. 혜도와 동갑인데도 동안인 혜도에 비해 순이는 쉰 살은 되어 보였다.

아주 짙은 초콜릿 색의 깡마른 피부와 잘게 파마 된 긴 흑발과 파란색 롱 원피스와 같은 색의 긴 숄, 파란색 보석이 박힌 커다랗고 화려한 팔찌와 은색 구두 차림이었다. 한 마디로 어느 어두운 거리의 지하에서 테이블 몇 개를 세내어 뚱뚱하고 늙은 백인 남자들에게 술과 웃음이라도 팔았을 듯한 값싼 동양 여자의 모습이었다. 더구나 오른손 엄지에 끼워진 커다란 다이아몬드 반지는 국제결혼 20년이 성취해 낸 노고를 응축한 상징물 같아 측은하게까지 보였다.

"엄마, 절 받아."

"……."

"수니가 왔어."

엄마는 꼼짝도 하지 않았다. 혜도는 넙죽 절을 했다. 순이는 뻣뻣하고 긴 허리를 접어 간신히 절하는 흉내를 냈다.

"엄마, 미국 갔던 수니가 왔다고."

엄마의 반응이 없자 혜도는 보고도 못 본 척하고 들어도 못 들

뜻밖의 손님 93

은 척하는 증세라고 여겼는지 다시 큰 소리로 말했다.

"잘 들린다."

엄마가 낮게 말했다.

"어머니 아프다는 소식 들었어요. 미국에서는 심장병만큼이나 심각한 게 우울증인데, 어떻게 해요. 너무너무 슬퍼요."

순이는 순수한 태도로 슬픔을 전하며 눈물을 글썽였다. 영어로 오래 산 사람들이 그렇듯 하이톤과 '오' 발음이 지배적인 구르는 발성이었다. 눈에 고인 눈물이 투명한 잿빛이었다.

엄마는 대답 대신 몸을 한쪽으로 약간 틀어 앉았다. 아래로 내려 뜬 눈동자가 떨렸다. 네 모양 보니 낫던 병도 재발하겠다는 표정이었다.

"혜규, 너도 오랫동안 해피하지 않았다면서?"

이번에는 혜규가 순이의 노골적인 인사에 당황할 차례였다. 행복이라는 단어 자체가 신랄한 수치심을 불러 일으켰다. 평범한 사람들에게 행복이란 단어처럼 기망적인 단어가 또 있을까. 행복의 수혜자는 늘 내가 아니라 타인이고, 그 단어는 여기가 아니라 늘 다른 곳에 있는 것 같은 박탈감을 조장했다. 오직 어떤 조건도 초월해 스스로 되었다고 수락할 때, 행복은 실체를 가졌다.

"나도 그랬어. 오랫동안 해피하지 않았어."

순이는 자신의 치부를 드러내어 수치심을 공평하게 나누었다. 혜도를 흘깃 바라보니, 열일곱 살 그 즈음처럼 한껏 들떠 있었다. 혜도는 순이 곁에서는 언제라도 감정을 활짝 노출한 채 마음껏 방심 상태에 빠져 있었다.

94 언젠가 내가 돌아오면

"둘이 함께 남쪽으로 여행을 좀 다녔어요. 수니가 엄마께 인사도 드리고 싶고 내 방 구경도 하고 쉬고 싶다고 해서 집으로 온 거예요. 큰 트렁크는 호텔에 맡겨 두었으니, 곧 갈 거예요."

순이가 이혼할 거라는 소식을 듣고 혜도는 지난 3개월 동안 편지를 써 댔다는 말을 혜미로부터 들었다. 아마도 그 편지가 효력을 발휘해 순이가 혜도의 간곡한 초대를 받아들인 것 같았다.

"왜 집에 전화도 안 했니? 몹쓸 놈, 지난 며칠 동안 짐승에게 물어 뜯기는 듯 네 걱정을 했다. 내 병에 걱정이 제일 나쁜 거 뻔히 알면서, 독을 먹이는구나."

엄마가 화를 내는데도 혜도는 히죽 웃으며 두 손을 모았다.

"잘못했어요. 이렇게 빌게요. 화 푸세요. 엄마 알잖아요? 나, 한 가지 몰두하면 다른 거 다 잊어버리는 거. 그러니 아예 나는 괄호 밖으로 내놓고 걱정을 완전히 놓아 버리세요."

덜떨어진 놈, 엄마는 틀림없이 그 말을 참느라 주먹을 쥐고 아무것도 보지 못하는 눈을 내려뜬 채 묵묵히 앉아 있었다.

"혜규야 나 서둘러 가게 가 봐야 해. 둘안댁한테 우리 점심 좀 차리라고 해 줘."

둘안댁은 마침 나가고 없었다. 혜규는 주방으로 가 냉장고를 살피다가 냉동실에서 고등어를 꺼내 전자레인지에 해동시켜 구웠다. 혜도가 좋아하는 반찬이었다. 이내 비린내가 온 집 안으로 퍼져 나갔다. 이미 점심을 먹은 뒤라 고기를 굽는 혜규도 역겨웠다. 엄마도 속이 안 좋은지 잔뜩 얼굴을 찌푸리고 있었다.

뜻밖의 손님 95

혜도는 순이가 밥을 뜨면 숟가락 위에 콩자반과 봄동과 고등어와 깻잎 조림을 올려 주었다. 높은 층으로 쌓아 올려진 밥숟가락이 성공적으로 순이의 입 안으로 들어가 씹히고 나면 혜규와 엄마의 눈을 피해 그 입에 혀를 밀어 넣어 키스를 했다. 순이도 혜도의 밥숟가락에 반찬을 쌓아 올렸다. 밥숟가락이 혜도의 입 안으로 들어가 씹히면 혜도의 입 안 깊숙이 혀를 넣어 키스를 했다. 그러나 젓가락질이 서툰 순이는 반찬 쌓기에 자주 실패했다. 허리를 잔뜩 굽힌 혜도와 척추를 꼿꼿이 세운 키 큰 순이를 끼득거리고 웃었다.

혜규는 마루를 닦고 엄마는 소파에 앉아 마당 쪽으로 고개를 돌리고 있었다. 성정이 부드러운 혜도는 엄마와 밥을 먹을 때에도 반찬을 올려 주었다. 엄마는 보지 않아도 혜도가 어떤 식으로 순이와 밥을 먹을지 훤하게 알고 있었다. 숨죽인 웃음소리가 집 안에 떠 있는 고등어 비린내에 파문을 일으킬 때마다 엄마의 눈썹이 활처럼 휘어졌다.

"밥 먹고 옥상에 올라가 물탱크 관 감아 둔 비닐과 삭은 천들 풀어라. 그거 아직 안 푼 집 우리밖에 없을 거다."

엄마는 잔뜩 못마땅한 얼굴로 버럭 소리쳤다.

"지금은 바빠요. 내일이나 모레쯤 할게요."

"하긴 하겠단 말이지? 명색이 사내가 집에 있는데도, 올 겨울에도 물탱크 관이 얼어 터져 난리를 겪고 결국 둘안댁이 하지 않았나?"

엄마는 평정을 잃고 묵은 일까지 꺼내 혜도를 몰아붙였다.

"아, 할게요. 지금은 진짜 바빠요."

혜도는 한결같이 부드럽게 응수하고 엄마는 다시 고개를 마당 쪽으로 돌리고 입을 완강하게 다물었다. 혜도가 나간 뒤 엄마는 두통약을 먹고 방 안에 들어가 누워 버렸다. 순이는 더운 물을 받아 길게 목욕을 하고는 혜도의 방에 들어가 잠을 잤다.

3

순이는 호텔에 돌아가기는커녕 오히려 호텔에서 트렁크를 가지고 왔다. 몇날 며칠이 해명없이 흘러간 뒤에 결국 엄마는 아침 볼일 보고 나온 혜도를 방 안으로 불러들였다. 혜도는 허리를 잔뜩 구부린 특유의 자세로 앉았다.

"어쩔 셈이냐?"

엄마는 앞뒤 싹둑 끊고 물었다. 늦게 들어와서 잔 혜도는 잠이 부족해 얼굴이 부석부석했다.

"엄마, 요즘은 정말 좋아 보이네요. 요즘 같으면 환자 같지가 않아. 갑자기 정신이 또렷하니 겁나요."

혜도가 딴 수작을 부렸다.

"이 놈, 대답이나 해 봐. 어쩔 셈이야?"

혜도가 머리를 걸적였다.

"엄마, 수니는 곧 이혼할 거야."

"잘한다. 그러니까, 아직은 유부녀로구나."

"한 집 안에서 1층과 2층으로 나누어 별거한 지 15년이나 됐어. 곧 이혼해. 우린 함께 살 생각이야."

"어디서?"

"한국이든, 시애틀이든."

"순이가 그러겠대?"

"그럼."

"그 마귀가 너 같은 놈과 결혼할 리 만무다."

"엄만 수니가 왜 마귀야? 마귀 마귀 하지 마. 그리고 내가 어떻다고 그래?"

부드럽기만 한 혜도가 짜증을 냈다.

"모아 둔 돈도 없거니와 돈도 못 벌잖나? 온갖 건달에 뜨내기나 사귀고, 매일 술에 취해 비틀거리고. 생활이란 생활비가 있어야 하는 거야."

"카페 하잖아요?"

"돈이 들어만 가지 벌어 온 적 있냐? 내가 니 사정 모를 줄 알고? 제 코가 석자이면서, 호텔비며, 먹는 거, 입는 거, 쇼핑하는 거며, 비행기표, 모두 니가 해 줬겠지? 니 아버지가 조상한테서 물려받은 그대로, 안 먹고 안 쓰고 간직해서 물려준 재산을 그렇게 탕진을 하니?"

엄마는 오랜만에 한창 때의 엄마처럼 의욕적이었다. 혜도는 함구무언인 모양이었다.

"그만 해. 그만 제 갈 길로 보내."

"엄마 충고는 무슨 뜻인지 알아, 하지만 그렇게는 못해. 어떻게 다시 만났는데……."

"어떻게 헤어졌었는지는 생각도 안 나고?"

엄마는 옆에 앉은 혜규 쪽으로 고개를 돌리더니 긴 숨을 내쉬었다. 혜규도 불편을 느낄 즈음에 마침 전화벨이 울렸다. 고모할머니였다. 엄마는 '끙' 하는 신음으로 음성을 바꾸어 전화를 받았다. 그 틈에 혜도와 혜규는 방에서 빠져나갔다. 고모할머니와 엄마의 통화는 늘 길었다.

"커피?"

혜규가 묻자 혜도가 식탁 의자에 앉으며 고개를 끄덕였다.

"순이는 자?"

혜규가 물을 받은 주전자를 가스레인지에 올리고 불을 켰다.

"응, 우리 어제 세 시에 들어왔어. 수니는 한밤중이야."

"알아. 수니에게 그거 할 때 좀 조용히 하라고 해."

"들렸어?"

"엄마도 들었을 거야."

혜도가 실실 웃었다.

"우리, 커피 나가서 먹자. 할 이야기가 있어."

둘은 커피를 들고 마당으로 나갔다.

"아도니스가 피었군."

혜도가 중얼거렸다. 두 사람은 아침 볕에 쪼그리고 앉아 모과나무 아래 노란 복수초가 피어 있는 것을 멀거니 보았다.

"옛날에, 20년 전에 말이야. 수니가 갑자기 그 남자와 미국에서 결혼할 거라고 떠났을 때……, 우린 아무도 이유를 몰랐잖아."

아무도 납득할 수 없었기에 순이는 마귀가 되고 말았다. 순이는 아버지 동료 교사의 딸이었다. 혜도와 순이는 고등학교 1학년 때

뜻밖의 손님 99

양가의 교류로 자연스럽게 만나 대학에 들어가자 공인된 커플이 되었다. 순이가 떠날 당시의 혜도를 회상하면, 혜규의 가슴이 먹 먹해졌다. 혜도는 순이가 미국 남자와 떠나는 이유를 납득 못해 미쳐 갔었다. 아버지께 미국행 비행기 표를 끊어 달라고 몇 날 며칠 떼를 쓰다가 탈진해 병원에 실려 갔었다. 설혹 아버지가 보내 주고 싶었다 해도, 그때는 자유롭게 갈 수 있는 시절도 아니었다.

"그해 여름 방학에 수니가 친구네 고향 집에 따라갔었어. 순이 집이 몹시 엄격해서 나하고도 여행은 허락되지 않았는데, 그 친구 는 오랜 단짝이었고 고향 집이라니 보내 준 거였어. 긴 방학이기 도 했고. 난 가지 말라고 말렸어. 정말 보내기 싫었거든. 하지만 그 고집을 누가 이기냐."

혜도의 코끝이 갑자기 붉어졌다.

"삼일이 지난 뒤 새벽차로 내가 데리러 가기로 했었는데, 하루 빠르게 수니가 돌아왔다면서 가지 말라는 연락이 왔어. 수니 언니 가 전화를 했지. 내가 집으로 가겠다고 했더니, 손님이 온다고 거절했어. 다음 날 수니 집에 가니, 수니 어머니가 대문간까지 나 와서는 수니 없다, 하는 거야. 지금도 그 날이 생생해. 수니 어머 니 표정이 너무 이상했거든. 처음 보는 여자처럼 낯설고 겁났어. 어디 갔느냐고 물으니, 이모 집에 갔다는 거야. 어디냐고 물으니, 알 거 없다고 말하는데 눈빛이 넋 나간 듯했어. 어머니가 정신이 이상해 진 게 아닌가 하는 생각이 들 정도였거든. 나는 집 안 쪽으 로 고개를 돌리고 다른 사람이 좀 나오기를 바랐지. 집 안에 꼭 순 이가 있을 것 같았거든. 어머니는 대문을 등지고 선 채 나를 밀어

냈어. 이제 가 봐, 하는데 음성도 그렇고 표정도 그렇고 팔 힘도 그렇고, 정말 귀신같았어. 한낮에 악몽을 꾸는 기분이었지."

혜도가 코를 훌쩍거리더니 이내 훌쩍훌쩍 울기 시작했다. 눈물이 방울방울 떨어지고 콧물이 흘렀다. 혜도는 떨리는 손으로 눈물과 콧물을 닦았다. 순이가 돌아온 건 겨울도 거의 다 지난 뒤였다. 어디가 아프다고 했던 것 같다. 학교는 휴학 상태였다. 돌아온 순이는 하루 종일 이웃 시로 나가 시간을 보냈다. 옷을 점점 요란하게 입고, 밤마다 디스코텍에서 놀았다. 혜도는 그런 순이를 따라다녔다. 순이가 복학하지 않자, 혜도도 학교를 휴학했다. 그해 초여름 혜도와 순이를 길에서 본 적 있었다. 피부가 갈색인 순이는 벌써 눈빛처럼 희고 손수건처럼 작은 민소매의 미니 원피를 입고 머리는 포니테일 스타일로 높이 묶어 올려 새하얀 리본으로 묶고 굽이 납작한 흰색 에나멜 슬리퍼를 끌고 있었다. 혜도는 긴 고수머리에 베이지색에 줄무늬가 들어간 맞춤 바지와 푸른빛이 도는 반팔 셔츠와 베이지색 스웨이드 샌들을 신고 있었다. 둘은 눈부시게 아름다웠지만 다 살아 버린 듯 늙고 절망적인 그늘이 져 있었다. 순이의 표정 때문이었을 것이다. 검은 아이라이너를 짙고 길게 그린 순이의 눈은 캄캄했다. 그 캄캄한 눈으로 순이는 입을 커다랗게 벌리고 웃었다. 괴로워 하면서 비명을 지르는 듯한 웃음이었다.

그해 여름에 순이는 이웃 시의 호텔 나이트클럽에서 공단에 파견 나왔다는 그 백인을 만났다. 그리고 늦가을에 미국으로 떠나 버렸다. 순이가 떠난 후 혜도는 다음 봄 학기에도 학교에 복학하지 않았다. 가을 학기에도……. 혜도는 순이와 늘 만나던 지하 카페를 떠나지 못하고 맴돌다 주인 마담과 살게 되었다. 새벽 두 시에 셔터를 내려 주고 술 취한 여자를 데리고 들어가면 여자는 죽겠다고 5층 옥상으로 올라가곤 했다. 혜도는 그 여자를 데리고 내려와 제 허벅지와 묶어 두고 잠을 잤다. 어느 날 혜도는 백화점 앞에서 어처구니없게도 순이와 마주쳤다. 떠난 지 6개월여 만에 순이는 향수병이 심해 다니러 온 것이었다. 순이는 언니와 함께 쌀쌀하게 돌아서 갔다. 혜도가 따라가 잡자, 순이가 비웃었다.

"난 너를 만나기 위해 돌아왔는데, 너는 그 사이에 늙은 마담의 기둥서방이 됐더구나."

혜도는 그 뒤 마담의 집에서 나왔다. 그날 밤 마담은 옥상에서 뛰어내렸다. 마담은 병원에 옮겨져 5일 만에 죽었다. 순이는 돌아가고 혜도는 2년 정도를 미쳐서 살았다. 그 즈음엔 늘 술에 취해 비틀비틀 흔들리던 기억뿐이었다. 불문학과 1학년 중퇴한 것도 경력인지 혜도는 아버지나 엄마의 질타와 걱정을 듣고 나올 때면 늘 말라르메의 시로 자신의 방황을 장식했다.

'육체는 슬프다, 아아! 그리고 나는 모든 책을 다 읽었구나. 나는 가리라, 미지의 바다와 하늘 사이에서 새들이 도취하여 헤매는 그곳으로!'

혜도가 정신을 차려 꼭 한 번 미래를 설계한 적이 있었다. 삼촌을 따라 이집트에 이민 간 친구에게서 편지가 왔을 때였다. 친구는 혜도를 초청하겠으니, 카이로에서 한국식당을 함께 하자고 제안했다. 혜도는 친구가 보낸 이집트의 사진들에 매료되었다. 사막과 모래에 빠져 버린 것이었다. 혜도는 4개월여 동안 준비를 했고 마지막으로 남쪽 땅 끝까지 혼자 여행을 하며 조국과 작별 인사를 했다. 하지만 떠나기 사흘 전에 절망적인 전보가 도착했다. 카이로의 친구가 교통사고로 죽었다는 소식이었다. 그렇게 세월이 가 버렸다. 그는 한밤중에 두어 번씩 깨어 물을 1리터씩 마셔댔다. 몸 안에 이집트의 사막이 들어찬 듯 물은 이내 새어 버렸다.

"혜규야, 나 좀 도와줘."

혜도의 입에서 간밤의 술이 발효된 구취가 심했다. 어딘가에 충치라도 있는 듯했다.

"엄마한테 말 잘해 주고, 수니에게 내 이야기 좀 잘 해 줘. 내가 술 많이 마시는 거, 여자들 있는 거 비밀로 해 줘. 지금 카페도 말이 아니야. 속내를 알면 수니가 실망할 거야. 한 달 수입이 500이고 가게도 세가 아니고 내 소유라고 했거든. 혹시 수니가 물어 보면 그렇다고 대답해 줘."

"맙소사, 말도 안 돼. 왜 그런 거짓말을 해?"

"수니는 행복하게 살고 싶어 해. 욕심이 있어서가 아니야. 행복이 절실한 거야. 여행 중에 부산에 들렀을 때, 사촌 언니가 어렵게 사는 것을 보고 선뜻 자기 목에 걸고 있던 묵직한 금 목걸이를 풀어 준 사람이야. 욕심이 아니고, 꿈이지. 난 그 꿈을 빼앗고 싶지 않아."

"하지만 현실은 현실이잖아. 결국 거짓이 드러나면 상처 받을 텐데."

"무슨 수를 내야지."

"여자들 다 정리할 거야?"

"모르겠어."

그럴 때 혜도는 저자거리의 때 묻고 비겁하고 거짓말하는 허랑한 사내들과 하등 다를 바가 없었다. 혜규는 혜도를 빤히 쳐다보았다. 모래를 잔뜩 묻힌 어린아이 같기도 했지만, 세월 속에서 혜도도 타락한 것이다. 현실에서 마흔 살의 순수한 소년 같은 건 있을 수 없었다.

"사랑한다면 거짓말 하지 마. 진실로 진심을 얻어 내야 해. 혹시 알아? 오빠를 사랑하니까, 함께 가난해도 살겠다고 할지? 그러다 보면 오빠의 여자들도 저절로 정리될 거고, 술도 줄겠지."

"수니는 나를 사랑해. 하지만 가난하게는 살 수 없다고 했어. 한국에서 살려면 최소한 5억은 있어야 살 수 있다고 했어."

"맙소사, 그런 말을 하다니……. 나를 단념하세요, 하는 말과 같잖아."

여자는 나이 들면 속물적인 여자가 되거나 가난한 여자가 되거나 아무도 아닌 여자가 된다. 수니는 속물적인 여자를 택한 모양이었다.

"진정으로 사랑하는 사람과 진정이 아닌 사랑을 하는 사람을 어떻게 알아보는지 알아? 사랑을 할 때와 사랑이 끝났을 때도 같은 방법으로 알아볼 수 있어. 진정인 사람은 상대방이 할 수 있는 것만 소망하고 기대해. 진정이 아닌 사람은 상대방이 할 수 없는 것을 소망하고 기대해 오빠, 순이가 그렇게 확실히 했다면, 그런 돈 없다고 하고 돌려보내."

혜도가 아도니스를 아프게 노려보았다.

"내가 어떻게 살았는지 알면서, 한밤중에도 한낮에도 물을 마셔도 마셔도 목이 말랐어. 나는 모래였고 사막이었어. 무엇 하나도 받아들일 수 없었어. 유일하게 수니를 향해서만은 고여. 그건, 목숨을 말하는 거야. 수니 없이 내가 앞으로 어떻게 살지 알면서, 너까지 그런 말을……."

혜규는 두 손으로 얼굴을 가리고 말았다. 그토록 어처구니없는 말을 혜규는 누구보다 잘 이해할 수 있었다.

"그러니까 지금이라도 순이에게 오빠의 형편을 사실대로 알려 줘. 순이가 결정하게."

"못해. 난 수니를 실망시킬 수 없어. 내가 거짓말해서 수니를 덜 사랑하는 거 같니?"

혜규가 고개를 저었다.

"아니, 더 사랑하는 거 같아."

"수니가 왜 미국인을 따라 떠났는지, 그 즈음에 어떤 일이 있었는지 이번에야 들었어. 나를 떠난 이유를 수니가 이번에야 말해 주었어."

혜도의 코끝이 다시 붉어졌다.

"그 시골 마을에 강이 있었나봐. 끔찍하게 무더운 여름밤에 모기장을 빠져나가 겨우 랜턴 하나에 의지해 두 여자 애가 강에 간 거야. 그 밤의 강에서, 순이와 여자 친구가 윤간을 당했어. 그 마을 놈들이 아니고 타지에서 온 놈들이었대……."

혜규는 숨이 멎는 것 같았다.

"그 시절, 매일 총을 들고 달려가 그 놈들을 하나하나 찾아내 성기를 쏘아 죽이는 꿈을 꾸었대. 미국에 가서도 악몽은 계속 되었고, 요즘도 이따금 그 꿈을 꾼대. 붉은 선이 그려진 완행버스를 타고 가 햇볕이 작열하는 그 마을의 텅 빈 길에 내리곤 한대. 하지만 실제로 그 마을엔 아무도 없지. 길도, 집들도 텅텅 비어 있는 거야. 그 놈들 중 단 한 놈도 찾을 수 없는 거야."

혜도의 눈에서 눈물이 툭툭 떨어졌다.

"그래서 허겁지겁 떠났대. 내 곁에 있을 수 없었대. 난 말이야. 우선 수니를 겁나게 행복하게 해 주고 싶어. 매일매일 내가 가진 것을 다 쏟아 주고 싶어. 어떻게 될지 모르지만, 함께 있을 수 있을 때까지는 함께 있을 거야. 다섯 달이든 여섯 달이든, 일 년이든, 삼 년이든. 그렇게 남은 평생을 끌 수 있으면 끌 거야. 결혼도 하고 어쩌면 아이도 하나쯤 뒤늦게 낳고, 수니와 정말 살고 싶어. 수니를 내가 묻어 주고 싶어."

말이 끊어졌다. 이 밑 빠진 허무주의자의 바닥도 결국 사랑인가? 하지만 그 바닥이 언제 쑥 꺼질지 모른다는 것을 혜규는 잘 알고 있었다. 혜도가 새로워질 수 있을까? 그것은 순이 보다 먼저 혜도에게 좌우될 문제였다. 혜규는 어린 시절에 둘이 밤길을 걸을 때처럼 혜도의 손을 꼭 잡았다. 사랑이 강하지만, 사랑보다 더 강한 건 본성이 아닐까……. 본성보다 더 강한 사랑을 한다면 우리는 구원 받을 수 있을까?

"혜도, 혜도, 혜도?"

집 안에서 순이가 불러댔다.

"수니, 나 여깄어"

혜도가 아직도 붉은 눈으로 활짝 웃음을 머금었다. 숱이 얼마 되지 않는 긴 흑발의 곱슬 머리를 위로 걷어 올린 순이가 부엌 창에서 고개를 내밀었다. 누런 얼굴에 눈썹과 눈 가장자리를 따라 짙푸른 문신을 넣어 더욱 피로하고 창백해 보였다.

"혜도 들어와, 혜규도 들어와. 내가 혜도 위해서 토메이로 주스 만들었어. 우리 혜도 돈 번다고 너무 피로해."

혜도가 단숨에 집 안으로 튀어 들어갔다. 둘은 또 몇 번이나 입을 맞추고 이제 막 20년 만에 만난 듯 콧구멍 속에 난 흰털까지 샅샅이 관찰하고 끌어안고 눈을 비빈 뒤 캥거루처럼 펄쩍펄쩍 뛸 것이었다.

엄마와 혜규는 된장국과 밥으로 아침을 먹고 순이와 혜도와 문기는 버터 바른 토스트와 야채샐러드와 흰 소시지, 우유와 진한 커피로 노닥거리며 아침을 먹었다. 혜도와 순이는 문기를 유치원에 내려 주고 장을 봐 가게로 간다고 나섰다.

"혜규, 나와 쇼핑가지 않을래? 내가 옷을 좀 골라 줄게."

순이의 권유에 혜규는 고개를 살살 저었다.

"봄옷 좀 사."

혜도가 함께 권했다.

"그래라."

엄마도 다녀오라고 손을 내저었다. 혜규는 고개를 저었다. 눈두

덩을 푸르게 칠한 순이는 어깨를 으쓱하고 돌아섰다. 뼈가 앙상하게 드러난 순이는, 육체만으로는 부족하다는 듯, 장신구들이 상실된 육체의 등가물인 것처럼, 요란하고 과도하게 걸고 끼고 매달았다. 긴 파마머리에 흰색 머리띠를 하고 깊이 팬 아쿠아마린 색 튜닉과 베이지색 진 상의와 달라붙는 검정 스판덱스 바지를 입고 조깅화를 신었다. 국적 불명, 나이 불명의 경쾌하면서도 슬픔 어린 모습이었다.

"마적 같은 년."

대문 닫히는 소리가 나자 엄마는 묵주를 돌리며 거의 습관적으로 내뱉었다.

"엄마, 순이 나쁜 여자 아니야. 말할 수 없는 것이 있어서, 그래서 그런 거야."

이유를 말할 수 없는 내성적인 불행, 이해시킬 수 없는 암흑의 불행, 스스로 짓지 않았거니와 스스로의 힘으로 정돈할 수 없는 부조리한 불행, 그런 것이 우리가 나쁘다고 하는 악의 본질인지도 모른다.

"넌 이상하지 않니? 대체 뭐가 예뻐서 여우같이 얼러 대는지? 저 애가 혜도를 저렇게도 좋아하는 게 이상하지 않느냐고? 돈도 안 되는 카페에다, 술 냄새에 입 냄새나 피우는 구부정하고 다 시어빠진 마흔 살 된 사내가 뭐가 그리 예뻐서 입 맞추고 흔들어 대고 두드려대는지 이상하지 않아?"

이상하다면 이상하기도 했다. 혜도도, 순이도 두 눈 뜨고 있는 그대로 상대를 보지는 않는 것 같았다.

108 언젠가 내가 돌아오면

"둘 다 눈이 멀었나보다. 눈 속에 나처럼 다른 게 보이는 모양이야. 아니라면 대체 무슨 꿍꿍이속으로 눈 가리고 아웅 하는지, 저 애 때문에 또 혜도에게 나쁜 일이 생길 거야. 피할 수가 없어."

엄마는 앞날이 보이기라도 하듯 단언하면서 긴 염주를 양손에 감고 돌렸다.

"하나 낳은 아들놈이 저 모양이니, 죽어서 조상 볼 일이 무섭다. 문기는 문기대로 늦되어 걱정이지."

엄마가 중얼거렸다. 우울증의 촉수가 사후 세계의 조상에까지 이르는 것을 보자 혜규는 그만 낙심했다.

3

늘 그렇듯, 혜도의 방문은 잠겨 있지 않았다. 방 안엔 여성적인 향기가 짙었다. 향수와 바디로션, 파우더와 살 냄새 같은 것이 뒤섞여서 나는 아찔할 만큼 깊고 복합적인 식물성 향이었다. 청소기를 끌고 들어갔지만, 치울 것이 없었다. 어느 틈에 순이가 정돈하고 닦아 낸 것 같았다. 생각보다 마음이 단정하고 손끝이 야무진 여자였다. 커튼 위에 노란색과 흰색이 물결처럼 교차되는 나염 천을 덧대 방 안이 가을 숲 같은 황금빛이었다. 화병에는 보라색 붓꽃이 가득 꽂혀 있었다. 보라색 붓꽃은 순이의 꽃이라 했다. 작은 손잡이가 붙은 옹기 모양의 노란색 화병에 꽂힌 붓꽃은 추억 속에서 혜규도 가진 적이 있는 것처럼 친숙했다.

혜규는 청소기를 놓고, 혜도의 책상 서랍에서 편지 뭉치를 꺼내 침대에 앉았다. 이미 혜도가 보여 준 적이 있는 편지들이었다. 혜규는 편지 속에서 순이를 이해할만한 단서라도 찾는 심정이었다. 혜규는 첫 편지를 찾아 읽었다.

지난 수요일 아침에 한 한국 남자가 전화를 걸어왔지요. 누구냐고 물었을 때, 혜도라고 대답했어요. 난 심장이 멈추는 듯 숨을 쉴 수 없었지요. 나의 긴 침묵으로 인해 당신은 내가 그 이름을 완전히 망각한 줄로 오해했어요. 하지만, 내가 어떻게 대답했겠어요? 20여 년 전으로부터 아득히 떠오르는 이름과 음성, 아직 소년이었던 스무 살의 당신……. 20여 년 전 한국을 떠난 뒤로 난 당신에게 답장도 않고, 전화도 받지도 않고, 무섭도록 매정하게 소식을 끊었지요. 그게 당신에게 더 나을 거라고 생각했었어요. 그런데, 죽음같이 긴 시간을 지나 당신 음성이 나를 불렀어요. 수니. 내가 대답하자 당신은 세 번이나 연거푸 내 이름을 불렀지요. 난 마취와 같이 깊은 잠에서 깨어나는 느낌이었어요.

오늘 난 망설이고 망설이다가 편지를 씁니다. 위스키를 두 잔 마시고 이 편지를 써요. 미국으로 막상 떠나게 되었을 때 — 한국에서 살 수 없는 몸이어서, 내가 스스로 선택했지만 — 너무 괴로워서 매일매일 애꿎은 당신에게 화풀이를 했지요. 이유도 모르고 마냥 나를 좋아만 했던 어린 당신에게요. 내가 떠나던 날 공항까지 따라와 우리 엄마 곁에서 자꾸만 울며 가지 말라고 조르던 당신 모습을 어떻게 잊겠어요? 당신은 중간 키에 피부가 몹시 희고 사랑스러운 모습이었지요. 당신은 내가 철들 무렵 처음으로 사랑

110 언젠가 내가 돌아오면

한 남자예요. 우린 3년 가까이를 함께 했어요. 함께 영화를 보았고 독서실에 다녔고 친구들과 어울렸고 빵집과 분식집을 다녔고 양쪽 집을 오갔고 함께 대입 시험공부를 해 같은 학교에 들어갔고 같은 버스를 타고 다녔고 캠퍼스에서도 늘 함께 했죠. 하지만 그것은 아직 사랑은 아니었어요.

이런 말을 전할 아무런 이유도 없지만, 당신이 20여 년 만에 전화를 했고, 나로 인해 겪었을 고통을 위로하기 위해 내 비밀을 털어놓을게요. 내가 당신을 정말로 사랑하게 된 건, 이곳에 온지 2년이 지났을 때였어요. 한국에서의 인연이 모두 지워져 갈 무렵이었지요. 부모와 형제와 친척과 친구들⋯⋯. 그런데 이상한 일이 일어났어요. 하고 많은 사람들 중에서 그토록 매정하게 소식을 끊은 혜도 씨를 나는 그때부터 다시 사랑하기 시작했어요. 우리의 시간들이 되살아나기 시작한 거예요. 우리가 함께하는 동안 당신은 순수했고 말할 수 없이 관대했고 부드러웠죠. 당신은 나로 인해 너무 아파했고, 울며불며 나를 끝까지 붙잡았어요. 난 일기장을 새로 사서 당신 이름을 향해 매일 매일을 기록했죠. 2년쯤 그렇게 했어요. 내 마음이 깊은 곳에 편안하게 가라앉을 때까지요. 아마 이 글을 읽으며 당신도 지금 놀랄 거예요. 그렇게 세월이 흘러간 거예요. 내가 향수병으로 겨우 6개월 만에 되돌아갔을 때, 만약 혜도 씨가 그 마담과 동거하지 않았더라면, 그때 난 미국으로 돌아오지 않았을 거예요. 돌아왔다 해도, 2년 뒤에 결국 혜도 씨에게 되돌아갔을 거예요. 하지만, 혜도 씨는 이미 달라져 있었잖아요.

지난 20여 년 동안 하루도 나를 잊은 적이 없다는 말은 솔직히 믿어지지 않아요. 이 세상에 정말 그런 감정이 존재할까요? 무슨 이유에선지, 당신은 갑자기 전화를 걸었어요. 그곳 시간 새벽 두 시, 술을 많이 마셨더군요. 난 당신이 감정을 과장하거나, 착각한 다고 생각해요. 살다보면 울컥 치솟는 그런 날도 있겠지요. 지금 은 올해의 마지막 날이에요. 당신이 어떤 모습으로 사는 지는 짐 작할 수 없지만 가족과 화목하고 건강하고 밝게 사시기를 빌어 요. 그리고 나 혼자 사랑했던 2년을 고백했으니, 위안이 되기를 바랍니다.

혜도 씨에게 신의 축복을!

난, 사실 잘 모르겠어요. 왜 당신이 갑자기 연일 전화를 걸고, 편지를 보내오는지……. 내게 왜 이래요? 두렵고 혼란스럽습니 다. 나이가 있으니 난 당신이 결혼도 했을 테고 아이도 있으리라 짐작했어요. 그런데 나 때문에 독신이라는 것을 정말 믿어야 할까 요? 보지 않고도 평생에 걸쳐 하루도 빠짐없이 사랑해 온 그런 특 별한 사랑의 대상이 바로 나라는 것을 믿으라는 건가요? 전화를 끊고 앨범을 펼쳐 봤어요. 혜도 씨에게 보내고 싶은 사진이 하나 도 없네요. 모두 표정이 어둡거나, 다른 사람과 찍은 사진이고 최 근 것은 홈 무비카메라에 담겨 있어요. 당신은 오래된 내 손수건 과 빗과 펜도 보내 달라했지요. 그런 물건을 그리는 마음이 또 내 가슴을 아프게 하네요. 내 몸무게는 42킬로그램이에요. 키는 당신 이 아는 그대로이구요. 전 보다 더 야위었지요. 거의 먹지 않고 산

답니다. 그리고 새까맣고 많이 늙었어요. 혜도 씨는 어떤가요? 혜도 씨 음성이 늘 술에 취해 있는 것을 보면 건강할 것 같지 않아 걱정이 되요. 새벽 두 시까지 자지 않고 기다렸다가 내게 전화하는 것도 가슴 아프구요. 제발 건강해야 해요. 그리고 자신감을 가지세요. 새해에는 좋은 여자 만나 결혼도 하구요. 혜도 씨가 행복했으면 좋겠어요. 내가 사랑했고, 나를 사랑했던 남자니까요. 이만 안녕. 코니가 옆에서 계속 낑낑대요. 이제 코니 볼 일 보게 공원에 나가 산책해야겠어요.

그 후로 편지는 거의 사흘마다 도착했다. 혜규는 편지 뭉치를 서랍에 넣고 나왔다. 순이도 처음엔 냉철했지만 결국 혜도의 감정에 휩쓸리고 말았다. 보지 않고도 평생에 걸쳐 하루도 빠짐없이 사랑해 온 그런 특별한 사랑의 대상이 바로 자신이라는 환상을 믿어 버린 것이다. 편지들 속에서 사진이 한 장 나왔다. 민소매 원피스를 입고 머리를 포니테일 스타일로 올려 묶은 여자는 모델 같은 체형과 어른스러운 얼굴에도 불구하고 아이처럼 계단 위에 함부로 주저앉아 우멍한 눈길로 카메라를 응시하고 있었다. 근심과 우울이 무겁게 서려 있었지만 스무 살이라는 나이로는 절대로 떨쳐 버릴 수 없는 싱싱한 생명력을 온몸에서 내뿜고 있었다. 작은 얼굴에 눈 코 입이 크고 또렷한 도발적인 미녀의 모습이었다.

욕망이란, 사라진 별을 그리워하는 거야

1

전원이 꺼진 공허한 휴대폰을 만지작거리는 시간이 점점 길어
졌다. 충전을 시키고 전원을 켜 두면, 가없이 멀어진 세상의 광활
함이 다시 하나의 중심으로 모여들 것이었다. 벼랑 끝 같은 발밑
의 어둠이 환하게 밝아지고 다시 세상을 등지고 걷는 한 오라기
허공의 길이 이어질 것이었다. 형주가 신호음을 보내는 느낌이 들
때마다 혜규는 휴대폰을 손에 쥐었고, 휴대폰을 쥔 뒤에는 그대로
묶인 듯 꼼짝도 할 수 없었다.

"당신을 만났을 때 난 사랑을 몰랐어. 작은 아이보다도 더 몰랐
어. 당신을 만났을 때, 무슨 일이 생긴 건지, 어떻게 해야 할지도
도무지 몰랐어. 당신에게서 사랑을 배우며 무수한 문들을 하나하
나 열었어. 그것이 나 자신 내부에 난 미로의 문들인 것도 모르고.

당신은, 내 내부에 묻혀 있었던 사랑의 비밀을 전부 열었어. 매몰된 채로 죽어갈 수도 있었던 내 생애 속에서 사랑의 비밀을 전부 풀어 주었어."

형주가 한 말의 조각들은 불에 구운 벽돌처럼 단단했다. 그 말들을 한 장 한 장 엮어 집을 세워 온 셈이었으나, 벽과 벽들의 경계만 세워 놓고 황황히 떠나온 것이었다. 혜규는 결심이라도 한 듯 자동차조차 가져오지 않았다. 그곳의 전부를 수장이라도 시키듯 고스란히 남겨 두었다. 옷조차 최소한만 가지고 왔다. 아무것도 건지지 않을 작정이었다. 하지만 방심한 어느 틈에 말의 단단한 벽돌 하나가 미끄러져 발등을 찍는 것을 막을 도리가 없었다. 발등이 찍힐 때마다 형주는 폭풍처럼 몰아쳐 왔다.

웃는 얼굴과 심각한 얼굴과 무심한 얼굴과 장난스러운 얼굴, 엑스터시에 빠져 눈을 부릅뜨고 내려다보는 얼굴과 어루만지는 듯 부드러운 얼굴, 아쉬워하며 손을 흔드는 얼굴과 반가워 와락 달려드는 얼굴이 동시에 범람해 왔다. 앞모습 옆모습 뒷모습, 누운 모습과 걷는 모습, 발가벗은 모습과 겨울 코트를 입은 모습, 산을 오르던 모습과 언 강을 걷는 모습, 계곡을 건너던 모습과 계단을 내려가던 모습, 검정색 양복을 입은 진지한 모습과 혜규의 잠옷을 입고 익살 떨던 모습이 모두 한꺼번에 덮쳐 왔다. 손과 발, 발등을 덮은 잔털, 들숨이 새어 나오는 코의 냄새, 귓바퀴와 입술의 질감, 부드러운 머리카락과 뻣뻣한 턱수염, 정강이와 무릎과 허벅지와 배, 등과 가슴과 어깨와 팔에 가득 고인 견고한 힘, 혈액과 체액, 눈물과 콧물, 타액과 정액과 질액과 생리 혈까지……. 두 사람은 그 모든 것을 빈틈없이 함께 가졌었다. 그 모든 것이 다시 또 다시, 열 번이고 스무 번이고 혜규를 가졌다.

밤잠을 설친 탓인지 혜규는 깜박 잠이 들었다가 깼다. 따끈한 전기요가 깔린 어둑한 엄마의 방이었다. 열린 문틈으로 보이는 바깥엔 햇빛이 수정 발을 친 듯 찬란했다. 바람이 건듯 불 때마다 앵두꽃이 서둘러 지고 있었다. 방 안엔 문갑과 장롱뿐이었다. 텅 빈 방바닥이 반질반질 빛났다. 살랑 불어오는 잔바람 끝에 낙화한 꽃잎들 마르는 향이 실려 왔다. 세상이 우물 속처럼 고요했다. 엄마는 윗목에 앉아 염주를 돌리고 있었다. 참 편안하구나, 몸이 속삭이는 것을 혜규는 들었다.

혜규는 엄마처럼 산다면 한 달에 얼마의 생활비가 들지 계산해 보았다. 혜규는 외식이라곤 않고 곡류와 채소 위주의 식생활을 하며 학교 운동장에서 경보를 하고 일주일에 한 번 절에 가서 예불을 드렸다. 다른 게 있다면 3일에 한 번 정도 스쿠터를 타고 시장과 마트에 가서 장을 보고 혜도의 카페에 들르는 정도였다.

아침부터 밤이 되도록 일에 파묻혀 살았던 도시의 생활이 어느새 아득했다. 사람들은 무엇에 그리 쫓겨 사는 걸까, 사람이 사는데 정말 필요한 게 뭘까? 사람들은 무엇을 그리도 갖고 싶어 할까……. 사람의 의지보다는 자본주의의 욕망 자체와 도시적 삶이라는 시스템이 사람들을 세뇌하고 장치 속에 가두어 사용하는 것만 같았다. 더 높은 성공과 더 많은 물질과 첨단의 감각이 가치의 표상일 뿐 아니라 자본주의 삶의 동력 자체였다. 그 많은 편집 디

욕망이란, 사라진 별을 그리워하는 거야 117

자인 대행사에 박혀 하루 평균 열두 시간씩 일하는 디자이너
들…….

그들은 혼자서 매월 사보 여덟 개를 편집하고도 박봉에 시달렸
다. 돈을 벌고 싶은 사람들이나 다른 방법이 있는 사람들은 끊임
없이 떠나가고, 일 자체를 사랑한다고 자기 합리화를 할 수 있는
타협적인 사람들만 결국 남는다. 들어오고 떠나는 유동 인력은 많
지만 붙박이는 인력은 부족해서 편집 업계에서는 3년차 찾기가
별 따기만큼 어렵다고들 했다.

회사가 문을 닫기도 전에 소문이 나 혜규에게도 몇 군데서 제안
이 들어왔었다. 혜규은 거절했다. 휴식이 필요하다는 것을 스스로
깨달을 만큼 지쳐 있었다. 그러나 그녀처럼 혼자일 때는 이런 유
의 휴식이 가능하지만, 식구들이 딸린 가장은 얼마간이라도 일상
을 떠나는 것이 허용되지 않았다. 윤 실장을 비롯한 동료들이 뿔
뿔이 흩어져 벌써 낯선 사무실에 제 몸을 하루 열두 시간씩 묶고
있는 것이 눈에 보이는 듯했다.

오후엔 혜도가 제 차 뒤에 흰색 소형차 한 대를 달고 왔다. 흰색
차를 운전하고 온 사람을 보낸 뒤 혜도가 키를 건네주었다.

"마침 친구가 하는 카센터에 팔려고 손봐 둔 차가 있기에, 너 쓰
라고. 스쿠터 타고 다니긴 좀 그렇잖아. 안타자니 이 시골 생활이
너무 불편하고."

혜도는 몇 년 전에도 낡은 차를 끌고 서울까지 올라와 혜규의
셋집 앞에 세워 놓고 간 적 있었다. 운전해서 내려가기 성가시다

는 게 표면적인 이유였지만 실은 바람도 쐬고 조금이라도 편하게 생활하라는 배려였다. 혜규는 일요일 새벽이나 평일의 한밤중에 차를 몰고 나가, 도시의 외곽 도로들이나 고속도로를 실컷 달리곤 했었다.

"고마워. 계산은 내가 해 줄게."

혜도의 행태에 익숙한 혜규는 순순히 키를 받았다.

"아, 그럴 거 없어. 돈은 벌써 지불했으니까."

혜도가 손을 저었다.

"과용하는 거 아냐?"

"뭐 아직, 나 건재해."

"횡재했네. 지금 시승식 해 볼까? 나 그 연못에 가 보고 싶었는데."

혜규는 키를 흔들며 혜도에게 곁으로 타라는 시늉을 하고 운전석 쪽으로 다가갔다. 연못은 지방 군도를 따라 남쪽으로 2킬로미터쯤 가서 좁은 고개를 넘어 들어가면 작은 마을 곁에 있었다. 혜규는 아홉 살이 되었을 때야 생애 처음으로 연못을 보았다. 처음 연못가에 섰을 때, 현기증으로 몸이 휘청했다. 미동도 않는 늦가을의 녹색 수면 위에 파란 하늘과 흰 구름과 붉은 산이 선명하게 거꾸로 비치고 있었다. 어린 혜규에게 그 장소는 삶의 뒤편, 마법이 이루어진 비밀 장소였다. 연못은 눕혀 둔 거대한 거울 같았다. 순간의 착란이 지나간 뒤에야 물을 인식했다. 갇혀서 미동도 않는 물은 흐르는 물과는 전혀 다른 물질 같았다. 흐르는 물이 땅을 사랑하며 휘감고 흐른다면, 갇힌 물은 하늘과 사

욕망이란, 사라진 별을 그리워하는 거야 119

랑에 빠진 물이었다. 그 물은 하늘을 경배하고 있었다. 혜규는 그 후 빗물이 괸 작은 웅덩이를 폴짝 뛰어 건널 때나 깊은 우물 안을 들여다볼 때나, 혹은 모를 내기 위해 물을 가득 채운 무논들 사이 길을 걸을 때나 장독 뚜껑에 고인 물을 비울 때조차 그냥 지나친 법이 없었다. 갇힌 물에게 하늘로 보내는 전언을 속삭였다. 크고 작은 온갖 기원들 얼굴의 점이 없어지게 해달라거나, 잃어버린 필통을 찾게 해 달라거나, 혜미를 착한 아이로 만들어 달라거나, 개를 한 마리 내려달라거나 심지어는 가정의 평화를 기원하기도 했다.

혜규가 차의 시동을 걸고 기다리는데도 혜도는 그대로 서 있었다. 혜규는 차창을 열었다.

"바빠?"

"아니, 나중에 해."

혜도는 심각한 눈으로 모처럼 밝은 혜규의 표정을 눌렀다.

"네게 할 말 있어서 왔어."

혜규는 새삼 혜도를 살핀 뒤 시동을 끄고 키를 뽑았다. 둘은 집으로 들어가 꽃잎이 지는 자목련 옆 평평한 정원석에 걸터앉았다. 커다란 벌이 머리 위에서 붕붕 날아다녔다.

"혜규야."

"......"

혜규가 말하라고 눈으로 재촉했다.

"혜규야."

혜도는 무거운 음성으로 혜규의 마음을 준비시키듯 다시 불렀다.

"왜 그래?"

혜규의 얼굴이 어두워졌다.

"인채가 간암이래."

"……."

"앞으로 두 달밖에 안 남았다는 군."

"……."

"사흘 전에 병원에 입원했어. 말이 병원이지, 치료하는 데가 아니야. 고통을 줄이며 죽음을 기다리는 대기소 같은 곳이지."

"……."

"시한부 선고를 받고 이리로 왔던 거야. 네가 오던 첫날 말할까 했지만……."

"……."

"혜규 너를 만나고 싶어 해."

혜규는 대답도 없이 일어나서 자박자박 걸어 제 방으로 들어가 버렸다. 혜규는 방 안에 들어서자 그대로 벽을 향해 누워 버렸다. 방과 몸이 각기 다른 방향으로 빙빙 돌았다. 회전의 원심력 속에서 방바닥의 표면들이 갈라져 어긋난 단애들 사이로 몸이 파묻히는 듯 어지러웠다. 혜규는 팔을 뻗어 온 힘으로 벽을 붙잡았다. 차차 회전속도가 느려지면서 가파른 원심력으로부터 의식이 놓여났다. 그러자 눈물이 흐르기 시작했다. 지나간 온갖 일이 스쳐지나가면서, 모든 것의 질료가 눈물이었던 것처럼, 영영 멈추지 않을 것처럼 무섭게 흘러나왔다.

2

옛날 옛날 망망대해의 어느 작은 섬에 어미는 병들어 일찍 죽고 고기 잡는 아버지가 한 점 혈육인 딸을 키우며 외딴집에서 살고 있었단다. 딸은 자라면서 밥을 짓고 옷을 짓고 나무를 해와 방을 데울 줄 알게 되었더란다. 사흘 밤낮 폭풍이 치던 어느 여름밤에 아버지는 딸을 방에 가두고 둘이 교합을 하였다. 아버지는 고기를 잡고 딸은 살림을 하고 밤이면 둘이 교합을 하는 세월이 그렇게 몇 해나 지나갔단다.

그런데 어느 날부터 이 섬에 낮이 오지 않았다. 캄캄한 밤만 계속되었다. 나무들이 죽어 가고 풀들이 마르고 암흑 속에서 짐승이 울부짖으며 헤매던 어느 보름날, 섬 마을 사람들이 마침내 외딴집에 들이닥쳐 하늘을 노하게 한 패륜의 죄를 물어 불을 질렀단다. 불타는 집에서 달려 나간 딸은 높은 벼랑에서 바위 해안으로 몸을 던져 죄를 빌며 죽었단다. 그리고 아비는 키우던 소의 목을 따 가죽을 벗기고 소머리를 얼굴에 뒤집어쓰고 죄를 빌며 길바닥을 기었단다. 그러자 마른하늘에 천둥이 치더니 며칠 동안 검은 비가 쏟아졌단다. 그 비가 개이자 마침내 해가 떴다는구나. 그 후 고기 잡는 아비는 죽을 때까지 소머리를 쓰고 네 발로 기어다녔단다.

어린 시절의 고모할머니는 무서운 이야기를 많이 해 주었다. 고모할머니는 어린 아이건 큰 아이건 어른이건 가리는 법 없이 이야기를 풀어놓았는데, 알아들으면 알아들으니 된 것이고, 못 알아들

으면 못 알아들으니 된 셈이라 했다. 그저 옹기종기 둘러앉아 이
야기로 시간을 보내는 것만으로도 무슨 말이든 할 이유는 있는 셈
이었다. 고모할머니의 이야기 중에서도 가장 선명하게 기억에 남
아 있는 건 남쪽 바다 어디엔가 있다는 '우도'라는 섬 이야기와
아이들을 두고 천상에서 떠나 마녀가 된 여신 '릴리트의 이야기'
와 지나가는 나그네의 사랑을 받아야만 사람이 되는 '백년 묵은
뱀 여인 이야기'와 '도미 부부의 지극한 사랑 이야기'였다. 달빛
이 구름 속을 지나는 캄캄한 방 안에서 고모가 이야기하는 동안
어린아이들은 무서워서 서로 몸을 끌어안고 비명을 질러댔었다.

혜규는 지금도 캄캄한 곳에 홀로 있으면 그 이야기들이 떠올랐
다. 하지만 언제부턴가 그 이야기들은 더 이상 무섭지 않고, 제 무
릎을 파고들며 울고 싶을 만큼 슬펐다. 그것은 '클레먼타인'이라는
슬픈 노래가 가끔 몸이 떨리도록 무서워지는 것과 같은 이치였다.

넓고 넓은 바닷가에 오막살이 집 한 채 고기 잡는 아버지와 철
모르는 딸 있네
바람 부는 마른날에 아버지를 찾아서 바닷가로 나가더니 해
가 져도 안 오네
내 사랑아 내 사랑아 나의 사랑 클레먼타인
늙은 아비 혼자 두고 영영 어딜 갔느냐.

클레먼타인은 집을 달려 나가 패륜의 죄를 빌며 높은 벼랑에서
바위 해안으로 뛰어내린 것이다. 어린 시절 혜규는 클레먼타인이

욕망이란, 사라진 별을 그리워하는 거야 123

바로 그 고기잡이 아비의 딸이라고 믿었다. 자라서는, 아닌 줄 알면서도 그 이야기와 노래를 분리시키지는 못했다. 논리 이전의 사고 속에서 이미 뒤엉켜 버린 것이 안다고 나뉘어지겠는가. 심지어 다 자라 배를 타고 섬에 갔을 때에도 그 많은 섬들이 모두 패륜의 죄를 지어 육지로부터 떨어져 나간 것만 같아 슬퍼서 잠을 이룰 수 없었다.

"고모할머니, 교합이 뭐야?"

어린아이들 중 누군가가 물었다. 아마도 혜진 언니였거나 예경이었을 것이다.

"부부가 되어 아이를 갖는 거야."

"아버지와 딸은 부부가 되면 안 되는 거지?"

그 보다 더 어린 아이들 중에 누군가가 물었다.

"그럼. 그건 패륜이지."

고모할머니가 눈을 둥그렇게 치뜨며 금기의 대답을 했다.

"오빠와도 부부가 되면 안 되는 거지?"

"그럼. 남동생과도 부부가 되면 안 되고 삼촌과도 부부가 되면 안 되고, 사촌끼리 부부가 되어서도 안 돼. 또 동생이나 언니의 애인과도 부부가 되면 안 되고, 사촌의 애인과도 부부가 되면 안 돼. 육촌과도 안 되고 육촌의 애인과도 부부가 되면 안 돼. 친구의 애인과도 부부가 되면 안 돼, 그건 모두 패륜이야."

"그러니까, 부부는 정말 정말 모르는 사람과 되는 거구나."

"그래. 까맣게 모르던 사람과 되는 거야. 다들 알았지?"

"예에!"

다들 오래 된 기와집이 떠나가도록 목청껏 대답했다. 혜진도, 혜규도, 혜미도, 예경도, 그리고 그때 혜도와 혜도의 친구인 태호네 집에 방학동안 놀러와 있던 태호 외사촌인 인채도…….

3

은하수가 흐르다 산 밑으로 돌면서 물색이 검푸르게 변하던 가장 깊은 장소에서 해마다 사람이 빠져 죽었다. 다이빙하고 놀던 아이가 자주 물 밑으로 빨려 들어가 죽었다. 술 마신 동네 남자가 아침에 시체로 떠오르거나 젊은 여자가 옷을 입은 채 물가에 죽어 있기도 했다. 은하수의 가장 자리는 물이 조약돌들을 겨우 덮고 반짝반짝 흘러갈 만큼 얕았다. 둑엔 굵은 철사로 얽은 커다란 돌 사이로 소루쟁이와 여뀌와 가시넝쿨 풀이 뒤엉켜 있었다.

예경와 혜진은 남자 아이들과 물 깊은 곳까지 들어가 노란 참외를 던지며 헤엄을 쳤고 혜규는 하얀 조약돌 위로 물결이 반짝반짝 흘러가는 얕은 물에서 용궁놀이를 했다. 너울지며 흐르는 물 밑 조약돌들은 붉고 희고 검고 노랗고 얼룩무늬가 있거나 줄무늬가 있었다. 작은 피라미 떼가 흐르는 물을 거스르며 헤엄쳐 오르고 돌에는 작고 검은 민물 소라들이 붙어 있었다.

혜규는 정성을 다 기울여 용궁과 물속의 정원을 만들었다. 그리고 길고 커다란 돌과 작고 가느다란 돌, 짧고 뚱뚱한 돌에 집에서 가져온 천 조각으로 옷을 입혔다. 돌 용왕과 돌 왕비와 돌 공주들과 돌 왕자와 돌 기사들과 돌 군인과 돌 시녀들. 그들은 흐르는 물속의 침대에서 잠을 자고 물속 식탁에 앉아 밥을 먹고 흐르는 물속에서 파티를 하고 전쟁을 하고 사랑을 하고 이별을 하고 시기하고 거짓말하고 파멸해 갔다.

혜규가 여섯 살, 혜진과 예경이 열 한 살이었다. 너무 오래 물 깊은 곳에서 논 아이들이 입술이 파래져서 우르르 나왔다. 아이들은 뜨거운 돌에 발바닥이 닿자 비명을 지르며 재빠르게 발을 바꾸어 뛰어다녔다. 혜도와 혜도의 친구 태호와 방학이라 놀러 온 태호의 외사촌 인채와 예경이었다. 가장 맏이인 혜진이 모두 한 자리에 앉히고 집에서 싸 온 간식을 나누어 주었다. 엄마가 튀긴 조청 묻힌 과자와 얼음에 재어 둔 수박화채였다. 수박화채는 녹은 얼음물이 가득했다. 어디선가 수박씨 같은 검은 파리들이 잉잉대며 날아와 아이들의 등과 팔에 붙었다. 아이들은 간식을 먹자마자 다시 물속으로 뛰어 들어갔다.

"안 돼."

혜규가 뛰어가는 아이들 뒤에서 소리를 질렀다. 용궁은 이미 아이들 발에 밟혀 무너진 뒤였다. 그 중에 단 한 명만 뒤를 돌아보았다. 낯선 아이, 인채였다. 인채는 발밑을 가만히 내려다보고 있더니, 그 자리에 쪼그리고 앉아 용궁을 다시 만들었다. 인채가 만든 용궁엔 물고기들의 길도 있었다. 피라미들이 그곳으로 몰려왔다.

용궁을 다 만든 뒤에도 인채는 떠나지 않았다. 반짝이며 흘러가는 물 밑 용궁 나라를 내려다보며 혜규의 살림살이를 도왔다. 이제 용궁 나라엔 사랑도 없고 전쟁도 없고 공주가 울지도 않고 왕자가 떠나지도 않고 용왕이 화를 내지도 않았다. 물속 사람들은 아침에 일어나 식사를 하고 소풍을 가고 옷을 바꾸어 입고 낮잠을 자거나 정원을 가꾸었다. 평화로운 용궁놀이를 혜규는 지치지도 않고 계속했다. 인채는 그것을 묵묵히 지켜보다가 돌 시녀나 돌 군인이 넘어지면 일으켜 세워 주고 담을 더 높이 쌓아 주고 물속 정원에 풀을 심어 주었다. 혜규는 물속에 담겨 커다랗게 보이는 인채의 새하얀 발등에 검고 퉁퉁한 거머리가 파고들어 피를 빠는 것을 발견했다. 혜규는 소리도 지르지 못하고 인채의 무릎을 흔들었다. 인채가 물속의 발등을 내려다보았다. 인채는 얼굴이 하얗게 질린 채 굳어 버렸다. 인채가 속수무책인 것을 알아챈 혜규는 천천히, 그러나 확고하게 물속으로 손을 뻗어 퉁퉁한 거머리를 뽑아 내던졌다. 인채의 발등에서 피가 새어 나와 물속으로 번졌다.

그것은 혜규가 여섯 살이던 여름의 일이었다. 혜규는 아직 인채의 얼굴과 태호의 얼굴과 혜도의 얼굴을 구별해 기억하지 못했다. 그러나 그 새하얀 발등은 도시에서 온 인채의 것이었다.

인채가 다시 소읍에 온 것은 중학생이 되어서였다. 인채의 부모가 이혼해 외삼촌 댁에서 학교를 다니게 되었다. 그 무렵엔 혜도와 태호와 인채가 늘 함께 붙어 다녔는데 그들의 아지트는 혜도의 방이었다. 한참 먹어야 하는 사내애들이라며 엄마는 유난스럽게 간식을 챙겼다. 혜규가 간식을 가져다주면 혜도가 받고, 태호가 고맙다고 인사했다. 인채는 미소를 보냈다. 혜규는 용궁놀이를 함께 한 기억을 품고, 자신이 뽑아낸 거머리의 감촉과 피가 번지던

욕망이란, 사라진 별을 그리워하는 거야 127

물을 떠올리며 그 미소에 다정한 눈빛으로 응답했다.

인채는 중학교 3학년이 되면서 소도시로 올라갔다. 그리고 12년이 지난 후 소읍으로 다시 돌아왔다. 남중학교 과학 교사로 발령 받아 온 것이었다. 혜규는 문화원에서 일하고 있었다. 인채는 그 봄날에 향토문화연구회 모임에 입회하기 위해 문화원에 찾아왔다. 두 사람은 이내 알아보았다. 용궁과 거머리와 간식을 사이에 두고 주고받았던 미소가 동시에 두 얼굴에 떠올랐다.

처음엔 향토문화연구회 회원들 틈에 섞여 새로 발굴되는 유적지를 돌며 자료를 조사하기도 하고, 경주나 김해 박물관으로 나들이를 했다. 모임에서 정한 연구 과제를 하기 위해 함께 자료 조사에 나서기도 했다. 그러다 어느 사이 둘만 왕릉을 오르내리게 되었고, 인근 사찰이나 유적지로 소풍을 가게 되었다.

그 무렵 혜도는 바로 옆 소도시에서 생활했고, 혜진은 결혼해 남편과 독일로 유학을 떠났다. 예경도 결혼해 떠났으며, 혜미는 집을 떠나 학교에 다녔다. 모두 뿔뿔이 흩어지고 혜규와 인채만 소읍에 남은 셈이었다. 2개월 만에 둘은 연인 사이가 되었다.

한 번은 유적지를 찾아갔다가 우연히 산골 마을의 작은 성당에 들어서게 되었다. 그저 구경만 하고 나오려고 했던 혜규는 생각지 않게 두 손을 모으고 기도를 했다.

"무엇을 빌었니?"

성당에서 나왔을 때 인채가 물었다.

"성모마리아님, 선량하게 욕심 없이 살겠으니, 이 사랑이 영원히 끝나지 않게 해 주세요."

"기도는 더 명료하게, 이기적으로 해야지. 무조건 떼쓰는 거야. 성모마리아님, 무슨 일이 생기더라도 우리 두 사람 헤어지지 않게 해 주세요. 이렇게 말이야."

혜규는 일부러 뚱한 표정을 짓고 인채의 말을 되받았다.

"그럼 이런 기도는 어때요? 성모마리아님께서 우리 사랑을 끝내더라도 저는 계속할 거예요."

"아예 협박이군. 하지만 감동적이야."

인채는 보답으로 들꽃을 꺾어 혜규의 머리에 꽂아 주었다.

"사람의 기원은 재야. 인도 신화가 현대 과학과 거의 일치하지. 우주의 별이 폭발할 때 떨어진 재가 지구에 날려 와 지구의 원자들과 결합해 최초의 미생물이 생겨났어. 진화 역시 마찬가지지. 초신성의 폭발은 늙은 별의 죽음이자 신생별의 탄생이고 그 재는 지구 생명의 조상이었어. 죽은 별의 재가 지구에 유입돼 유전자가 돌연변이를 일으킬 때마다 생물은 비약적으로 진화해 왔거든. 바다의 한천류에서 활유어로, 물고기에서 공룡으로, 원숭이로, 원숭이에서 사람으로 진화할 때마다 죽은 별의 재가 개입했어. 정확히 말하면 수소와 탄소와 산소, 칼슘 같은 원자들이지. 그러니까 우린 누구나 별의 아이들인 거야. 오늘 밤 우리가 볼 별들은 적어도 2만 년 전에, 어떤 것은 70만 년 전에 이미 죽어 우리에게 재를 넘겨준 아버지별이거든. 그 죽은 별의 빛이 우리에겐 영원의 시간으로 반짝이며 우리 모두를 내려다보는 거야. 이 세상은 정말로 별의 꿈인지도 몰라."

인채가 그런 이야기를 할 때 혜규는 그에게서 아름다움을 느꼈다. 그는 소읍의 어떤 남자와도 달랐다. 아름다움이란, 단지 균형이나 청결함이나 향기가 아니라 미래와 관계있는 것이고 밝음, 희망 같은 것과 관계된 것인지 모른다. 흉한 것은 퇴행과 정지와 무지와 태만을 떠올리게 하기 때문에 추한지도 모른다. 보다 진보적인 것, 미래적인 것, 과학적인 것, 말하자면 진화를 암시하는 것은 아름다운 것이다.

"지도에서 도시나 마을을 가리키는 검은 점을 보면 꿈을 꾸게 되는 것처럼, 별이 반짝이는 밤하늘은 늘 나를 꿈꾸게 해. 그럴 때 묻곤 하지. 왜 프랑스 지도 위에 표시된 검은 점에 가듯 창공에서 반짝이는 저 별에게 갈 수 없는 것일까?"

혜규가 말하고 입을 꼭 다문 채 질문하듯 인채를 바라보았다. 인채가 알아채고 신음 소리처럼 중얼거렸다.

"고흐! 타라스콩이나 루앙에 가려면 기차를 타야 하는 것처럼, 별까지 가기 위해서는 죽음을 맞이해야 한다. 죽으면 기차를 탈 수 없듯, 살아 있는 동안에는 별에 갈 수 없다. 증기선이나 합승마차, 철도 등이 지상의 운송 수단이라면 콜레라, 결석, 암 등은 천상의 운송 수단인지도 모른다. 늙어서 평화롭게 죽는다는 건 별까지 걸어간다는 것이지."

혜규가 공감의 미소를 지었다.

"우리가 암에 걸려 죽어야 한다면, 이 말을 떠올리게 되겠죠. 그때 담담하게 말할 수 있을까요? 천상의 운송 수단을 탄 거라고."

"가능한 그래야겠지. 하지만 선택할 수 있다면 걸어서 별까지 가고 싶군."

혜규도 걸어서 별까지 가고 싶었다. 인채와 함께.

"욕망이라는 단어의 라틴어 어원은 놀라워. 무엇일 것 같아?"

우리의 본능과 관계된 것이겠지만 혜규는 알 도리가 없었다.

"죄? 혹은 벌? 아니면 장님?"

혜규가 떠오르는 대로 말했다.

"Desiderare. 이 라틴어는 별이 사라진 것을 아쉬워한다는 뜻
이야. 놀랍지? 욕망의 원래 뜻은 사라진 별에 대한 향수이며 그리
움이야. 사라진 별, 그건 별이 인간의 조상이고 고향이라는 의식
의 근원이 욕망이라는 말속에 있는 거야. 모든 욕망은 향수인 거
지. 우리는 전혀 모르는 것을 욕망할 수는 없어. 우리가 무엇을 욕
망한다는 것은 실은 상실한 것에 대한, 말하자면 소유한 경험에
대한 향수라는 말이기도 해. 과거에 가졌던 것을 우린 욕망하는
거야."

"욕망이란 이상해요. 이기적이면서, 동시에 순교적으로 느껴지
거든요."

"맞아. 지극히 개인적이지만, 동시에 자기 자신을 잊고 다른 것
을 향하는 순교적 추구이기도 해. 인간 하나 하나 속에, 관계들 사
이에, 가정과 사회, 이 세계 속에, 욕망과 징벌과 정화의 시스템이
완벽하게 작동하고 있어. 만약 신이 있다 해도, 손댈 게 없지. 옳
든, 그르든, 모든 인간은 그 시스템을 시한폭탄처럼 품고 자기 양
껏 열심히 기어가고 있는 거야. 그래서 신이 있다 해도 바라보기
만 할뿐 간섭할 게 없지."

인채의 차분함, 지적 탐구심과 심오하다 못해 환상적인 말들,

욕망이란, 사라진 별을 그리워하는 거야 131

무엇보다 매사에 합리적이고 과학적이며 정밀하고 정교한 태도,
그것은 신뢰라는 개념이 내포한 성격들 자체였다. 혜규는 그를
신뢰했다. 키스를 할 때나 손을 잡을 때, 포옹을 할 때에도 그는
차분했고, 행위의 욕망이 아니라, 행위의 의미와 개념에 오히려
충실한 것 같았다. 마음 깊은 곳에 불안이 없지는 않았다. 혜규는
인채에게 열정적인 상대는 아니었던 것이다. 하지만 혜규는 정신
을 혼미하게 만들고 의식을 교란시키는 열정보다는 두 연인이 무
엇을 하는 지 뚜렷이 인식하고 인식의 선을 넘어서지 않는 이성
적인 애정 행위를 아름답게 여겼다. 결혼을 하면 더 많은, 더 깊
은 행위들이 허용되겠지만, 평생 사랑의 행위를 의례처럼 행하며
살 것 같았다. 그것은 진지하고 신성하고 안정된 것이며 변함없
을 것이었다.

　　교제한 지 열 달 정도가 되자 결혼 이야기는 매우 자연스럽게
나왔다. 이혼 후 나이 어린 여자와 재혼한 아버지와는 단절되었
고, 몇 년 전 어머니가 돌아가셔서 인채는 고아나 다름없었다. 가
정 사유를 이유로 혜규의 아버지가 완강하게 반대했으나 몇 달을
끈 뒤에, 마치 딸 하나쯤 포기하듯 어느 날 손을 뗐다. 결혼식 날
짜는 그들이 만난 지 일 년 째인 4월 첫 주의 토요일로 정해졌다.
그들은 소읍에서 꽤 알려진 커플이었다. 길에서 만나는 사람들은
혜규의 결혼을 미리 축하하고 날짜를 확인하곤 했다. 그 무렵 길
에서 숙모를 만났었다. 숙모는 속옷 가게와 값싼 가구점과 분식
집을 열었다가 차례로 문을 닫고 노래 주점을 시작하려고 준비
중이었다. 소문을 들은 아버지는 노하고 엄마는 불편해 했다. 모

132　언젠가 내가 돌아오면

델처럼 큰 키에 귀밑에 붙여 자른 단발머리를 한 숙모는 쉰 살이 넘었지만 소읍에서 여전히 눈에 띄는 미인이었다. 눈꺼풀은 더 깊이 들어갔고 앙상하게 마른 체형에 배에만 유난히 살이 붙은 숙모는 진초록 스웨터에 꽃무늬가 어지러운 중국풍 공단 바지를 입고 있었다.

"숙모예요."

혜규가 소개하자 인채는 절을 꾸벅했다.

"신랑감이 훤하구나. 혜규는 좋은 신랑 만나 좋겠다."

숙모는 늘 그렇듯이 혜규의 눈을 보지 않고 눈 아래에서 왼쪽 뺨에 걸친 점을 보며 과장되게 감탄을 했다.

"예경 언니는 잘 지내요?"

혜규는 달리 할 말이 없어 2년 전에 결혼해 경기도 남부 어디서 사는 예경의 안부를 물었다. 말을 아끼지 않는 편인 숙모는 어쩐 일인지 난처한 표정으로 웃어 넘겼다.

"엄마한테 곧 한 번 간다고 전해. 이사하고 가게 준비하느라 일이 많아 눈코 뜰 새가 없구나. 이사 온 아파트 알지? 놀러 와."

숙모는 손을 흔들며 지나갔다. 한때 숙모는 돈을 벌러 간다며 예경을 혜규네 집에 맡기고 소읍을 떠났다가 3년 만에 돌아왔었다. 예경이 여중 3학년이던 해부터 여고 2학년 때까지였다. 예경은 혜진과 함께 도시의 여고로 진학해 같은 집에 하숙을 하고 주말이나 방학이 되면 혜규 네로 왔다. 예경은 성격이 불안정하고 교묘했고 혜진은 차갑고 이기적이어서 둘은 자주 싸웠다. 분쟁의 이유는 많았지만 가장 심각한 것은 혜진의 물건이 없어지거나 파

욕망이란, 사라진 별을 그리워하는 거야 133

손되는 경우들이었다. 혜진은 예경의 짓이라며 엄마에게 일러바치고 울었고, 예경은 끝까지 버티다가 아무도 모르게 울었다.

"예경과는 분위기가 많이 다르구나."

헤어져서 걷다가 인채가 중얼거렸다. 그해 3월에 예경이 짐을 싣고 친정으로 돌아왔다. 이혼이었다. 돌아온 예경은 집에만 틀어박혀 있는지 전혀 볼 수 없었다. 그리고 숙모의 노래 주점도 개업을 코앞에 두고 다른 사람 손에 넘어갔다. 늘 체면을 염려하며 살아온 혜규네 아버지와 엄마는 한시름 놓았다.

그 일이 일어난 것은, 결혼식을 불과 열흘 앞둔 날이었다. 소읍의 하객들에게 청첩장이 돌려진 뒤였고 혼수품 상자들이 혜규의 방안에 차곡차곡 재여 있었다. 네거리의 뒷길에 있는 여관으로 들어가는 인채와 어떤 여자를 본 사람은 혜도의 친구 둘이었다. 자정이 좀 지난 시간이었다. 그들은 당구를 치고 나오다가 택시에서 내리는 인채와 여자를 보았다. 소읍의 거리는 이미 캄캄했다. 두 사람은 취한 듯 약간 비틀거리며 서로의 팔목을 꽉 쥐고 걸었다. 손도 아니고 마치 벼랑에서 서로를 잡듯 팔목을 감아쥐었기 때문에 더욱 이상한 느낌을 주었다. 마치 서로를 포로로 잡은 듯 보이면서, 동시에 필사적으로 서로에게 붙들려 끌려가는 것처럼 보이기도 했다.

호기심이 생긴 혜도 친구들은 아무 작정도 없이 저절로 뒤를 밟았다. 네거리에 멈춰 선 두 사람은 한동안 걸음을 옮기지 않다가 갑자기 호반 찻집을 돌아 네거리 뒷길에 있는 호반 여관으로 들어

갔다. 여관으로, 분명히 여관으로…….

그들은 30분 가량 두 사람이 들어간 여관 문 앞에 망연자실 서 있다가 헤어졌다. 그리고 고심 끝에 이틀이 지나 혜도에게 알린 것이었다. 혜도는 그날 저녁 곧바로 인채를 만나 사실을 확인했다. 인채는 여자와 잔 것을 부정하지 않았다. 부정하지 않았지만 그 여자가 누구인지는 끝까지 밝히지 않았다. 그뿐 아니라 마음을 정리할 때까지 결혼식을 보류해 달라고 부탁했다. 혜도는 파리 한 마리 죽이기를 싫어하는 성격이었지만, 그날 인채의 얼굴을 주먹으로 쳤다. 코피가 흐르고 입술이 터졌다. 탁자와 의자가 넘어지고 술병과 잔과 접시들이 깨어졌다. 곧 처남 될 사람이 장래의 매제를 친 사건으로 인해 소읍에는 몇 가지 다른 소문이 동시에 번져나갔다.

그 다음 날 혜규는 인채에게서 전화를 받았다.

"정말 미안해, 지금은 너를 못 만나겠어. 다음에 이야기 할게. 할 수 있는 이야기가 없어. 실은 나 자신도 지금의 나를 정리할 수가 없어. 혜규야, 정말 미안해. 다음에 이야기 할게."

그것은 마치 몸에 화상을 입은 사람의 신음처럼 들렸다. 입 속까지, 혀까지, 내장까지 고열로 달라붙는 것 같은 소리였다. 혜규는 아무 정보도 듣지 못했지만 인채의 음성에서 심장을 조이게 하는 어떤 파장을 느꼈다. 말이 도달할 수 없는 곳이 있을 것이다. 인채는 그런 일을 경험해 버린 것이다.

문제의 그날은 토요일로 인채가 소도시로 나가 고등학교 동창을 만난 날이었다. 혜규는 그날도 인채를 만나 점심을 함께 먹었었다. 한 시 조금 넘어 헤어져 인채는 버스 정류장으로 갔고 혜규는 집에 돌아왔었다. 인채는 그날 소도시의 택시 합승 정류장에서 11시쯤에 혜규와 통화한 후 연락이 끊겼었다.

혜규는 인채와 점심을 먹었던 시간을 두고두고 꼼꼼히 회상하곤 했었다. 그 시간 속에 무엇이 숨어 있기라도 한 듯 거듭해서 집요하게 떠올렸다. 그들은 12시 30분쯤에 만나 40분쯤 점심을 먹었다. 인채에게 전과 다른 점은 전혀 없었다. 식당의 방에 들어가 추어탕을 기다리는 동안, 혜규는 인채가 가져온 과학 잡지를 들추어 보았다. 인채는 그 과학 잡지를 정기 구독했기에 월 초의 한 주일은 늘 끼고 다녔다. 무심코 페이지들을 넘기던 혜규는 암사마귀와 머리와 다리가 없는 수컷 사마귀가 교미를 하는 화보에 손이 닿자 가느다란 비명을 지르며 손을 떼어 냈다. 인채는 혜규의 반응에 고무된 듯 화보를 쳐다보았다.

"생물학자들은 사마귀들이 교미하는 동안 암놈이 수놈의 머리를 먹어 치우는 이유를 오랫동안 몰랐어. 사실이 발견된 지 50년이 지난 뒤에야 수놈의 머리를 제거하면 교미 능력이 증진한다는 사실을 알아냈지. 머릿속에 있는 식도하신경절이 복부의 교미 운동을 방해하는 거야. 수놈 사마귀는 머리가 먹혀야 사정한다는 설도 있어."

"끔찍해. 너무 잔인해."

혜규는 입을 막았다. 신이 있다면, 이런 식으로 종족을 보존하게 했을 리는 없었다. 다만 자연이 있을 뿐이었다.

"어쨌거나, 자연의 본능은 종족 보존이고 지속이지. 그러니 자연은 암컷 편이야."

혜규는 그날의 점심시간을 집요하게 회상했고 그때마다 암사마귀의 환영에 시달렸다. 숲길 교차로에서 암사귀와 수사마귀가 우연히 마주섰다. 암사마귀는 천천히 다가서고 수사마귀는 퇴로를 찾기 위해 돌아서려 한다. 그러나 암사마귀는 순식간에 달려들어 수사마귀의 앞다리 하나를 먹어 치우고 뒷다리 두 개도 삼켜 버린다. 그리고 바로 머리 전체를 잘라 먹으며 동시에 가슴을 쪼아댄다. 수사마귀가 완전히 해체되자 암사마귀는 수사마귀 앞에서 생식기를 벌리고 앉는다. 머리도 없고 다리도 없고 가슴이 반쯤 파먹힌 수사마귀는 본능적으로 몸을 디밀어 교미를 시작한다. 혜규는 과학 잡지를 뒤적인 것을 후회했고 암사마귀와 수사마귀들이 저주스러웠다. 자연이든, 신이든 세상을 있게 한 그 무엇이 구역질이 나도록 혐오스러웠다.

문화원에 출근을 계속하던 혜규가 자리에 누워 버린 건 막상 친구로부터 들끓는 소문을 들은 후였다. 그중에서도 최악은 혜규 아버지인 교감 선생이 결혼을 반대해 온 것에 앙심을 품은 인채가 약혼녀인 혜규의 신세를 망치게 하기 위해 여자를 사서 여관 잠을 자고 보란듯이 파혼을 했다는 소문이었다. 그렇지 않고서야 시내 네거리의 여관으로 남보란 듯이 기어들었겠느냐는 것이 그 소문을 거드는 사람들의 중론이었다. 두 번째는 이웃 도시에 인채가 오래된 애인을 감추어 두고 이중 연애를 하다가, 그 여자의 협박에 꼼짝없이 걸려들어 소읍까지 와서 여관 잠을 잔 것이라 했다. 결과적으로 그 여자는 제 남자를 보란 듯이 되찾아 간 셈이었다.

욕망이란, 사라진 별을 그리워하는 거야　137

세 번째는 혈혈단신의 보잘 것 없는 인채가 교감 선생 댁 집안을 보고 결혼하려고 했지만, 혜규에게 마음이 끌리지는 않아 방황하던 중에 발작적으로 저지른 짓이라고 했다. 자신을 멈추기 위해 때로 그런 폭력을 쓰는 수밖에 없을 때가 있다는 것이었다. 그러나 소문은 그뿐이 아니었다. 소문은 조금씩 다르게 와전되고 변주되어 열 가지 스무 가지로 불어 갔다.

혜규는 두문불출한 채 틀어박혔고 곧이어 청첩장을 받은 집마다 결혼식을 무기한 보류한다는 새로운 통고가 다급하게 전해졌다. 그 후론 누구에게서도 더 이상 인채 이야기나, 결혼 문제에 대해 들어 본 적이 없었다. 당사자인 인채에게서도 연락이 오지 않았다. 파혼이나 마찬가지인 알림장을 돌린 지 사흘 만에 아버지는 조퇴를 하고 귀가했다. 아버지는 마루의 소파에 앉아 꼼짝도 하지 않았다. 그리고 두 시간쯤 흐른 뒤 벽력같이 소리를 질렀다.

"대체 일을 어떻게 했기에 이 모양이야? 세상이 부끄러워서 원, 얼굴을 들 수가 있나! 집안이랄 것이 내세울 것도 없거니와 부모는 이혼하고, 애비는 젊은 년과 재혼을 했다나 어쨌다나…… 근본 없는 놈이라고 내가 반대했어, 안 했어? 가장 말에 복종할 줄 모르더니, 잘 한다. 다들 잘 해! 혜도 불러. 천하에 등신 같은 놈! 일이 났으면 조용히 입막음해서 세상 모르게 처리할 줄 모르고 동네가 시끄럽게 기름통에 불쏘시개를 던져 넣으니. 그리고 저년은 대체 허사리 쭉정이야 뭐야? 태어나서 이날까지 남 앞에 자랑하며 내세울 일이라곤 하나 없더니, 그 잘난 남편감까지 다른 년한테 뺏겨? 집안 우세 골고루 시킨다, 골고루!"

아버지가 화를 낼 때면 진정한 허무주의자 같지는 않았다. 아버지의 허무는 엄밀히 말하면 현실적 욕구불만에 대한 이기적 도피처에 지나지 않는 것이었다. 내면적 초연함에 이르지는 못하고 오히려 견고한 사회적 위상과 권위를 통해 차가운 무관심의 상태에 머물고 싶어 했으나 혜도와 혜규의 일로 뜨거운 수치심을 자극 받곤 했다. 수치심이란 타자들의 사회를 전제로 한 지나치게 현실적인 감각이었기에 자기 자신 바깥으로의 정서적 추방을 의미했다.

예정되어 있었던 결혼식 전 날 밤 한 시쯤에 혜규는 방에 재여 있던 상자들을 헤집어 독일제 부엌칼을 꺼냈다. 그리고 이불 속으로 들어가 칼등을 쥐고 팔목을 눌렀다. 사람들이 추측하듯, 인채에게 보복하는 방법으로 택한 자해는 아니었다. 세상 끝까지 걸어간다 해도 아무도 그녀에게 열정을 갖지는 않을 거라는 사실을 깨달았기 때문이었다. 아니, 그녀는 걸어간 적이 없었고 앞으로도 그럴 것이었다. 소읍에 붙박인 채 지리멸렬한 노동과 그에 대한 인색한 대가로 하루하루 이어지는 구태의연한 삶만이 혜규의 몫이었다. 그것은 누군가 씹다가 뱉은, 살아보지 않고도 질릴 만큼 무미하고 질기기만 한 삶이었다. 칼을 든 뒤에도 혜규는 죽음을 강요하는 자신에 얼마간 저항했었다.

'열정이란 일시적인 것이고 덧없는 것이며 진정한 것은 되새김질 같이 뻔하다 해도 바로 이 삶 자체야. 이 삶은 열정 같은 것을 등 위에 오래 싣고 가지 못해. 이내 뒷다리를 차올려 털어 내버리

욕망이란, 사라진 별을 그리워하는 거야 139

지. 삶, 삶, 삶, 질긴 것, 오래 계속되는 것은 삶 자체야.'

그러나 생명의 변명은 아무 소용도 없었다. 혜규의 정신은 극지대의 얼어붙은 검은 밤처럼 결빙되어 갔다. 칼로 베어도 표피와 진피 사이에 얼음이 버석거릴 뿐, 피조차 흐르지 않을 것 같았다. 실패는 명백했다. 그리고 앞으로도 영원히 실패하고 같은 상처를 받도록 예정되어 있었다. 혜규는 검붉은 벨벳 커튼을 내리고 삶의 가설무대를 접기로 했다.

그날 혜도는 술을 마시고 한밤중에 집에 들어왔다. 제 방에 들어갔다가 불쑥 걱정이 되어 혜규의 방문을 열어 보았다. 술 취한 중에도 방 안에 고인 피 냄새를 맡은 혜도는 한차례 우당탕탕 넘어진 뒤 기다시피 들어가 불을 켰다.

혜도로 인해 혜규는 구급차에 실려가 제 몸의 3분 1을 타인들의 피로 채우고 살아났다. 구급차 사이렌 소리로 인해 아버지는 또 한 차례 수모를 겪었다. 더구나 소읍의 병원에 자살 미수로 딸이 누웠으니, 아버지는 일주일 후 학교에 사직서를 내고 들어앉아 버렸다. 그리고 학부모들의 투서를 받은 인채는 학교에 사표를 내고 소읍을 떠났다. 뒤에 들으니 혜규가 의식을 잃고 입원실에 누워 있을 때 찾아왔다가 보지 못하고 쫓겨 나갔다고 했다.

4

혜규와 혜진, 혜미 자매가 만나기로 한 약속은 두 번이나 미루어졌다가 세 번째에야 이루어졌다. 혜규와 혜미는 집에서 봤으면 했지만 혜진은 집을 피했다. 혜규가 약속된 일식당으로 들어가니 혜진이 먼저 와 있었다.

"점이 없어졌구나. 세상 정말 좋아졌네. 감쪽같다. 잘했어, 그 점이 타고난 얼룩처럼 네 운을 망치는 거 같았거든."

다시 만난 가족들은 누구나 혜규에게 점 이야기부터 했다. 태생적으로 얼굴에 있었던 그 점은 분명 혜규의 성격까지 형성했을 것이다. 점을 제거하는 레이저 시술을 받는 동안 혜규도 궁금했었다.

'점이 없어지면 성격도 바뀔까?'

점이 없어진 뒤 혜규는 타인의 시선으로부터 자유로워졌다. 남의 시선을 끌지 않게 되면서 폐쇄적이고 침울하고 소극적인 성격이 내성적이고 조용하고 부드러운 성격 정도로 균형을 찾았다. 혜규는 남의 시선이라면 선망조차 끔찍했다. 혜규는 스스로에게 충실한 삶에 습관이 들었다.

혜진은 전보다 더 머리를 짧게 자르고 베이지색 셔츠와 짙은 회색의 정장을 입고 있었다. 눈에 띄지는 않게 격식을 갖춘 옷차림이지만 머리끝부터 발끝까지 고가의 제품이었다.

"늦된 애는 남들이 늙어갈 때, 뒤늦게 자라나 봐."

혜진은 안경 속의 눈을 가늘게 떴다. 간신히 시샘을 누르고 가여운 상대에게 관용을 베푸는 특유의 표정이었다. 화장을 하지 않는 피부는 희고 고왔지만 눈과 코와 입이 피부에 덮여 무너진 듯 표정을 잃은 얼굴이었다. 다만 자기 권위를 지키려는 독선적인 입가의 주름만이 더 깊어져 있었다.

욕망이란, 사라진 별을 그리워하는 거야 141

"나 며칠 전에 숙모를 봤어."

혜진은 빅뉴스라는 듯 불쑥 말했다.

"어디서?"

"대형 마트에서. 거기서 진열하는 일을 하더라. 형편이 많이 어려운가 봐. 큰 키에 단발머리는 여전한데, 주름살이 가득하고 몸엔 살이라곤 없이 배만 나왔더라. 사이비 교단의 광신자처럼, 이상하게 경건하고 우스꽝스러운 모습이었어. 예경 그 앤 돈도 많이 벌 텐데 제 엄마를 왜 그렇게 방치하는 거지? 하여간 싸가지라곤."

혜규가 불편한 얼굴로 고개를 끄덕였다. 혜진의 얼굴에 경멸이 가득했다.

"그나저나 넌, 그동안 어떻게 지냈니?"

혜진은 말끝에 꼬았던 다리를 바꾸고 팔짱을 꼈다. 그것은 혜진 고유의 자세이기도 했다. 식탁이나 소파에서도 그런 자세를 유지하곤 해 엄마로부터 잔소리를 듣곤 했다.

"일이 많았어. 한 달에 세 번쯤은 밤을 새웠거든. 일에 묻혀 시간이 잘 갔어."

그런 질문에는 늘 난감했다. 어쩌면 그 질문을 하고난 뒤 사람들은 대답이 아니라, 표정에서 뭔가를 알아채는지 모른다. 처음 4년 동안은 여행을 가곤 했었다. 명절 연휴나 여름휴가에 집으로 오는 대신 배낭을 메고 더 먼 곳으로 갔었다. 교토, 델리, 이스탄불, 암스테르담, 베를린, 로마…….

"나이도 있는데, 결혼할 예정은 없니?"

혜진이 팔짱을 풀며 물었다.

"남자도 만났지? 그래 보인다."

혜진은 그런 질문쯤은 할 권리가 있다고 여기는지 당당했다.

"만났어."

혜규는 단정한 얼굴로 대답했다. 잠시 말이 끊겼다.

"결혼할 사람이니?"

"아니, 이렇게 헤어지게 될 거 같아."

"너, 그 사람, 유부남이지?"

혜규가 부정하지 않자 긍정이 되었다. 혜진이 혀를 차며 그렇겠지 하는 얼굴로 고개를 끄덕였다.

"대체 어쩌다 그렇게 되었니? 너를 척 봤을 때, 알아봤다. 남자 때문에 마음고생 잔뜩 한 얼굴이거든."

혜진은 마치 문제 학생을 다루듯 무례하고 고압적이었다. 혜규는 당혹스럽고 불쾌했다.

"너 헤어지려는 게 아니라 혹시 멀찍이 떨어져서 오히려 그 사람을 기다리는 거 아니니? 대부분 사라진 여자들은 다른 곳에 진을 치고 흑마술이라도 부리듯 오히려 정신을 집중해서 남자를 기다리는 법이거든."

형주를 기다리는 것일까? 차마 의식 밖으로 건져내지 못한 어두운 바람이었다. 그가 모든 것을 버리고 혜규에게 온다면, 그것은 진정 좋은 일일까? 세상에 진정 좋은 일 같은 게 있을까? 행복 아래로 흐르는 은밀한 비통, 잔잔한 미소 아래로 솟구치는 눈물, 짧고 열광적 사랑과 해결되지 않을 현실적 고충들, 성실한 긍정과 반복적으로 찾아드는 회의, 두 연인의 완전한 사랑과 주변으로 확산되는 냉정과 고립. 모든 것은 언제나 쌍을 짓는다.

"언닌 뭘 그렇게 많이 알아?"

혜규는 그쯤에서 말을 접자고 사정이라도 하는 심정이었다.

"난 늘 네 형부의 여자와 싸우잖니? 그년이 하는 짓, 음흉하고 계산적인 의중, 내가 좀 알지."

혜진은 마치 혜규를 그 여자인양 쳐다보았다. 혜규의 얼굴이 붉어졌다. 혜규는 얼마간 망설였지만, 아무 말도 하지 않는다면 더욱 난처해질 것 같았다.

"내가 바라는 건, 그 사람이 하루하루 아내 곁으로 돌아가는 거야. 그 사람이 평화로워지는 거."

진실이라고 여겼으나 막상 말을 하자 거짓 같았다. 어떻게 자신보다 더 깊숙이 뇌 벽에 각인시킨 하나의 얼굴을, 하나의 존재를, 하나의 몸뚱이를, 검은 물 같은 타인들의 세계 속으로 가라앉혀 버릴 수 있단 말인가? 혜규의 가슴에 독극물이 흘러들듯 전율이 일며 감각이 마비되는 것 같았다. 그것이 실제로 얼마나 고통스러운 일일지 아직 상상할 수 없었다. 다만 그가 하루하루 돌아가기를 바랐다. 마치 저울 위에 그를 올려놓고 다가오는 날들의 하루하루를 반대쪽에 실어 조금씩 조금씩 시간 쪽으로 무게가 더 실리다가 어느 날부터 기울어지기를, 기울어져 아주 쏟아지기를……

"고상한 소망 같지만, 넌 거짓말을 하고 있어. 너, 그렇게 인채에게 당하고도 사랑이란 걸 믿는구나."

혜진의 표정이 심술스럽게 뒤틀렸다. 그 비난 섞인 질문에 수많은 답이 해일처럼 한꺼번에 몰려왔다. 혜규는 대답할 수 없었다. 눈 속에 안개가 어리고 입 안에 모래가 차는 듯했다. 혜진은 경멸이 섞여 드는 눈으로 불편한 침묵을 노려보았다.

"언니, 내가 누군가를 믿을 수 있을까? 나처럼 상처 받은 사람이? 난 한순간도 사랑을 믿지 않고 그 남자를 사랑했어."

혜규는 한참 만에 머리 위의 무거운 것을 내려놓듯 입을 열었다. 그 말에 혜진은 어딘가 작은 충격을 받은 듯 입술이 굳어졌다.

"그를 사랑하는 동안, 내가 얼마나 회의적이었는지, 얼마나 부정적이었는지, 얼마나 이성적이었는지, 얼마나 냉정했는지. 처음엔 사랑이 아니기를 바랐어. 어서 지나가기를……. 그 다음엔 사랑이라 해도 무슨 소용이 있겠느냐고 냉소했어. 하찮고 도처에 거품처럼 끓어 넘치는 게 그 따위 사랑이지. 난 끊임없이 사랑을 비하하고 그 사람을 의심하고 나를 비웃었어. 아니 인류의 사랑을 모욕하고 온갖 사랑의 신화들을 경멸했어."

그 다음에는 진실을 묻고 또 물었다. 매순간 진실을 물었기 때문에 혜규와 형주는 무섭도록 치열하게 공속적이었고 결백했고 집중했었다. 사랑을 하는 게 아니라, 수련이라도 하는 것 같았다. 진실의 강령에 너무 빠져 나중엔 스스로 속는 느낌에 화들짝 놀라기도 했다. 두 사람의 사랑이 진정한 감각인지, 아니면 강령인지 혼란이 올 지경이었다. 혜규와 형주의 사랑은 진지하다 못해 점점 의지로 변해 갔다. 사랑이 이성적 의지라면, 그것은 자발적인 강제 상태이고, 타의든 자의든 강제 상태를 느끼는 건 불쾌하고 진

욕망이란, 사라진 별을 그리워하는 거야 145

실의 문제에서도 모호했다. 하지만 그 단계마저 넘어섰다. 그들 자신의 동기와 열망에 의해 다가간 영역을 의지로 지키는 것은 사랑의 당연한 귀결이었다. 자유는 상태가 아니라 자발성의 문제였다. 그러자 의지와 강령은 물밑으로 가라앉고 감각의 진실은 확신 속에서 새롭게 해방되었다.

"자신의 진실을 알기란 정말 어려워. 스스로 말이야. 자신이 진정으로 사랑을 하는지 아닌지를 아는 것도 정말 어려운 거야. 그 다음엔 그 사람이 나를 진실로 사랑하는지를 아는 것도 어려워. 게다가 한 사람에 대한 믿음이 생긴다는 건 기적이야. 하지만 여러 겹의 단계를 통과하면서 난 자신을 믿게 되었어. 첫눈에 빠져드는 사랑을 믿지만 동시에 사랑은 삶 속에서 단련되고 깊어진다는 것도 알아. 사랑을 하면서 잊을 수 없는 많은 경험들을 했지만 그 중에서도, '이 사람을 위해서라면 내가 실제로 행동하겠구나.' 하는 확신이 왔던 순간은 결코 잊을 수 없어. 그건 혈관을 따라 혈액이 아니라 빛이 모여들듯, 내부로 흘러 들어온 뚜렷하고 강렬한 확신이었어."

혜규의 얼굴에 희열과 통증과 자긍심과 불안이 함께 피어나 뺨을 붉게 물들였다.

"너 아주 자신 만만하구나. 헤어지고 싶은 게 아니라, 백 번도 더 빼앗을 수 있다는 얼굴이다?"

혜규의 눈이 번쩍 빛났다.

"그런 야심이 있었다면 내려오지 않았을 거야. 하지만 그에 대해 대답은 할 수 있어. 어떤 경우에도 가정을 지키는 것만이 아름답고 선량할까? 그 사람, 아이들은 다 자랐어. 그의 아내가 아이들을 담보로 고집부리며 지키는 건 가정 경제와 가족의 굳어진 형태와 생활의 표피적 테두리일지 몰라. 언니, 삶의 구조나 형태, 관습 같은 건 내용을 담는 그릇일 뿐이야. 살기 위해 그릇을 사용하는 것이지, 그릇을 위해 살 수는 없는 거야."

"간통죄가 엄연히 있다. 안 됐지만, 이 나라에선 그릇이 더 중요하지."

"몇 개의 나라에만 남아 있는 법이 이 나라에서 유독 완강해. 형식이 더 중요시되다 보니, 이 나라에선 삶이 너무 박약해. 삶의 많은 내용이 이중성 속에서 유실되지. 사랑은 국가에서 통제할 수 없는 문제라고 생각해. 법과 제도와 질서의 문제 이전에 개인적 진실의 문제야. 극히 사적인 범주지. 제도와 질서가 사랑을 보존할 수도 없고 사랑을 박탈할 수도 없어. 우리나라의 간통법도 정서적으로 편들어 주는 정도이지 실제론 법이 성인들의 사랑을 통제하지는 못해. 진실 앞에선 종이 호랑이일 뿐이라고."

혜진은 못마땅한 얼굴로 묻는 듯 혜규는 바라보았다.

"그렇다고 해서 내가 이 제도를 넘어가겠다는 건 아니야. 정말 아니야. 나도 안간힘을 다해 현실감각을 지키고 이성적으로 윤리적으로, 과학적으로 나를 견디기 위해 노력하고 있어. 하지만 그렇게 현실적으로, 이성적으로, 윤리적으로, 과학적으로 버티다가도, 어느 때에 이르면, 그것들을 다 버리고 실체를 획득하기 위해 비약할지도 몰라. 그것이 파괴적이라 해도 그렇게 할 수 있어야 진짜 삶일 거야. 그 여자에게도 나에게도, 그에게도 그리고 다른 층위에

욕망이란, 사라진 별을 그리워하는 거야 147

서 다시 사는 거지. 그땐 오히려 모든 게 자연스러울 거야. 그렇게 층위를 바꾸며 비약해 진실의 자리에 도달할 때마다 우리는 점점 더 많은 것으로부터 해방되고 생의 핵심에 다가가는 거야."

"그거 사랑 과대망상증이나 연애 애호증 아니니? 그 부질없는 것에, 인생을 걸려고 하다니."

혜진이 맙소사, 하는 얼굴로 혀를 찼다.

"무엇이 부질없음을 빠져나갈 수 있겠어? 언니의 공부도 그런 식으로 따지면 부질없기는 마찬가지야. 부질없음이란 그럼에도 불구하고, 돌리고 또 돌려야 하는 삶의 바퀴 같은 거 아닐까?"

혜규가 달아오른 얼굴을 새하얀 두 손으로 싸 안았다.

"내가 그 사람과 현실적으로 결합한다면, 그 이유는 고립무원인 우리의 사랑을 구해 세상을 향해 활짝 열고 싶기 때문일 거야."

혜진의 눈이 불안하게 흔들렸다. 혜진은 잔을 소리 나게 놓고 자세를 바꾸어 앉더니 약한 부위를 바늘로 지긋이 찌르듯 교활하게 물었다.

"……인채, 병원에서 죽어간다던데, 아니?"

"들었어."

혜규는 강변의 억새가 바람 속에서 미동도 않듯, 상처의 추억에 흔들리지 않는 단단한 얼굴로 대답했다.

"가 볼 거니?"

"아직은……."

"그래, 가지 않아도 돼. 네 마음 내키는 대로 해. 그 자는 자신의

148 언젠가 내가 돌아오면

한을 안고 죽어도 어쩔 수 없어."

혜진은 그 질문으로 혜규의 불편한 상처를 환기시킨 데 만족하는 것 같았다.

말이 끊어진 채 불편한 침묵이 흐르고 있을 때 레스토랑 문이 왈칵 열리고 혜미가 마치 달려드는 듯한 그 특유의 걸음걸이로 들어왔다. 노란색과 흰색 주조의 블라우스와 흰색 실크 스카프를 길게 늘어뜨리고 폭이 넓은 가지색 바지와 금속 장식이 눈에 띄는 보라색 구두와 세트인 작은 백을 팔에 건 모습이었다. 혜미는 유행하는 옷의 디자인과 색을 재빨리 입을 줄 알았다. 그리고 눈썰미가 있는 만큼 백화점에서 비싼 옷을 죄다 빼 입지는 않았다. 고급 옷과 거리의 양품점 옷을 적절하게 섞어 입었다. 혜미는 누구의 간섭도 받지 않고 새로운 스타일의 옷을 입고 거리에서 주목받는 것 자체를 즐겼다. 혜진은 공격이라도 당한 사람처럼 혜미의 화려한 차림에 불쾌감을 드러냈다. 웨이트리스가 와서 주문을 받아갔다. 셋은 칠레산 와인과 샐러드 둘, 종류가 조금씩 다른 스테이크를 결정했다. 혜진은 휴대폰으로 통화를 오래 했다. 음식이 나오기 시작했다.

"또 제사야."

혜미는 샐러드에 젓가락을 가져가다 말고 비명처럼 내질렀다.

"언니, 오늘 오후에 가게 좀 봐 주면 안 될까?"

혜미는 혜규에게 물었다.

"제사 준비해야 되는데, 갑자기 아르바이트생이 시간을 못 당기겠다고 연락이 왔어. 여섯 시 부터 열두 시까지 그 애가 하고 내가

욕망이란, 사라진 별을 그리워하는 거야 149

열 시부터 여섯 시까지 보거든."

혜규가 얼른 대답을 못하자 혜진이 물끄러미 보더니 한마디 했다.

"그러고 집에 가서 저녁 해 먹으려면 바쁘겠다."

혜진의 집엔 파출부가 저녁 준비를 했다.

"여덟 시쯤엔 먹어. 그리고 그 인간 대체로 저녁 먹고 들어오니까, 입맛대로 나가서 먹거나 시켜 먹을 때가 더 많고."

혜미가 공연히 계급의식이라도 드러내듯 날카롭게 응수했고 혜진은 한심한 눈빛으로 혀를 찼다.

"대체 무엇 때문에, 그 따위 비디오가게를 벌여 놓은 거니? 그렇게 사니 제부가 마음 붙일 데가 있겠니? 이혼도 안 하고 살 거면, 가게 넘기고 살림이라도 착실히 해."

"비디오가게 돈 안 된다고 구박하는 사람 여기도 있네. 언니 제부가 들으면 반가워하겠다. 하지만 가게 넘기면 난 뭐하라고?"

둘은 어릴 때부터 드러내 놓고 서로 심술을 부려 나이 차이가 꽤 있는데도 자주 다투었다. 권위적인 혜진을 못 참는 혜미의 칼칼한 성격 탓이기도 했다.

"살림 하라니까. 잘하려면 끝이 없는 게 살림이고 그만한 가치도 있어."

"남편이 제대로 들어오지도 않는데 무슨 살림이 있어서 그걸 하라고 그래?"

"들어오게 노력을 해 봐야지."

"언니나 해."

"난 너와는 경우가 달라."

"남편도 집에 들어오지 않지만 나와 달리 언닌, 고상한 직업이 있단 말이지?"

"넌, 아마 집에 있으면, 옷 입고 돌아다닐 무대가 없어 전업 주부 못할 거다."

혜진이 새삼 혜미의 옷차림새를 훑어보며 미간을 찌푸렸다.

"난 그래도 언니처럼, 머리 짧게 자르고 사시사철 남잔지 여잔지도 모를 칙칙한 정장만 입고 살아야 한다면, 돈을 아무리 많이 주어도 고상한 교수님 안 해."

"학교에서 너처럼 입다간 당장 쫓겨나. 남자 교수들 쓸데없이 불편하게 만들고 아이들 공부 분위기 망치니까. 실제로 지난 해 여름에 샌들 신고 치마 입고 강의한다고 돌아다니던 여자 강사 잘렸었어."

"요즘 아이들이 옷을 얼마나 노골적으로 입는데, 문제는 남자 교수겠지."

"그런데 대체 넌 뭘 위해서 그렇게 보란 듯 차려 입니?"

"어릴 때, 내내 남자 애 옷을 입고 자라 한이 되었나 보지. 자연스러운 모든 여자에겐, 이상적인 여성적 이미지가 있고 그것에 부합하려는 욕망이 있는 법이야. 남자가 없어도, 심지어 다른 여자가 없어도, 그럴 걸. 왜, 보란 듯 교수가 되어서 성공해 사람들 눈길을 끄는 건 괜찮고, 옷 잘 차려 입어서 다른 사람 눈길 끄는 건 저질이야? 소외되고 싶지 않아 애쓰는 마음은 마찬가지 아냐? 언니가 학문에 이바지하듯 나도 우리나라 패션 산업에 이바지 해."

혜진은 혜미의 극렬한 대응에 헛웃음을 웃었다.

욕망이란, 사라진 별을 그리워하는 거야 151

"샌들을 못 신을 정도라니, 교수도 정말 안 됐다. 여성적인 아름다움을 표현할 기회를 다 박탈당하고 중성화되어 살아야하니, 끔찍한 희생을 치루는 거 아냐? 요즘 와선 그런 교환을 할 만큼 존경받는 직업도 아니고."

"그 빌어먹을 여성적인 게 뭐 자랑이니? 그거 우리 사회에서는 극복해야 하는 장애야."

"뭐?"

혜미가 놀라 입을 다물지 못했다.

"백발백중 실패지만 그나마 여성적으로 우리 사회에서 성공하는 것들을 다 2류라고."

"지금의 이 잘난 사회가 뭐 절대적인 가치라고 된다고 하느님이 말했어? 그래서 남자도 여자도 다 중성으로 변해서 성공해야 하는 거래? 그냥 먹고 사는 걸로는 부족해서 더 잘 먹고 잘 살겠다고 근본적인 정체성도 다 내어 준 거 아냐?"

둘은 고개를 약간씩 오른 쪽으로 기울인 채 극렬하게 서로를 쏘아보았다.

"엄청나게 똑똑하구나. 네가 왜 비디오가게 같은 부업이나 하는 주부인지 모르겠다."

"언니처럼 밀어 준 아버지가 없어서 그런 거 같은데."

"그만하자."

혜진이 혜미의 옷차림을 다시 훑은 뒤 담백하게 말했다. 혜진의 눈에 뜻밖에 슬픔이 몰려들었다. 그 모습을 본 혜미도 긴장을 풀고 스테이크 조각을 입에 넣어 씹은 뒤 혜규에게 물었다.

"언니, 우리 가게 좀 봐 줄 수 있어?"

혜규는 혜진을 바라보았다. 혜진는 상대하기를 단념했다는 듯한 표정을 짓고 있었다.

"……어떻게 해야 하는지도 모르는데, 내가 가게를 볼 수 있을까?"

"간단해. 고객 번호 입력하고 바코드만 찍으면 돼."

혜규도 비디오가게에서 어떻게 하는 지 기억이 났다.

"그래, 가 보자."

혜규가 대답하자, 혜미가 그제야 찌푸린 미간을 펴고 활짝 웃었다.

"역시 혜규 언닌 천사야."

그 말은 혜진에게 들으라는 소리이기도 했다.

"혜미야, 천사에겐 자기 삶이 없지. 제 삶을 경영해야 하는 인간은 누구도 천사가 될 수 없어."

그것은 자신을 지켜야 하는 혜규 자신의 절망감이기도 했다. 천사 이념의 덫에 빠지면 짐승처럼 억울하게 살게 된다는 것쯤은 혜규도 알고 있었다. 게다가 적어도 이 세상의 한 여자는 혜규를 마귀로 여길 것이었다. 그 사이 식사를 마친 혜진은 차분해져서 혜미에게 물었다. 혜진의 마지노선인 교양이기도 했다.

"그런데 지금은 누가 가게 보니?"

"우리 아파트 아줌마가 보고 있어. 빨리 먹고 가봐야 돼."

혜미는 여전히 혜진에게 감정적으로 대답했다. 안정되어 있고 고상하게 굴고, 대학 강사에다 돈 잘 버는 사업가 남편을 가진 혜

욕망이란, 사라진 별을 그리워하는 거야   153

진에게 이런저런 콤플렉스와 불쾌감이 오래 누적된 듯했다.

"너 보다 내가 더 빨리 가야 할 일이 생겼다. 나중에 또 보자. 밥값은 내가 계산하고 갈게."

"근데, 언닌 왜 그렇게 엄마를 들여다보지 않아?"

혜미가 다시 시비를 걸었다.

"엄마와 난 원래 맞지 않잖아. 불편하기나 하지."

"언니가 누구와 맞는 사람이 있기나 해? 그래도 엄마고 위로가 필요한 환자잖아?"

"그런 역할은 네가 잘 하잖니? 혜규도 왔고 혜도도 있고……."

"언니의 역할은 가문의 자랑거리인 것으로 차고 넘친다는 거지?"

혜진이 긍정인지 부정인지 알 수 없는 차갑고 침착한 얼굴로 혜미를 내려다보더니 차분하게 말했다.

"넌, 어릴 때 내내 남자 애 옷을 입고 자라 한이 되어 그렇게 옷치장을 한다고 했지. 나는 어떨 것 같니? 혜진이 저게 아들이었으면, 집안을 다시 일으킬 텐데, 아이고, 니가 아들이었으면, 네 아버지 소원이 없을 텐데. 친척들, 할머니 할아버지, 아버지와 아버지 동료와 친구들. 어릴 때부터, 다 자라서 결혼할 때까지, 아니 결혼식장에서도, 난 그 말을 들었어. 웨딩드레스가 무색하더라. 아들이 아닌 것이 미안하다 못해 부끄러웠어. 난 그래서 여자 옷 같은 거 안 입었어."

혜진은 카운터로 나가 계산을 하고 또각또각 걸어가 식당 앞에 주차되어 있던 차를 몰고 떠났다. 떠나는 혜진을 물끄러미 본 혜미가 투덜댔다.

"그랬었나. 한 다리 건너라고 내가 그렇게 몰랐었나."

혜미도 혜규도, 혜진이 그 말을 물리도록 듣고 자랐다는 것을 알고 있었다. 다만 그것이 혜진에게 상처로 남아 있는 줄 까맣게 몰랐을 뿐이었다.

아버지의 자랑스러운 재원으로 승승장구했던 성장기부터 혜진은 형제자매와 감정적으로 단절되었었다. 다만 혜진도 자신이 존재하는 어쩔 수 없는 층위가 있을 것이고 나름대로는 외롭고 힘들 것이라고 혜규는 짐작했었다.

"그래도, 우리 앞에서까지 줄기차게 잘난 척 위세 떠는 거 정말 지겨워. 어릴 때도 그랬잖아. 집에서도 엄마 머리 위에 앉아 우리에게 반장 노릇을 했지. 이젠 잘난 시간 강사 노릇이야. 애정도 없고 봉사 정신도 없으면서 권력의 하수인 노릇하며 주위 사람 억누르고 갈구기만 하는 반장에 선생 기질 있잖아. 형부와 아이들에게도 잘난 척에, 간섭과 통제에, 잔소리가 이만저만 아닌가 봐. 오죽했으면, 형부가 나를 찾아왔겠어. 이혼하고 그 여자랑 살고 싶은데 언니가 절대로 안 해 준대. 언니가 이혼 안하는 이유가 뭔지 알아? 이혼녀에 대한 사회적 평판이 안 좋기 때문이래. 사회적 평판 때문에 진심 없이 산다는 게 말이 돼?"

과연 혜진 다웠다.

"혜진 언닌, 제도와 규범과 질서와 예의 같은 껍데기 아니면 금방 쓰러질 사람이야. 학교에서 뭘 가르치는지 모르지만 뻔하지. 종이에 적힌 지식에 자기 시간을 다 바쳤으니, 그 밖에는 보여 줄

것도 없을 거야. 지식 외에는 가르칠 게 없는 교수가 얼마나 빈약한 보따리장수겠어. 결혼에 의지해 있지만, 실제로 부부 생활도 없고, 그건 나도 마찬가지지만……. 그리고 여자인 것 같지만, 내용적으로 여자인 건 아무것도 없어. 차가운 인간성을 커버하려는 그 지긋지긋한 매너와 예절, 품위를 유지하기 위해 지키는 사회규범과 관습과 제도에 대한 강박증. 웃기지 않아. 내용이라곤 없이 형식뿐이라고. 혜진 언닌 모든 게 그래."

혜규가 살짝 웃으며 물끄러미 혜진을 바라보았다.

"왜 그렇게 봐."

"생각보다 네가 너무 똑똑해서."

"그건 나를 평소에 무시했다는 뜻이지? 내가 혜진 언니보다 공부를 덜 했지, 머리가 더 나쁠 거 같아?"

삶이 다른 혜미로선 혜진에게 그렇게 대응하는 수밖에 없을 것이었다.

"나도 알아. 우리 모두가 조금씩 놓인 위치가 다르다는 거. 혜진 언닌 어릴 때부터 책상 앞에만 붙어 있었지. 1등 하려고 노력도 정말 지독하게 했어. 잘난 거 사실이야. 하지만 어릴 때부터 줄곧 거북하고 얄미운 무엇이 있었어. 그걸 뭐라고 해야 하나……."

혜미가 웃음을 걷고 적절한 말을 찾아 고개를 갸웃거렸다.

"잘난 것이 문제가 아니라, 인정받으려고 하는 그악스러움. 맞아, 난 그게 싫은 거야."

중얼거리는 혜미의 얼굴에 뜻밖의 연민이 어렸다.

"근데 정답을 알고 나니, 왜 안 됐지? 혜진 언니도 안 됐어. 저

게 아들이었으면 하는 말, 똑똑하다 보니 듣는 칭찬인 줄 알았거
든. 난 정말 몰랐어. 그게 상처가 된 줄은……."
　이상한 일이었다. 상처의 이름만 알아도 적대감은 마술처럼 풀
려 버리는 것이다.

HILLSBORO PUBLIC LIBRARIES
Hillsboro, OR
Member of Washington County
COOPERATIVE LIBRARY SERVICES

내가 바이킹을 타는 이유는

1

여자가 폴짝 뛰었다가 또 폴짝 뛰었다. 언제부터 그랬는지 묶었던 머리가 풀려 산발이 되었고 얇은 여름 치마의 허리 부분이 내려와 엉덩이가 갈라지는 부위의 살이 드러났다. 얼굴은 벌겋게 달아올라 땀에 젖어 번들거렸다. 가만히 보니 꽤 긴 붉은색 비닐 테이프가 젖은 길바닥에 찰싹 붙어 있었다. 여자는 붉은 테이프를 경계로 이쪽과 저쪽으로 폴짝 폴짝 뛰기를 반복했다. 그대로 두면 한없이 계속 한다는 것을 인근 점주들은 알고 있었다. 지난겨울에는 거품을 물고 뒤로 꽈탕 나자빠질 때까지 계속한 적도 있었다 한다. 그 후로 점주들은 가게 앞에 끄나풀 같은 것이 떨어져 있지 않는지 수시로 살핀다고 혜미가 말했었다. 여자는 보행 신호를 받고 횡단보도를 걷다가도 불현듯 도로의 중앙선을 폴짝 뛰어넘는

다 했다. 이쪽에서 저쪽으로 저쪽에서 이쪽으로, 차들이 경적을 울려대고 점주들이 달려 나가 여자를 달랑 들고 나올 때까지. 버티는 힘이 워낙 완강해서 장정 세 사람은 힘을 합쳐야 들고 나올 수 있었다.

그 여자는 부산 남자와 결혼을 했는데 십 년이 다 되도록 아이를 갖지 못했다고 한다. 하지만 부부간의 금슬은 무척 좋았던 모양이었다. 어느 봄날 남편과 유원지에 놀러간다고 집을 나섰다. 둘이 나란히 길을 걷다가 남편이 그녀의 풀어진 운동화 신발 끈을 묶어 주었다. 신발 끈을 다 묶자 여자는 남편의 가슴을 밀어 뒤로 넘어뜨리고 폴짝폴짝 뛰어갔다. 남편이 뒤쫓아 오는 줄로 알고 뛰다시피 걸었던 모양이다. 무인 차단기 내려지는 신호 소리에 여자는 뒤를 돌아보았다. 남편이 무인 차단기가 내려진 철길 가운데에 서 있는 것이 보였다. 여자는 빨리 오라고 손짓했다. 남편의 얼굴이 뻣뻣하게 굳었다. 휘어진 모퉁이 너머에서 기차 기적 소리를 울리며 나타났다. 남편의 얼굴이 석회처럼 허옇게 질렸다. 남편이 딛고 선 철로에 닥쳐오는 기차 바퀴의 진동이 왕왕왕 전율을 일으켰다. 귀신이 발바닥이라도 붙든 듯 남편은 꼼짝도 하지 못했다. 여자도 그 자리에서 못처럼 박혀 버렸다. 쇳덩이 용 같은 기차가 모퉁이를 번개처럼 굴러 왔을 것이다. 굉음으로 지축이 흔들리고 광풍으로 머리카락이 날리고 속도 때문에 몸이 빨려 들어갈 것 같았을 것이다. 수많은 바퀴들이 철로에 불꽃을 튀기고 지나간 뒤, 아무것도 남지 않았을 것이다.

여자는 그 뒤에 친정이 있는 이곳으로 내려왔는데, 금만 보이면 불현듯 폴짝 넘기 시작했다. 이쪽에서 넘고 나면 어김없이 저쪽에서 다시 넘었기 때문에 한번 시작된 금넘기는 스스로 끝을 내지 못했다. 가까이 가면 여자의 숨 가쁜 외침이 들렸다.

"넘어, 여보야. 어서 넘어서 와. 내가 여기 있잖아. 이쪽으로, 이쪽으로, 금만 넘으면 사는 데. 여보야, 이렇게 폴짝, 이렇게 폴짝, 뛰어넘어. 빨리. 제발, 제발, 넘어. 여보야 넘어 서······. 어서, 어서! 이렇게 폴짝······."

바로 앞 빵가게의 점주가 나와 슬그머니 붉은 비닐 끈을 손끝으로 잡아끌고 들어가 버렸다. 여자는 문득 이쪽과 저쪽의 경계를 잃고 우두커니 서 버렸다.

한 번 가게를 봐 준 뒤로 혜미는 자주 혜규를 불렀다. 늘 이런저런 다급한 이유가 있었다. 오전 열 시에 가게 셔터를 올리면 기다렸다는 듯 담배 손님들이 줄을 이었다. 대형 마트로 가는 길목에 노점을 편 남자들이나 이웃 가게의 남자들, 그리고 뒤늦은 출근을 하던 남자들이 차를 세웠다. 그 시간에 혜규는 대걸레를 적셔 바닥을 밀고 축축한 바닥을 비질했다. 그리고 가게 앞에 놓인 인형 뽑기 기계를 덮었던 텐트를 걷고 수거함을 열고 비디오도 빼냈다.

비디오 수거함에 들어 있는 테이프들은 대부분 지난밤에 퇴근하던 남자들이 빌려 간 에로물과 액션물들이다. 그런 테이프들은 대개 절반 정도만 감겨 있다. 잠이 들 때까지, 혹은 부부 관계가 작동될 때까지, 끝까지 볼 필요는 없는 수면제 내지 흥분제들이었다.

내가 바이킹을 타는 이유는 161

노점에서 야채 장사를 하는 쉰 살쯤 먹은 남자가 테이프를 쌓아 두고 나갔다. 무협물들이었다. 컴퓨터 속의 대여 리스트를 보니 그는 100원짜리 무협지만 보았다. 무협지들은 대개 일곱 편 내지 열 편까지 이어지기 때문에 양이 많았다. 식초 공장에 다니는 남자도 들렀다. 식초 냄새가 역겨워서 혜규는 가볍게 몸서리를 쳤다. 허옇고 커다랗게 부풀어 오른 손끝에 손톱들도 켜켜이 일어나 낡은 책처럼 두꺼웠다. 그는 오래 된 영화인 〈길버트 그레이프〉를 빌리고 라일락을 사 갔다.

그가 간 다음에는 만화영화를 빌려 가는 여자가 왔다. 대여 리스트를 보니 여자는 3일마다 정확히 일곱 편의 만화영화를 빌려 갔다. 무협지와 마찬가지로 편당 100원짜리이다. 여자는 무릎걸음으로 기면서 40분여가 흐를 동안 맨 아래 칸을 뒤졌다. 단발머리를 아무렇게나 한데 묶은 여자는 천이 두꺼운 긴 치마에 색 바랜 남자 점퍼를 입고 겨울 양말을 신었다. 그리고 앞이 터인 여름 슬리퍼를 끌고 있었다.

"아이가 만화영화를 무척 좋아하나 봐요?"

혜규가 바코드를 찍으면서 말을 걸었다.

"아이 없어요."

고개를 들어보니 여자의 얼굴이 정색을 하고 있었다. 혜규는 당황해 생각지 않은 말을 해 버렸다.

"그럼 이 만화 영화를 누가 봐요?"

이번에는 여자가 대답하지 않았다. 난처한 질문을 받았다는 것 때문에 화가 많이 난 듯했다. 대체 그 많은 만화영화를 누가 본단 말인가. 치매 걸린 노인이 있을까? 아니면 여자가 보는 걸까? 혹은 남편이? 어쩐지 으스스했다.

2

점심시간에야 혜미가 왔다. 목욕탕에 들렀다 오는 길이었다. 혜미는 전주비빔밥 두 개를 시켰다.

"요즘 계속 잠을 설쳐."

혜미는 사우나 실에 오래 들어가 있었는지 얼굴이 상기되고 피로해 보였다. 머리도 아직 젖어 있었다.

"왜?"

"……실은 매일 새벽에, 이상한 전화가 와. 두 시에서 네 시 사이에."

"……."

"내가 받아도 끊고 그 인간이 받아도 끊어. 여보세요? 하면 말을 않고 가만히 수화기를 들고 있다가 끊어 버리는 거야."

"얼마나 됐는데?"

"두 달쯤 됐어. 일주일에 세 번씩 일정하게 와."

"혹시 집히는 데라도 있어?"

"몰랐어. 까맣게 몰랐는데, 어제 갑자기 알겠더라. 여태껏 왜 그렇게 까맣게 몰랐나 몰라. 어제는 내가 그랬어. 괜찮으니까 말해라. 나한테 말을 해."

"누구라고 생각해?"

"3년 전에, 소라 아빠가 바람이 났었어."

"······."

"그즈음 연일 늦거나 외박이어서 짐작을 했었어. 그러다가 새벽 두 시에 들어와 그대로 뻗어 자는 인간의 휴대폰을 빼내 가장 마지막 발신번호에 전화를 넣었더니, 어디 모텔이었어. 경찰서 근처더라고. 내친 김에 그 인간이 빠져나온 방 번호까지 알아냈지. 육감이란 거 있잖아. 왠지 기분이 그래서 부리나케 차를 몰고 그 모텔에 들이닥쳐 문을 두드렸어. 그러자 누구인지 확인조차 하지 않고, 마치 기다렸다는 듯 문이 활짝 열렸어. 문턱을 딛고 선 전라의 여자 애는 방금 나간 남자가 돌아온 줄로 착각했던 거야. 아, 그 애는 왜 그 꼴로 서 있었는지. 겨울이라 난 부츠를 신고 있었는데, 그대로 여자 애의 배를 차버렸어. 사람이 아니고 더러운 것을 싼 무슨 보따리라도 되는 듯이. 그리고 따귀를 몇 대 때린 뒤 옷을 입게 하고 취조를 시작했지."

혜규는 자신이 부츠 신은 발로 차이기라도 한 듯 가슴에 타격을 느꼈다.

"몇 살이었어?"

"스물한 살, 그 앤 아무것도 몰랐어. 아직 무엇을 알 나이가 아니지."

"내가 너무 했었어. 이렇게 찢어지지도 못하고 살 줄은 나도 몰랐어. 그 인간 처넣을 땐 당연히 이혼할 줄 알았지. 이리고 살 줄 알았으면 나라고 그 난리를 쳤겠어."

"정말 너 너무 했다."

164 언젠가 내가 돌아오면

혜규가 신음 소리처럼 중얼거렸다.

"그래도 재판 넘어가기 직전에 풀어 주었으니까, 법적으로 간통
죄 같은 표는 안 날 거야. 붉은 줄 같은 건 그이지 않았을 거야."

"문제는 상처지."

"그래, 상처야. 나오던 날 소라 아빠 그 인간은, 세상에, 나 들으
라고 그러는지. 그 불쌍한 애한테 욕까지 퍼부었어. 변변치 못한
년이라고. 게다가 없던 일까지 왜 더 보탰느냐고. 누가 고문하더
냐고 툴툴거리는 거야. 나 실은, 그날 여관에서 부츠를 신은 채 배
를 차고 따귀를 때린 것도 모자라 볼펜으로 이마를 톡톡 때리며
전부 대라고 취조 했었어. 어디서 몇 번 했느냐고. 소라 아빠 외박
한 날짜를 일일이 손으로 꼽으면서 알리바이를 맞추었어."

"맙소사."

"나도 내 정신이 아니었어. 그 여자 애가 실토하는 대로 적어 보
니, 모두 열아홉 번이었어. 외박 날짜와도 비슷했고."

밥이 왔다. 혜미는 아침을 못 먹었다며 급하게 수저를 들었다.
혜미는 누가 뭐라 건 상관 않고 머리를 노랗게 물들였다. 연하고
길죽한 몸매에 무엇에든 잘 빠지는 열정적이고 불안한 눈빛을 갖
고 있었다. 그리고 성격도 그런 식이었다. 다급하고 쾌활하고 동
시에 겁도 많아서 늘 얕을 물에 흙탕을 일으키는 식이었다.

그날 혜미가 부츠를 신은 채 여자 애를 차고 따귀를 때린 것도,
볼펜으로 이마를 몇 차례나 찌르며 자백을 받은 것도, 하룻밤 동
안 잡아 두고 있었던 것도 실은 모두 불법이었다. 그 아이는 모든
것을 부인하고 유유히 떠날 권리가 있었다. 그러나 여자 애는 여

내가 바이킹을 타는 이유는 165

관방에 붙들린 채 모욕을 당하며 모든 사실을 자백했다. 그리고 다음 날 아침에 경찰서에 들어갔고 혜미가 보는 앞에서 형사가 조서 작성을 했던 것이다. 형사의 조서에는 모두 열아홉 번 성교한 것으로 되어 있었다.

남자는 언제 잡아들이냐고 혜미가 묻자 형사는 서류 뭉치를 휘두르며 콧방귀를 뀌었다.

"형사 한 명당 사건이 이렇게 밀려 있는데 우리가 그런 사람까지 잡으러 다니겠수? 어떻게 되겠지. 아니면 잡아 오슈. 남자 간수 잘 못한 것도 따지고 보면 큰 죄니까 직접 잡아오라고. 야, 저쪽으로 가 앉아. 이마에 피도 안 벗겨진 년이 남의 서방 맛을 봐. 열아홉 번이나? 이걸 그냥 확."

형사는 공연히 여자 애에게 성질을 부리며 겁을 주었다. 여자 애는 그날 바로 경찰서의 유치장에 넘겨졌다.

"하룻밤을 새운 여자 애의 머리에선 냄새가 나기 시작했어. 이제 막 야간 고등학교를 졸업하고 그 사람 사무실에 들어 온 애였어, 방을 못 얻어 친구 방에 얹혀 지냈는데 친구에게 남자 친구가 생겨 자주 잠 잘 데가 없었대. 오락실에서 자기도 하고 여관 신세를 지기도 하고. 글쎄 그 인간이 그렇게 가여운 애를 건드린 거야. 그뿐이 아니야. 미리 빠져나갈 구멍을 만들려고 그랬는지, 자기가 사랑하는 여자는 아내뿐이라고도 하더래. 지갑에 넣어다니는 내 사진까지 보여 주면서. 이마를 볼펜에 맞으면서 울지도 않고 말갛게 메마른 눈으로 말하던 게 잊혀지지 않아. 그 더러운 인간이 제 퇴로까지 만들어 놓고 불쌍하고 불쌍한 여자 앨 데리고 논 거야."

알고 보면 어김없이 불쌍한 여자, 가여운 여자들이 아내들의 골 칫거리였다. 남편들은 유복한 여자들이 아니라, 늘 그런 슬픈 여 자들과 얽히는 것이다. 그러니, 아내들이 힘을 모아 가여운 여자 구하기 운동이라도 벌이는 게 현명한 자기 방어일지도 모른다. 전 업 주부들이 외식을 하거나, 온갖 취미를 섭렵하지 말고 가여운 여자가 생기지 않는 사회를 위한 사회봉사단체를 만들어 활동을 한다면, 자신을 구하는 일이기도 한 것이다. 혜규는 그 와중에 엉 뚱한 생각을 하는 자신을 알아채고 속으로 웃었다. 자신 역시 그 런 가여운 여자 중의 하나인 셈이었다.

"하필, 경찰서 근처 모텔이었던 것이 화근이었어. 난 그때 법도 몰랐어. 여관 주인이 경찰서 근처라고 말했을 때, 집어넣는 일 외 엔 달리 생각이 나지 않았어. 내 성격 불같잖아. 여자 앨 데리고 경찰서로 들어갈 때도, 여자가 잡혔다는 소식을 들으면 제 발로 찾아오겠지. 안 그러면 짐승이고. 그 놈만 입건되면 여자 앨 풀어 주어야지 생각했어. 그 불쌍하고 어린 것이 뭘 알겠어. 더러운 놈, 그렇게 쉽게 밑을 닦았다니, 더 용서가 안됐어. 나 그 애 풀어 주러 경찰서에 갔었어. 그런데 남자만 집어넣을 수는 없다는 거 야. 둘을 같이 고소해야 유효하다는 거지. 법을 알고 나니 풀어 줄 수는 없었어. 대신 두꺼운 겨울 내복을 넣어 주었었어. 엄동설 한이었지. 그 앤 재판 들어가기 직전에, 그러니까 29일만에야 풀 려나왔어."

"정말 그 애일까? 하지만 3년이나 지났는데, 왜 갑자기 전화를 하게 되었을까?"

"이제야 뭘 안 거야. 제가 억울하게 당했다는 걸. 생각해 봐. 우리가 버젓하게 둘이 살고 있으니, 얼마나 분하겠어. 둘 다 미친 것들이잖아. 공연히 자기만 병신 된 거지."

"그렇겠다. 지금쯤 결혼은 했을까?"

"보나마나 이상한 놈하고 살면서 애새끼는 달리고 못 먹고 못 입고 게다가 맞기까지 하면서 지지리 고생하고 있을 거야. 그런 여잔 꼭 과거 이야기를 하거든. 왜냐하면 너무 놀랐으니까 숨기지를 못해. 숨길 가슴이 없는 거야. 멀쩡한 놈들은 그런 이야기 들으면 대개 피해 가. 그 중에서 꼴통들이 간혹 괜찮아, 지난 일이 무슨 상관이야. 난 너를 사랑해하면서 안아 주지. 그리고는 살면서 질기고 퀴퀴한 오징어 뜯어 씹듯 두고두고 씹는 거야. 아니면 여자 애가 마음을 잡지 못하고 늘 허황한 얼굴로 살다가 어느 날 모서리에 꽝 부딪쳐 버리듯 남자에게 고백했는지도 몰라. 혹시 그 남자가 전화를 하는 걸까? 돈을 요구하는 걸까?"

혜미는 상상 속의 남자를 떠올리며 멀뚱한 눈으로 혜규를 쳐다보았다.

"혜미야, 어떻게 해야 돼? 내가 한 번 알아볼까? 그 여자 애 어디서 어떻게 사는지."

"찾아서는?"

"미안하다고 사죄하지. 어린 나이에 못할 경험을 시켰다고."

"……어쩌면 그 애가 아닐 수도 있잖아. 그 애는 다 잊고 잘 살고 있는데 내가 공연히 들쑤시게 되면 더 난감하잖아."

"그래."

"어려워. 난 말이야. 사실 그 시절의 모두에게 사과하고 싶어. 그 추운 날 콩밥을 먹인 소라 아빠한테도, 그 가여운 여자 애한테도, 그리고 그런 일을 겪고도 이혼도 못하고 떡하니 주저앉아 살고 있는 나 자신에게도. 사과할 수 없으면, 모두를 경멸해야 하니까. 언니라면 어떨 것 같아?"

"뭐가?"

"내가 더 미울까, 소라 아빠가 더 미울까?"

"그야 제부지. 제부가 심했어. 여자 애가 오갈 데 없는 가여운 애였다고 해도 환경이 그 모양이었던 거지, 그 나이의 아이가 마음이야 부모 보호받는 보통 아이들과 뭐가 달랐겠어? 결국 모양새를 보면 쉬운 애라고 유린만 한 거지. 풀려나온 뒤에라도 신경을 좀 써 주었어야지."

"내가 얼마나 기승을 부렸게? 소라 젖도 떼기 전이었어. 들어오는 시간 나가는 시간, 중간에 물샐 틈도 없이 분 단위로 재고 살았잖아. 우울증도 심해서 그냥 죽고만 싶었어. 그이가 눈을 내려떠도 치켜떠도, 웃어도 화를 내도, 말을 많이 해도 적게 해도, 아직 그 여자 애를 만나는 게 아닌가, 사사건건 의심스러웠어. 그래 끝난 게 아니야. 사람이 얼마나 피폐해졌는지. 그이나 나나. 언니, 맥주 좀 사 올게. 입가심 해야지."

"한낮에 술을?"

"술시가 따로 있대? 난 낮술이 더 좋아. 다른 사람들은 맨 정신으로 어떻게 하루해를 넘기는지 모르겠어."

혜미는 가게에서 늘 맥주를 마시고 취한 상태로 있었다. 맥주

사러 거리 맞은편 농협 연쇄점을 향해 길을 건넌 혜미는 공중전화 부스 앞에서 식육점 여자를 만나 한바탕 떠들었다. 그녀들은 함께 농협으로 들어가 캔 맥주를 사서 들고 나란히 식육점으로 들어가 버렸다. 고기를 써느라 견갑골과 상박근이 남자만큼이나 발달된 식육점 여자는 혜미보다 나이가 두 살쯤 많은 이혼녀였다.

3

잠이 설핏 들 무렵 전화벨이 요란하게 울렸다. 혜규는 마루로 통하는 방문을 열고 나가 급히 전화기를 들었다.

"혜미 씨 언닌가요? 아니, 동생인가요?"

남자는 자기가 자다가 전화를 받기라도 한 것처럼, 경황없이 더듬거렸다.

"누구시죠?"

곁에서 혜미의 소리가 끼어들었다.

"혜규는 내 동생이 아니고, 언니야 언니. 혜규 언니, 사랑하는 동생 혜미야……."

술이 취해 혀가 잔뜩 말려든 소리였다. 혜규는 화들짝 잠이 깼다.

"거기 어디에요?"

남자가 복잡하게 설명한 곳은 한 번도 가 본 적 없는 낯선 동네의 지하 노래방이었다. 새벽 한 시였다.

"혜미 씨가 자꾸 언니를 부르라고 하는군요. 너무 취해서 혼자 집을 찾아 갈 수도 없을 것 같습니다."

"당신은 누구예요?"

"저요?"

남자는 공연히 되물으며 시간을 끌더니 생뚱맞게 대답했다.

"나이트클럽에서 만난 사람인데요."

혜규는 수화기를 탁 놓았다. 그리고 방으로 들어가 옷을 갈아입었다.

노래방은 영업을 끝낸 것 같았다. 로비의 주인이 가르쳐 준 복도 끝의 룸으로 갔다. 문이 벌름하게 열려 있었다. 열린 문틈으로 웃음소리가 터져 나왔다.

"무전침식(無錢寢食)"

"적재적소(適材適所)"

"일기당천(一騎當千)"

"출탁동시(苗啄同始)"

"무애지심(無碍智心)"

"능소능대(能小能大)"

"응무소주(應無所住)"

"족가지마(足家之馬)"

남자들의 음성이 이어지다가 혜미가 혀 꼬부라진 소리를 내질렀다.

"그게 무슨 사자성어야?"

방 안에는 다시 웃음이 터졌다. 놀랍게도 그들은 노래방에 앉아 사자성어 놀이를 하고 있었다.

내가 바이킹을 타는 이유는 171

"왜 이래? 이거야말로 오리지널 사자성어라고."

"족가지마, 자기, 그거 욕하는 거 같아."

혜미가 술이 취해 어리광을 부리며 말했다. 항상 왈왈거리는 혜미도 관대한 낯선 남자 앞에서는 얼마든지 콧소리를 섞을 수 있는 모양이었다.

"어, 아니야, 아니라고. 어제 일자 조간신문 사자성어 난에 정식으로 소개된 거야."

"무슨 뜻인데?"

다른 남자가 다그쳐 물었다.

"그러니까, 옛날 중국에 족가와 수가 집안이 있었어. 어느 해에 나라에 오랑캐가 쳐들어와 수가 집안이 전쟁에 나가 큰 공을 세우고 벼슬을 받아 돌아온 거야. 그러니까 이웃에 살던 족가 집안 사람들이 우리도 이러고 있을 때가 아니다 하며 일어선 거야. 가자 전쟁터로 하면서 말이야. 그런데 분연히 일어나 말을 타고 성문 밖을 향해 달려 나가던 족가는 그만 성문 턱에 머리를 받고 그 자리에서 죽어 버렸대. 그러니까 이 사자성어의 교훈은,"

"문을 지날 때는 고개를 숙여라."

듣고 있던 남자가 가로채어 대답했다.

"그게 아니지, 남 따라 장에 가지 마라."

다른 남자가 말했다.

그러자 혜미가 혀 말려들며 웅얼거렸다.

"아니, 아니야. 이 사자성어의 교훈은 가라사데, 남 따라 좆까지 말라는 거야."

그들은 또 웃어 댔다. 혜규는 문을 똑똑 두드리고 대답도 듣지 않고 열고 들어갔다. 혜미는 혼자 앉아 있고 두 남자는 시간과 낭자한 웃음소리에 비하면 상당히 단정한 자세로 혜미의 맞은편 소파에 앉아 있었다. 두 남자는 삼십 대 초반 정도로 보였다.

"언니예요. 이혜규."

혜미가 소개하자 남자들은 일어서서 반듯한 자세로 꾸벅 인사를 했다.

"이분들은 학원 강사들이셔. 국어 과목이래. 사자성어를 많이 알아. 신문을 볼 때도 사자성어 난부터 본대. 우리 게임하고 있는데 언니도 해 볼래? 언니, 새옹지마와 같은 뜻의 사자성어가 뭐야? 분명히 있는데, 그게 생각이 안 나 다들 답답증이 걸렸어."

"그만 가."

혜규의 말이 떨어지자마자 그중 키 큰 남자가 벌떡 일어섰다.

"그래요. 가죠. 노래방 문 닫을 시간도 됐어요."

남자는 기다렸다는 듯 피곤한 표정을 지었다. 혜미의 술주정에 꽤 시달린 모양이었다. 중간 키의 남자가 혜미에게 수첩과 펜을 내밀며 전화번호를 요구했다. 혜미는 휴대전화의 번호를 적어 주었다.

혜미를 부축해 차에 태우고 운전석에 앉아 출발할 준비를 하자 도로에 선 키 큰 남자가 손을 흔들며 말했다.

"안전운행 하세요."

"좌측통행 하세요."

혜미가 장난스럽게 받았다. 중간 키의 남자가 또 말했다.

내가 바이킹을 타는 이유는 173

"명일기약입니다."

그들은 동시에 손을 흔들었다.

"여태 그러고 논 거야?"

"아니. 나이트에서 춤도 추고, 노래방에서 두 시간이나 노래도 불렀어. 하다하다 지쳐서 게임 한 거야. 언니 월구설치라는 사자성어 아니?"

혜규가 고개를 저었다.

"월남의 개는 눈이 오면 짖는다는 거야. 월남 스키부대 이야기 같은 거지. 월남 개에겐 눈이 얼마나 무시무시하고 낯선 천재지변이겠니? 하늘이 막 부스러져 내린다고 생각하겠지."

"……."

"제일두태라는 사자성어도 있다. 제이경장도 있어. 무슨 뜻이냐 하면, 언닌 아마 까무라칠 거다."

혜미가 제 풀에 웃어댔다.

"언니, 골났구나."

"나이트클럽 같은 델 왜 가?"

혜미가 갑자기 깔깔대고 웃었다.

"언니, 나 이래 봬도 나이트 가면, 얼마나 인기 있는지 몰라. 사방에서 난리야. 웨이터 손에 잡혀 열 테이블쯤은 돌아다녔을 거야."

"돈도 안 받고 술집 수입 올려 주고, 남자들에게 무료 봉사한 거잖아."

혜규는 스스로 놀랄 만큼 싸늘하게 일침을 놓았다.

"왜 꼭 그렇게 생각해야 돼? 나도 즐겼어. 돈 한 푼 안 들이고 나도 무지무지 즐거웠다고. 그놈의 나이트와 남자들 덕분에, 나도 그것들을 사용한 거지. 이건 공정한 거야."

틀린 말은 아니었다. 혜규는 자신마저도 통념에 사로잡혀 혜미를 재단한 것이 미안했다. "하지만, 다르게 즐길 순 없니?"

"밤에 달리 뭘 하면서 즐겨? 남자가 집에서 저녁 먹지 않고 허구한 날 새벽 두 시에 기어드니 난 밤에 할 짓이 없어. 십자수라도 놓을까? 혼자 비디오 영화를 보는 것도 하루 이틀이지."

"비디오가게도 하는 데 지치지도 않아?"

"재미도 붙이고 지쳐서 밤에 자자고 시작했지만, 한두 달 지나니까, 그것도 지겨운 일상이지. 아, 왜 이렇게 지겨울까? 나만 유독 그럴까? 아니면 다들 그런가? 애 유치원 문턱이 닳도록 들락거려도 보다가, 주야장천 아파트 통로 여자들과 10원짜리 화투를 치고도 보내다가, 에어로빅에 수영에 취미를 붙여도 보았다가, 한때는 사우나 병에 걸려 하루도 사우나를 하지 않으면 살에 가시가 돋은 적도 있었어. 아버지 돌아가시고 내게도 몫이 좀 떨어져서 가게를 차렸는데, 돈도 안 되고 재미도 없어."

혜미가 긴 한숨을 내쉬었다.

"실은, 나 집에 못 있겠더라. 아이는 잠들었고 그 작자는 새벽이나 되어야 돌아올 거고, 그런데 꼭 자정 전후로 전화가 오잖아. 그 말도 없이 숨만 쉬다가 끊는 미친년 전화질 때문에 나도 미쳐 버리겠어."

"계속 그랬어?"

"최근엔 하루도 안 빠지고 매일 와. 일주일 내내."

내가 바이킹을 타는 이유는   175

"전화선을 뽑아 놓지?"

"싫어. 정말 그 애라면 약 올리고 싶지 않아. 미친년이지만, 미칠 만도 한 년이잖아. 나올 땐 전화선을 뽑고 나오지만 집에 있을 땐, 그럴 수가 없어. 혹시 아니? 그 애는 너무 힘들어서 전화선에라도 의지하며 하루하루 보내고 있는지."

별 배려를 다 한다고 통박을 줄 수 없었다. 착하기도 하고 사납기도 하고, 왈가닥이기도 하고 우울하기도 하고 물불을 안 가리기도 하지만 겁쟁이기도 한 동생이었다. 그렇지만 한 가지 진실은 그녀 역시 사랑을 받고 사랑을 주고 싶어 한다는 것이다.

"언니, 나 집에 안 갈란다."

차가 아파트에 들어설 때, 혜미는 버티는 아이처럼 몸을 뒤로 젖혔다.

"안 가면?"

"어디 다른 데로 좀 데려다 줘."

"어디?"

"……."

혜미는 갈 곳이 없는지 앞만 뚫어지게 보고 있었다.

"두 남자 중에 하나를 골라 여관에라도 갈걸 그랬어."

"왜 안 그랬어? 그렇게 하려고 나이트에 가서 낯선 남자와 부킹까지 한 거 아니었어."

"맞아. 그런데, 안되더라."

"안되긴. 오늘 운이 좋아 남자들을 잘 만난 거지. 질 나쁜 인간들 만났으면 어디까지 갔을지 어떻게 아니?"

176 언젠가 내가 돌아오면

"맞아, 그게 문제야. 질 나쁜 놈 만나러 갔었는데, 웨이터 손에 잡혀 다니며 그 많은 남자들 뿌리치고 고르고 골랐는데, 난 너무 착한 애들을 고른 거야. 나이도 겨우 서른 살들이야. 귀엽지?"

"그만 해. 제부 집에 와 있으면 어떻게 들어갈래?"

혜미는 시계를 흘긋 보았다. 두 시였다. 혜규는 혜미의 아파트 현관 앞에 바짝 차를 댔다.

"무슨 짓을 해도 그 인간 보다 먼저 침대에 누워 있을 자신 있어. 어느 놈하고 자고 와도 그 인간보다는 빠를 거야."

"제부는 뭐 해?"

"거래처 손님과 룸살롱에 있든지, 친구들과 포커를 하든지, 영안실에 가 앉아 있던지, 어느 땐 작업장에서 일도 해. 그리고 거래처 부장이란 작자와 야간 낚시도 가고 요즘엔 골프 연습장까지 다녀."

"잠도 안 자?"

"뭔가에 단단히 미쳤나 봐. 정말 잠도 안 자."

"내려, 들어가서 아무 생각 말고 푹 자."

앞만 보고 있던 혜미는 어쩔 도리도 없다는 듯 굼뜨게 내려 비척거리며 아파트 현관으로 갔다. 봄밤이긴 해도 원피스가 너무 얇았다. 제 집에 들어가는데도 뒷모습이 꼭 하루하루 품 팔아 사는 떠돌이 같이 보였다. 혜미가 현관 입구에서 뒤를 돌아보았다. 혜규는 차창을 열고 들어가라고 손사래를 쳤다. 엘리베이터가 열리는 벨 소리가 들리고 문 닫히는 소리가 들렸다. 공기가 체온처럼 따뜻하고 솜털이 떠도는 듯한 바람 속에 벚꽃 잎이 날리는 몽환적인 밤이었다.

내가 바이킹을 타는 이유는 177

4

"에이, 다 같이 타요."

혜미가 싫다는 혜규와 순이를 잡아끌었다. 어린이 날이라 문기를 위해 놀이동산이라도 다녀오자고 시작한 것이 혜미와 소라가 합세하는 바람에 단체가 되었다. 아이들이 혜도를 따라 공포의 집에 들어가자 혜미는 바이킹 앞으로 두 여자를 끌고 갔다.

"싫어요."

순이가 질겁했다.

"일 년에 한두 번은 타 볼만 하다니까."

"싫어요, 난 평생 한 번이면 됐어. 다시는 안 타."

순이가 얼굴까지 붉어지며 완강하게 거부했다.

"이제 보니 순 가짜네. 그 나이에 뭐가 무서운 게 있어서 바이킹도 못타고 그래요?"

혜미가 집요하게 끌었다.

"무서운 건 겪어 보는 거예요. 그러면 적어도 한동안은 무서운게 없어져."

"난 지금도 무서운 거 없어요."

"거짓말. 가슴 속에 무서운 게 너무 많아서 바이킹을 못 타는 거지."

혜규는 둘의 실랑이를 보며 몸속에 부력을 부풀렸다. 떠오르는 것쯤은 두렵지 않았다. 아무리 높아도, 아무리 멀리 떠가도 아무리 기류가 흔들려도 두렵지 않았다. 충분히 먼 곳을 지나 돌아온 뒤였다.

178 언젠가 내가 돌아오면

"자, 타러 가요."

표를 준비한 혜미가 순이의 팔을 잡고 끌고 올라가려하자 순이가 팔을 거세게 뿌리치며 소리 질렀다.

"왜 이래요? 노라고 했잖아. 노, 노, 노! 돈 터치 미!"

순이의 이마에 핏대가 섰다. 혜미도 놀라 뒤로 물러섰다. 순이는 방향도 없이 마구 걸어갔다. 여름에만 개장하는 야외 풀장 쪽이었다. 길 끝에 통행금지 표지가 보였다.

"……왜 저래?"

혜미는 납득이 안 되는 얼굴이었다.

"싫다잖니? 싫다는 사람을 왜 끝까지 잡고 늘어져?"

"가증스럽잖아? 그렇게 간이 작아서 어떻게 오빠 같은 사람과 사랑이 되겠어? 오빠의 실체를 파악하자마자 다리야, 나 살려라 하고 도망갈게 뻔해."

"바이킹 가지고 비약이 심하다."

"그런 것도 아니라니까, 살든지 죽든지 간에 바이킹 정도는 탈 수 있어야 한다고."

혜미와 혜규는 각각 바이킹 반대편 끝에 앉아 마주 보았다. 바이킹이 움직이기 시작하자 혜미는 웃음을 지으며 커다랗게 손을 흔들었다. 그러나 불과 10초 후에 혜미의 얼굴은 아래로 비스듬히 숙여졌다. 허공을 높이 올라갈 때면 온 힘을 다해 무릎으로 앞좌석의 뒷부분 쇠판을 미는 것이 느껴졌다. 두 팔은 안전대를 으스러지도록 붙들었다. 혜미의 얼굴이 하얗게 질리는 게 보였다. 혜미 쪽 줄에 앉은 남자 애들과 혜규 쪽 줄에 앉은 여자 애들이 서로

내가 바이킹을 타는 이유는 179

가 정점으로 올라갈 때마다 두 팔을 활짝 들어 올리며 우렁찬 함성과 예리한 비명을 번갈아 질러댔다. 혜미도 잠시 커다랗게 웃는 것처럼 입을 벌렸다. 그러나 이내 눈을 커다랗게 뜨며 비명을 내질렀다. 그리고 일순 고요해졌다. 혜미의 입을 반쯤 벌린 채 새하얗게 굳었다. 삶의 심연 너머의 공포를 보는 얼굴들……. 저러다 정신을 놓아 버리는 게 아닐까. 혜규도 고개를 아래로 박고 눈을 감아 버렸다.

몇 초의 순간이 지나자 다시 남자 애들의 함성이 들렸다. 그러나 혜규 쪽 여자 애들은 모두 고개를 숙여 버린 상태였다. 가느다랗고 처절한 비명만 흘러 나왔다. 혜미도 다시 얼굴을 일그러뜨리며 비명을 지르기 시작했다. 그러자 차라리 안심이 되었다. 내릴 무렵이 되자 혜미는 언제 그랬느냐는 듯한 억지스럽게 웃으며 손을 과장되게 흔들었다. 얼굴색은 노랗게 질려 있었다.

"너, 다음에 또 탈 거야?"

혜규가 벤치에 몸을 의지하듯 앉으며 물었다.

"물론이지."

혜미는 무릎을 부들부들 떨면서 대답했다.

"내가 왜 가끔 놀이공원에 와서 바이킹을 타느냐면 말이야."

혜미는 손을 심장에 올려 숨을 다듬었다.

"허공에서,"

혜미가 사레들렸는지 기침을 했다.

"너무 가벼워서 뒤집힐 것 같은 그 아득히 높은 허공에서 의지할 데 하나 없는 공포, 난 그걸 느끼려는 거야. 그 공포에 몸을 맡겨 본 사람의 희열이라는 게 있다. 몸에 쌓인 온갖 더러운 의심과 다하지 못한 말과 풀지 못한 감정의 누더기들, 그런 게 다 쏟아져 버리는 거야. 압도적인 공포 앞에서는 그런 정도는 우습지. 그리고 말이야."

혜미는 비밀을 터놓듯 소리를 낮추었다.

"공포에 익숙해지면, 어느 날은 9층 아파트에서 허공을 향해 슬쩍 발을 내딛을 수도 있을 거 같아."

"혜미야……."

혜미의 뺨과 눈 속이 붉어졌다.

"사람들은 그럴지도 모르지. 너 같은 년까지도 실존이 문제가 되느냐고. 나 자신이 나 자신에게 늘 하는 비웃음이지. 너 같은 게 그냥 사는 날까지 살면 되지. 삶의 의미니, 이유니, 가치니 그런 건 왜 묻느냐고. 그런데 언니, 참 이상하지. 자꾸만 그런 질문이 나를 들볶는 거야. 그래서 알았어. 누구나, 아무리 못난 사람도, 그러니까 지렁이조차도 산 것은 살아남으려고 애쓰고, 애쓰는 한 은 왜 사는가를 물으며 실존적 고뇌를 할 거라는 걸. 그게 생명이 라는 거."

"……."

혜미가 손으로 눈물을 훔쳐 냈다.

"우리 좀 걷자."

혜규는 혜미의 손을 잡고 식물원 쪽으로 이끌었다. 맞은편에서 아이들과 혜도와 순이가 하늘 자전거를 타기 위해 올라가는 것이 보였다. 혜규는 손을 흔들고 식물원에 들어간다는 표시를 했다.

혜도가 오케이 사인을 보냈다.

식물원은 열대의 공기로 답답하고 후덥지근했다. 열대 과일나무들이 식물원 천장까지 닿은 정원과 구관조가 사람들에게 말을 거는 새장들을 지나 꽃 핀 선인장 정원을 지났다. 선인장을 덮고 있는 것은 굵은 모래였다. 붉은 수련이 핀 연못 위에 걸친 나무다리에 이르자 둘은 난간에 걸터앉았다.

"온갖 생각과 욕망에 치여 사니, 내 삶은 시끄럽기만 해."

혜미가 견딜 수 없다는 듯 털어놓았다.

"어떤 생각, 어떤 욕망들이니?"

"다 포기하고 이혼을 해 버릴까, 아이를 하나 더 나아 나를 누르고 정붙여 살아 볼까, 아예 제대로 일을 찾아 남들이 부러워할 만큼 돈을 벌어 볼까. 낮에 한 생각은 밤이면 바뀌고 밤에 한 생각은 낮에 바뀌고 다른 날엔 또 다른 게 더 옳은 거 같고. 나중에 후회할까봐 두렵고. 사실 내 형편에, 가정을 내던지고 빠져 볼 만한 일이 어디 있어? 만만하게 들이 댈 일도 없고. 난 전직 유치원 교사였지만, 아이들이라면 지긋지긋 해. 여자 애들은 툭 하면 울어대고 고자질하고, 남자 애들은 심술부리고 싸우고, 애들끼리 엉겼다 하면 꼬집고 뜯어서 상처내고, 혼내면 다음날 당장 제 엄마가 찾아오고, 그 시끄러운 것들……. 우리나라 애들, 통제가 안 돼. 유치원 교사들이란 교육자가 아니라 아이 보는 하녀야. 결혼한 여자들 하는 일이란 게 학습지 교사, 보험 설계사, 화장품 외판원, 그도 아니면 마트의 계산원, 백화점 점원. 나도 알아볼 만큼 알아봤어. 부동산 중개사 자격증이라도 따 볼까 하는 궁리까지. 일 같은 일이 없더라고. 지금 비디오가게도 마찬가지고."

"그렇게 결정하기 어려운 문제에서는, 어떤 결정을 해도 감당해야 하는 힘겨움이나 치러야 하는 고통, 그리고 그 대가는 비슷한 양일 거야. 종류가 달라지는 거지. 선택을 한 뒤 후회하는 사람은 늘 후회해. 모든 선택이란 미련을 남기기 마련이고 후회란, 잘못 선택해서가 아니라, 감정 조절에 실패할 때 오는 거라고 했어. 그러니, 어느 게 더 나은가, 더 옳은 가하는 것 보다 네 마음이 어느 걸 더 원하는가가 중요할 거야."

"맞아, 그런데 나 같은 사람의 진짜 문제는 자신이 무엇을 원하는지 정확히 모른다는 거야."

"먼저 마음이 고요해져야 해. 마음의 중심에서 살아야 자신을 알 수 있어."

혜미가 허탈하게 말했다.

"그 난리를 겪고도 난 이혼을 못했어. 뭘 원하는 지, 뭘 할 수 있는지 모르니까, 갈등만 끓어 넘쳐."

"둘이 근본적으로 서로 애착이 있다는 말이 아닐까."

"둘 다 미련스러운지도 모르지."

"너 자신을 위해 그 일을 잊을 수는 없니? 아주 없었던 일처럼 까맣게?"

"그 일은 벌써 잊었는지 몰라. 그 일 자체보다 그 일 이후에 내가 한 짓들과 그 사람이 보여 준 모습들이 더 괴로워."

"그럴 거야. 그건 네가 후회하고 동시에 제부에게도 완전히 환멸을 느꼈다는 말이니?"

내가 바이킹을 타는 이유는 183

혜미가 고개를 저었다.

"그 사람은 내게 차라리 관대했어. 나라면, 나를 감방에 처넣은 남자하고는 한 집에서 살지 않을 거야. 그러고도 난 버젓이 아이를 끼고 앉아 아내 노릇을 했어. 그 사람은 그런 년을 아내라고 월급 꼬박꼬박 넣어 주었고……."

"너 자신을 후회하는구나."

"난, 그런 경우에 대응할 수 있는 가장 최악의 대응을 했어. 어리석고 나빴어. 그 사람이 저렇게 밖으로 나도는 건, 한편으론 내가 내쫓았기 때문이야. 그 일 있는 후에 내 곁에 살갑게 붙을 수 없게 했어. 눈만 마주치면 으르렁대며 못살게 굴었어. 일 년이 흐르고 나니, 그 사람이 달라졌어. 어느 땐 나를 추궁하는 것 같고, 때론 나를 집에 앉혀 두고 복수하는 것 같기도 해. 그럴 때면 너무 무섭고 싫어서 당장 이혼하고 싶지만, 확실한 건 모르겠어. 늘 의심해 왔지만, 그 후로는 딴 짓을 하는 거 같지도 않아. 여자는 없어. 그 사람, 어느 땐 나를 그리워하는 눈으로 쳐다 봐. 그 사람은 집에 돌아오고 싶은데, 내가 자꾸만 내쫓는 것 같기도 해. 마치 한 둥지에 오르려는 새와 뱀처럼 서로를 찍고 할퀴고 물어뜯어. 끝이 나지 않아. 우린 7년이나 살았는데도 아직 한 번도 서로 사랑을 해 보지도 못한 사람들 같아."

혜미의 얼굴에 회한이 고여 들었다. 후회와 갈망, 두 갈래의 빛의 떨림을 보며 혜규가 입을 열었다.

"이혼 안 할 거면, 노력해 봐야지. 그리고 이혼은 급한 게 아니야. 노력해 보는 게 급한 거지."

"맞아, 이혼은 다음에 언제라도 할 수 있지. 난 그 사람에게 최선을 다해 보지 못했어. 우린 서로를 사랑하고 사랑 받고 싶어 해. 마음은 뻔한데도 부부 살이라도 긴 듯 안 되는 거야."

"생각해 보면 집 자체에, 가정 자체에도 문제가 좀 있어."

혜규는 형주를 생각하며 말했다.

우리나라 소시민의 가정은 너무 기능화 되어 있어. 특히 남자들 입장에서 보면, 가정이란 잠자고, 밥 먹고, 씻고, 옷 갈아입고, 아이들 면회하고, 그리고 나가야 하는 곳이야. 남자들이 빈둥거릴 방도 없거니와, 편히 쉴 만한 장소도 없어. 심지어 아이들도 자기만의 방이 있는데, 남자들은 문고리를 걸 자기 방도 없지. 아내들은 거실과 안방을 자기 공간으로 여기잖아. 특히 낮 동안은 점유하지. 그건 사실 누가 더 오래 시간을 보내느냐의 문제이기도 해. 난 남자들이 어떻게 그곳을 자기 집이라고 느끼는 지 이해가 잘 안 돼. 나라면 나그네 심정일 거 같거든."

"그 인간에겐 요즘 집이 옷 갈아입는 세탁소쯤이 되었어. 아침은 회사 식당에서 먹고 목욕은 점심 먹은 후 사우나에서 하고 저녁은 늘 술자리에서 해결하지. 돈은 벌어서 집에다 넣지만, 오갈데라곤 없는 길바닥 인생이야."

"혜미야, 제부가 집에서 더 오래 머물기를 바란다면, 그의 집이라는 것을 느끼게 배려해 줘. 기능적인 집일 뿐 아니라, 사랑을 표현하고, 나누기에도 가장 자유롭고 안락하고 안전한 공간이라는 점을 깨닫게 해 줘. 그러니까, 집 안에 부부의 사적 공간을 확보해야 해. 티베트의 가정에서 애지중지 모시며 아침저녁 기도를 올리는 신상이 뭔지 아니? 요니와 링감이야. 남녀의 성기 상징물이지. 처음 접했을 때 생경스러워 거북하기도 했지만 한편 감동도 받았어. 가정이라는 본질에 단도직입적으로 육박해 있는 소박하고 단순한 기원이잖니. 우리나라 부부들은, 사랑을 나누기 위한 방이 필요해서 결혼하지만 막상 가정을 이루면 증거인멸이라도 하듯 사랑부터 들어내잖니. 상상해 봐. 요니와 링감을 향한 기도를."

"저의 요니가 늘 젖어 있게 하소서, 남편의 링감이 늘 서 있게 하소서. 그거야?"

고개를 젓는 혜규의 얼굴에 웃음이 퍼져 나갔다. 혜미도 제 말이 우스운지 소리 내어 웃었다.

"설마, 예를 들면, 우리가 늘 공손하게 하소서. 서로를 실망시키지 않고 상처 입히지 않게 하소서. 서로를 소중히 여기고 감사하게 하소서. 그런 게 아닐까?"

"내 마음이 마르지 않고 남편의 것이 주저앉지 않도록 하소서와 별 다르지도 안잖아."

"그러니, 너 술도 좀 그만 마셔. 술 많이 마시면 마음도 마르고 거기도 마르는 거야. 술은 어느 것이든 불이거든."

"언니, 은근히 야하다. 모르는 게 없고."

"진지한 문제야."

"알아. 뒤통수를 한 대 맞은 기분이라고. 노력해 볼게."

"정말?"

혜미가 표정을 바꾸며 진지해졌다.

"정말이야. 이혼은 다음에도 할 수 있지만, 노력은 다음에 해서는 안 되지. 나 비디오가게 하면서 꼭 하나 깨달은 거 있어. 돈 버는 거 참 어려워. 모진 일이야. 명과 바꾸는 일이야. 남자도 여자도 쉽게 버는 사람 하나도 없어. 월세 받아먹는 인간 아니고서야. 전엔 집구석에 가두어 놓고 쥐꼬리만큼씩 갖다 준다고 잔소리나 해대는 불만꾼이었어. 그런데 내가 벌어 보니까, 요즘은, 이깟 것을 집이라고, 이런 년을 아내라고 월급을 꼬박꼬박 넣어 주는 소라 아빠가 고마워. 나를 아직 사랑하는구나하는 생각이 들 정도로 고맙다고. 그리고 일 같은 일이 없는 것도 문제지만 근본적인 문제는 다른 데 있어. 따지고 보면 고사 이래로 일 같은 일이 몇 가지나 있어? 남자들 하는 일도 마찬가지이고. 혜진 언니가 대학에서 강의를 하지만, 그것도 일 같지 않기는 마찬가지지. 문제는 무슨 일을 하든, 마음의 중심이 사랑하면서 살 수 있어야 일도 일답다는 거야. 사랑하면서 살 수만 있다면, 아이를 하나 더 낳아도 되고, 마트의 계산원을 해도 되고, 비디오가게를 해도 좋아. 삶의 의미를 놓치지 않으려면 사랑하는 마음을 아끼고 돌보고 가꾸었어야 해. 집 마련하느라고, 차 마련하느라고, 친구와 이웃과 경쟁적으로 가구 바꾸고 아이 남보란 듯이 키우겠다고 속을 내주고 껍데기와 바꾼 거지.

"마음이 그렇게 뻔하면서, 왜……."

"버틴 거야, 분이 풀릴 때까지 버티다 버티는 게 생활로 변해 버린 거지. 대부분의 사람은 현명하게 사는 게 아니라 고집으로 사는지도 몰라. 이젠 해 볼게. 내가 돌아서서 허리를 굽히면 달라질 거야. 두 사람의 문제를 나 자신에게서 해결하려는 마음을 가지고."

내가 바이킹을 타는 이유는 187

"그거 알고 보면 억울한 일 아니야. 네가 노력하는 것을 눈치 채면, 제부도 금방 변해. 사실 상대의 장단점을 알아서 좋은 면을 돌려서 쥐는 것도 사랑이야."

"기술이 아니고? 아니면 사랑이란 게 일종의 기술인가?"

"기술은 사랑이 아니지만, 사랑은 기술이기도 한가 봐."

서로 마주 보던 두 자매의 눈에 안쓰러움과 대견함이 스쳤다.

"나가서 아이스크림이라도 사 먹자. 바이킹 타고난 뒤 달콤한 아이스크림 사 먹으면 더 맛있겠지."

이번에는 혜규가 혜미의 손을 잡고 끌었다.

아무도 사랑한 것을 모욕할 순 없어

1

어스름과 안개가 뒤섞인 흐릿한 새벽에 혜규는 장화를 신고 뒷문을 열고 나가 들판 길을 걸었다. 새들은 벌써 들판에 내려앉아 농사라도 짓듯 분주하게 먹이를 찾아 쪼고 있었다. 새들은 창자가 짧아 공복의 밤을 지새우는 데 매일 매일 목숨을 거는 듯 절박해 보였다. 모내기가 끝난 넓은 들판엔 물이 찰랑댔다. 흰 해오라기가 미동도 않고 서 있다가, 혜규가 다가가면 갑자기 긴 날개를 펼치고 안개 속으로 날아올랐다. 발을 옮길 때마다 물비린내가 왈칵왈칵 올라왔다. 개구리밥이 쉬지 않고 뜨개질을 하듯 날이 갈수록 점점 더 넓게 논물을 덮는 게 보였다. 밤늦도록 집을 둘러싼 성벽처럼 와글와글 울어대던 개구리들도 새벽엔 모두 세상을 떠난 듯 고요했다. 들길은 온통 짙푸른 질경이와 냉이 풀밭이었다. 혜규는 뱀을 건드리지 않도록 조심하며 무성한 풀숲을 밟았다.

오이꽃, 엉겅퀴 꽃, 메꽃과 개망초 꽃, 여뀌와 뱀딸기……. 해가 동쪽 산 위로 올라오자 들판의 여름 꽃들은 호명을 받고 대답하듯 하나하나 안개의 면사포를 하늘로 날리고 제 색깔을 드러내기 시작했다. 작은 도랑에서 미꾸라지들이 푸드득 튀어 오르는 소리가 들렸다.

혜규는 새가 공복으로 잠을 못 이루듯 근심에 시달려 불면을 치르는 밤이 많았다. 간밤에는 짧은 꿈 속에서 형주가 처형을 당하는 것을 보기도 했다. 형주는 두 손이 등 뒤로 묶인 채 두 자루의 권총을 입에 물고 있었다. 어떤 손들이 권총의 방아쇠를 당기려 할 때, 혜규는 비명을 내질렀다. 오, 안 돼, 제발…….

꿈 속에서 청년을 본 것도 세 번째였다. 그는 한결같이 오른쪽 끝에서 나타나 혜규와 눈을 맞춘 채, 마치 물결이 흘러가듯 느리게 지나가 왼쪽으로 사라졌다. 인채가 뒷모습을 보이며 걸어가다가 뒤돌아보기도 했다. 뒤돌아보면, 얼굴이 비어 있었다. 5월 말이었다. 인채의 시간이 거의 끝나고 있었다.

엄마가 목욕할 수 있도록 준비하는 것으로 아침이 시작되었다. 목욕을 하고 나오면, 옷 입는 것을 도와주었다. 그리고 아침 먹기 전에 신문을 읽어 주었다. 혜규는 정치면부터 사회면, 경제면, 문화면과, 스포츠면의 헤드라인을 중심으로 읽었는데, 엄마가 갑자기 웃기 시작했다.

"엄마, 왜 그래? 뭐가 우스워요?"

혜규가 어리둥절해 물었다. 엄마는 쉽게 웃음을 멈추지 못하고 얼굴이 붉어진 채 손바닥으로 혜규의 팔을 쳤다가 손으로 입을 가렸다가 하며 자꾸 웃었다. 혜규는 이유도 모르면서 나중엔 따라서 웃었다. 그렇게 웃고 있자니 둘 사이에 놓여 있는 불편한 이물감이 사라진 듯 편안했다. 엄마가 그렇게 웃음을 터뜨린 것은 처음이었다.

"나, 사실은, 그런 거 아무리 들어도 몰라. 니가 신문을 읽어 주기에 첫날 말을 해 줄까 하다가, 너 민망할까 봐 안 했지. 그러니 이제 읽지 마."

간신히 웃음을 그친 엄마가 말했다. 혜규도 알고 있었던 일이었다.

"읽지 마?"

"오늘의 운세와 일기예보와 텔레비전 프로그램만 대강 읽어다오."

"정치와 경제 사회면도 알게 되면 차차 재미있어요."

"난, 이 세상이 딱 귀찮아. 살아야 할 날이 많은 젊은 사람들이야 세상일에 촉각을 곤두세워야 생존에 유리하지만, 늙어서 좋은 점 하나는 세상을 귀찮아 할 수 있는 거다. 몰라도 전혀 문제 될 게 없거든. 이내 버릴 세상인 걸."

옳은 말 같지만, 노인성 우울증 환자가 하기 마련인 말이었다. 관심을 잃으면 세계도, 삶도 사라져 버린다. 노년기란 자연스럽게 관심의 범위가 발끝 밑으로 축소되는 과정인지도 모른다. 산다는 건 애써 삶의 범위를 확장시키는 노력인 것이다. 혜규는 오

아무도 사랑한 것을 모욕할 순 없어 191

늘의 운세 난을 먼저 찾아 엄마 띠의 출생 년도에 해당하는 부분을 읽었다.

"뜻밖의 장소에서 지인을 만나 회포를 풀겠다."

운세는 대개 엉뚱하게 어긋나는 데도 엄마는 재미있어 했다. 엄마는 뜻밖의 장소에 갈 일이 없는 사람이었다. 엄마는 고개를 끄덕였다.

"혜도는?"

"만사 서두르지 말라. 천천히 이루어지는 것이 내 것이 된다."

"딱 맞구나, 너는?"

"사업 운이 있으니 관심을 가지면 큰 이익이 온다."

"좋구나. 너 뭘 시작해도 좋을 건가 보다. 생각하는 게 혹시 있니?"

"아직 생각 없어요."

엄마는 또 고개를 끄덕이기만 했다. 혜규는 엄마에게 읽어 줄 때, 늘 눈으로 형주의 것과 인채의 것도 보았다. 형주의 것은, 새 옷을 선물 받겠다였다. 그 짧은 문장이 달궈진 쇠 젓가락처럼 혜규의 가슴을 찌르는 듯했다. 그는 어디까지 돌아갔을까? 밤이 되면 그는 어디서 무엇을 할까? 아내가 새옷을 사 주기도 하고 그 옷을 입고 출근도 하겠지. 저녁엔 아내가 특별한 음식을 차리고 기다릴지도 모른다. 아내가 용서한다고 설득하면, 나란히 한 침대에 눕기도 하겠지. 한 침대에 누우면 부부간의 정도 다시 돌아오겠지. 혜규의 눈에 이내 눈물이 어렸다. 자신의 계획이고 소망이면서도, 가슴의 판막들이 결마다 선명하게 찢기어 나가는 것 같았다. 인채의 것은, 주변을 꼼꼼하게 정리해라였다. 오늘의 운세는 대개 엉뚱한 데도 한 번씩은 정곡을 찔러 생각할 거리를 주었다. 오늘 본 형주와 인채의 운세 같은 것이 그랬다. 혜규는 벽 모서리를 가만히 바라보며 눈물이 흘러나오지 않도록 한 방울 한 방울 목으로 삼켰다. 마치 이마를 뒤로 젖히고 코피를 삼키는 것 같았다.

"순이는 아직 안 돌아갔니?"

엄마는 전혀 소식을 모르는 사람처럼 물었다. 순이가 호텔로 옮긴 지 두 달이 다 되었다. 혜도도 그때부터 순이와 지내고 있었다. 시의 매립지에 새로 지은 호텔이었다. 환영이라는 뜻을 가진 마야 호텔은 시장과 선창가와 얼음 창고와 관세청과 여객 터미널과 해운 창고들과 원목과 석탄이 쌓여 있는 해안 도로 중간에 서 있는 붉은 타일 건물이었다. 마야 호텔 마지막 층 마지막 호수인 1309호가 그들의 장기 숙영지였다.

"요즘은 순이가 카페 주방을 담당하던 걸요."

"그 애가 요리를 해?"

"솜씨가 훌륭해요. 수프도 직접 끓이고, 양고기 스테이크와 생선 스테이크, 소시지 구이 같은 것을 더 추가했는데 인기가 많데요. 칵테일 종류도 더 추가했고 아이스크림에 차가운 과일 스무디를 얹은 디저트도 개발해 손님도 늘고 매상도 한결 높데요. 구질구질한 장식 싹 걷어버리고 인테리어도 심플하게 바꾸었고요."

엄마가 고개를 저었다.

"얼마나 갈지……."

"그렇게 나쁘게만 보지 마세요. 순이도 마찬가지 여자예요. 다

아무도 사랑한 것을 모욕할 순 없어 193

만 말 못할 상처가 더 많아 나쁘게 보일 뿐이죠. 말 못하니까, 이해 받을 수 없으니까."

혜규는 순이의 비밀을 이야기하지 않았다. 혜도의 부탁이기도 했다.

"잘 좀 지켜봐. 난 걱정이야. 그 애가 나쁘던 착하든, 혜도에게는 인생의 마적이야. 혜도의 생에 결정적인 치명타를 입힌 건 그 애였어. 혜도가 세상에 돌아오는데 20년이 걸렸어. 그런데 또 그 마적이 나타난 거야. 제발 무사히 넘어가게 해 달라고 기도하지만 마음이 늘 불길해. 혜도는 나이가 들었지만 안심이 안 되는 애야. 지금도 연처럼 바람을 타고 정처 없이 날아가 버릴 것 같아."

혜도를 불안하게 느끼는 건 누구나 마찬가지였다.

"제가 지켜볼게요."

"그래라, 그리고 넌, 괜찮니?"

혜규와 엄마는 잠시 마주 보았다.

"두고 온 게 너무 깊은 지, 너무 허허로워."

"괜찮아요."

"네가 온 뒤 내가 한결 지내기가 좋구나. 기분이 정말 달라졌다. 다시 갈 거니?"

"아직, 모르겠어요."

"짐 정리해서 돌아오면 좋겠다."

혜규의 짐들이란 굳이 집까지 끌고 올만 한 것도 없었다. 빌리는 마음으로 중고 시장에서 사들인 1993년 출시된 세탁기, 1995년 형 냉장고, 1997년도 제품의 텔레비전, 할인 마트에서 구입한

마닐라산 원목 2인용 식탁과 체크무늬 2인용 소파, 미니 장롱……. 그녀가 어찌지 못하는 것은 형주와 한 시절을 보낸 침대와 책들, 그리고 유일한 사치품인 마란츠 라디오였다. 지금쯤 모든 것이 입자 굵은 먼지에 덮였을 것이다. 시간이 범람한 물처럼 탁하게 고여 셋집 전체를 익사시키겠지. 사물들의 숨결마다 먼지로 가득 메워져 목소리도 기척도 웃음과 눈물과 가느다란 신음들도 모두 휘발되어 가겠지. 그리고 마침내는 사라진 연인들의 석관 무덤처럼 텅 비겠지.

"셋집을 비워 두고 계속 방치하면 주인도 문제 삼을 것이고……."

"……더 있다가요. 계약 기간이 남아있으니 주인과는 문제없어요."

엄마는 혜규의 속에서 말이 되지 못하는 부분을 짐작하는 듯했다.

"그래. 혜규야, 뭐든 억지로 하지 말아라. 되는대로, 물처럼 흐른다 생각하고, 파도처럼 솟는다 생각하고 호수처럼 머문다 생각하고 네 진짜 뜻대로 살아. 넌 그렇게 해도 돼. 네 속엔 너를 지켜주는 착한 수호신이 늘 있었다. 난 그걸 믿어. 그러니 단, 한 가지만 약속해라. 칼은 안 된다."

"내가 잘못했어요, 엄마. 살아 있을 게. 약속할게요."

"난 네가 동맥을 끊었던 칼을 일부러 부엌에 두고 기도하며 썼다. 그렇게 해서 칼날이 무뎌져야 네 운명에 액땜이 될 거 같아서. 먼 데 있는 너를 지킬 수 있을 거 같아서. 요즘 네가 너무 허허로워서 걱정이 된다. 차라리 무슨 일이라도 시작하면 내 마음이 편

아무도 사랑한 것을 모욕할 순 없어 195

할 거 같다."

"차차 그렇게 할게요. 그리고, 나 오래오래 살아 있을 거예요. 걱정 말아요. 엄마, 요즘도 눈 속에 뭐가 보여요?"

잠 속의 꿈처럼 의지와는 달리 너무 많은 것들이 보이는 엄마의 눈을 염려하며 혜규가 물었다.

"네가 이렇게 찰싹 달라붙어 있으니, 요즘은 내 눈 속에 너만 보인다. 뜻밖의 장소에서 지인을 만난 듯 지금도 네가 새롭게 보여."

엄마가 오늘의 운세의 문장을 따라하며 웃었다.

"엄마, 나 얼굴에 점 없으니까, 보기 좋아?"

혜규가 어리광부리듯 말했다. 엄마는 감정을 누르며 잠시 그대로 있었다. 얼굴에서 웃음이 천천히 가라앉았다.

"혜규야, 난 처음부터 네 얼굴에 점 같은 거 본 적도 없다."

"엄마……."

혜규는 외치듯 엄마를 부르고 엄마의 겨드랑이에 손을 넣어 간지럼을 태웠다. 엄마는 이내 웃음을 터뜨리며 방바닥으로 쓰러져 비명을 질렀다.

"아이구, 혜규야, 고만, 오줌 나온다."

2

차를 몰고 소읍의 끝에 있는 병원을 지나갈 때, 마음이 그곳에서 멎어 버리는 듯했다. 인채의 시간은 이제 며칠이나 남았을까. 혜규는 마음이 멎은 채 못으로 갔다가 이내 혜도의 카페로 갔다.

철길 건널목을 지날 때면, 혜미네 비디오가게 동네에서 어슬렁거리는 미친 여자가 생각났다.

'넘어, 여보야. 어서 넘어서 와. 내가 여기 있잖아. 이쪽으로, 이쪽으로, 금만 넘으면 사는 데, 여보야, 이렇게 폴짝, 이렇게 폴짝, 뛰어넘어. 빨리. 제발, 제발, 넘어, 여보야, 넘어 서…… 이렇게 폴짝. 어서, 어서!'

간판을 매단 나무 기둥 아래 순이가 호미로 모종을 옮기고 있었다. 혜규는 차를 세우고 다가갔다.

"어서 와, 오랜만이에요."

순이의 음성이 철길 건널목 자동 차단기 소리에 묻혔다. 딸랑딸랑…….

"뭐예요?"

순이는 하트 모양 속에 모종을 채우고 있었다. 순이는 머리를 두건으로 묶고 긴 치마를 입어 브라질이나 아프리카 여자를 연상시켰다.

"샐비어야."

순이가 말하는 사이 기차가 와르르릉 지축을 흔들며 마당 곁을 지나갔다. 바로 곁을 지나는 기차는 언제나 질리도록 놀라웠다. 순이는 그새 살이 좀 오르고 피부색도 조금 밝아졌다. 청소를 했는지 대걸레를 들고 나온 혜도도 허리가 펴지고 표정이 환했다. 끊이지 않는 순이의 잔소리 효과였다. 이빨 제대로 닦아라, 골고루 먹어라, 허리를 펴고 자세를 바르게 해라, 술 그만 마셔라, 수영 가자. 무엇보다 검은색 옷을 순이에게 압수당하고 베이지색 바지와 오렌지색 셔츠를 입었는데 잘 어울렸다. 둘은 마야 호텔의 마지막 층 마지막 호실에서 자고 오전에 수영장에 들러 운동을 한 뒤 열 한 시쯤에 카페로 와서 문을 열었다.

아직 정오가 되기 전인데 두 대의 차가 들어와 있었다. 실내엔 에스프레소 향이 가득하고 오크너의 노래가 흘렀다. 치렁거리던 주름 커튼들 대신 초록과 베이지의 줄무늬 블라인드로 교체해 시원하고 심플했다. 곳곳에 있던 이상한 조화들은 없어지고, 대신 선홍색 꽃이 핀 칸나 화분들이 놓였다. 테이블엔 순이의 꽃이라는 보라색 붓꽃들이 긴 유리병에 하나씩 꽂혀 있었다. 손님들은 2층에 자리 잡은 모양이었다.

"주스?"

혜규가 고개를 끄덕였다.

"토메이로? 오렌지? 애플? 키위?"

"토메이로."

혜규가 웃으며 따라했다. 순이가 혜도에게 명령했다.

"이봐요, 조직. 토메이로 주스 둘."

"조직?"

"혜도 씨, 알고 보니 조직이야. 시내에 형님들과 동생들이 많아. 차 대출해 주고 나이트클럽 운영하고, 직업소개소도 하는 사람들 말이에요."

순이가 혜도를 좀 알게 된 모양이었다. 그러나 순이의 표정이 전과 달라진 점은 없었다. 순이는 여전히 달콤한 눈으로 혜도를 바라보았다.

198 언젠가 내가 돌아오면

"애인도 많던 걸."

혜도가 좀 봐달라는 난감한 표정을 지었다.

"혜도, 질이 안 좋아."

"질은, 순이만 좋으면 되지. 난 내 걸 책임진다고."

혜도가 징그럽게 농담했다.

"아휴~, 저질!"

순이가 얼굴을 찡그렸다. 그러나 저질이라는 비난조차 순이의 입에서 나오면 사랑스럽게 들렸다. 다음 순간 순이가 혜규 쪽으로 바짝 몸을 기울여 속삭였다.

"혜도는 지금도 애인들을 만나요. 나를 속이고 말이에요."

그 말을 할 때도 여전히 미소를 짓고 있어서 혜규는 소름이 돋았다.

"혜규, 우리 모레쯤 한 번 봐요."

순이가 눈을 찡긋하며 빠르게 속삭였다.

혜도가 주스를 들고 나오자 순이는 다시 톤을 높였다.

"혜규씨, 오늘따라 더 예뻐요. 새벽 들판의 요정 처녀처럼 맑고 차분해. 하지만 슬퍼 보여요, 오빠랑 재미있는 이야기해요."

순이가 자리를 비켰다. 혜도의 거짓말과 허풍들이 탄로 났는지도 몰랐다. 혜규가 혜도를 향해 은밀히 고갯짓을 갸우뚱했다. 혜도가 네 짐작대로라는 눈짓을 했다. 그리고는 어깨를 으쓱 들어 올렸다가 내렸다. 잠시 침묵이 흐른 뒤 혜도가 조심스럽게 말했다.

"인채 병원에 가 봐. 오늘이라도. 지금 당장이라도. 자꾸만 조른다더라. 너를 만나고 싶다고. 할 말이 있대."

아무도 사랑한 것을 모욕할 순 없어 199

"예를 들면 대체 어떤 말일까? 난 들을 말이 남아 있지 않는데, 그 사람은 어떤 말을 하려는 걸까……."

"그건 아무도 모를 일이지."

"아니야, 뻔해. 내 인생에 대해 사과하는 말이라면 듣고 싶지 않아. 그날 일에 대해서도 궁금하지 않고, 그리고 죽어 가는 사람 보고 싶지 않아."

"너답지 않게 왜 억지를 부리니? 세상을 떠나는 사람으로서는 꼭 끝맺고 싶은 게 있지 않겠니?"

"……."

"너 궁금하지 않니? 그 여자가 누군지?"

"안 궁금해."

냅다 대답하는데도 어쩐지 입술을 깨문 듯 피 냄새가 묻어 나왔다.

"인채에게 사과할 기회를 주렴. 아직 인채를 그렇게 미워해?"

혜규는 고개를 저었다.

"미워 안 해. 심지어 사과를 들을 필요가 없을 만큼, 그 여자가 누군지 알고 싶지도 않을 만큼…… 인채의 생과 내 생은 이미 줄 것을 주고받을 것을 받았어. 인채는 내가 자살을 기도했기 때문에 교사직을 그만 두어야 했지. 그는 나 때문에 멀리 떠나 이런저런 일을 하며 떠돌이 삶을 살았어. 그리고 난 인채로 인해, 상상하지 못한 생의 먼 곳까지 갔었어. 예정과는 전혀 다른 삶을 살았고, 다른 사랑을 했어."

혜도의 얼굴에도 공감의 빛이 어렸다.

"……어떤 거 같아?"

혜규가 불쑥 물었다.

"뭐가?"

앞 뒤 없는 질문을 해 놓고 혜규는 얼른 말을 못했다.

"……오빠가 보기에……, 인채……, 인채는 그 여자를 사랑한 거야? 내가 궁금한 건 그것뿐이야."

"알잖아? 그 자식 확실한 놈이야. 치기로 하룻밤 불장난하는 덜 떨어진 놈도 아니고 욕망을 못 이겨 분별없는 일을 저지를 놈도 아니야. 어리석은 놈이지만, 틀림없어. 그 여자를 죽을 지경으로 사랑했어. 너, 아는구나. 그 여자가 누군지."

혜규가 의미심장하게 혜도를 바라보다가 고개를 끄덕였다. 혜도는 눈을 찔린 듯 흠칫했다. 사랑에 빠져 세상을 등진 남자들은 다 어리석다. 그리고 아름답다. 적어도 신이 이들은 돌봐 주기를……. 혜규는 고개를 창밖으로 돌렸다. 기차가 카페 창을 들이박을 듯 달려와 와르르 지나갔다. 카페의 벽이 흔들렸다.

"난 이제 인채를 이해해. 사랑하는 연인들이란, 무슨 일이든 일으킬 수 있는 사람들이지. 악어도 먹을 수 있고, 살인을 할 수도 있고, 산 채로 무덤에 함께 들어갈 수도 있다고 했어. 그들은 타인들의 납득을 필요로 하지 않아. 사랑의 범주 안에서는 도덕과 부도덕의 제도적 구분도, 선과 악의 사회 윤리적 구분도, 심지어 행복과 불행의 세속적 가치조차 무의미해. 왜냐하면 때론 더 나쁠수록, 더 위험할수록, 더 불행할수록 사랑은 더 강렬하게 증명되거든. 난 이제 그걸 알아."

아무도 사랑한 것을 모욕할 순 없어 201

"그러니까, 만나 봐. 인간이 죽는다는 것보다 더한 진실은 없어. 죽음 앞에서 이런저런 이유를 붙일 장식은 필요 없어. 그 진실에 직면한 한 인간이 너를 만나고 싶어 몇 달 동안 기다리고 있는 거야. 보복하려는 게 아니라면 만나 봐."

"기찻길이 지나치게 가까워. 기차가 내 옆구리를 열고 무언가를 뜯어내 가는 것만 같아."

혜규가 중얼거렸다. 혜도는 그 대답이 병원에 간다는 뜻인 것을 알아챘다. 갑자기 긴장을 풀며 자연이나 사물에 대해 투덜거리는 건, 상대의 말을 긍정하는 혜규 특유의 대화 방식이었다.

"304호실이야."

혜도가 확인하는 표정으로 덧붙였다.

"오빠."

혜규가 오래 운 아이가 울음을 그친 것 같은 맑은 얼굴로 혜도를 바라보았다. 혜규가 다음 말을 꺼내지 않자 혜도가 말했다.

"네가 대강 짐작하면서도 표정 하나 흐트러지지 않고 꿋꿋하니 대견하다."

꿋꿋함은 형주로부터 온 것이었다. 혜규의 생에 형주가 쏟아준 사랑이 없었다면, 아니 매순간 전류처럼 흘러오는 힘을 느낄 수 없다면 혜규는 허리를 세우고 앉아 있을 수 없을 것 같았다. 그 순간에도 혜규는 형주로부터 공급되는 빛으로 채워진 존재였다.

"오빠, 내일, 아버지 산소에 함께 가 줘."

혜도는 긴 숨을 내쉬며 혜규의 손을 잡았다.

"그래. 네가 돌아온 첫 날부터 내내 그 말을 기다렸다. 잘 생각했다. 내일 가자."

손님들이 들어오기 시작했다. 순이가 주방에 들어가면서 점심 식사 손님이 부쩍 많아졌다. 순이가 직접 만들어 메뉴 북에 넣은 로키산맥의 양고기 스테이크와 미시시피 연어 스테이크, 뮌헨식 소시지 구이와 어린 브로콜리를 통째로 넣은 야채수프가 인기였다. 신선한 재료도 재료지만 순이만의 소스가 특별한 풍미를 돋우었다. 혜규는 점심시간 동안 주방에서 일을 도우며 순이에게서 요리를 배웠다. 순이는 싱크대 서랍에서 노란색 표지의 노트를 꺼내 보여 주었다. 노트 첫 장을 펴니 순이의 서툰 필체가 적혀 있었다. '내 영혼의 절반 혜도 씨에게'

"혜도를 위해 적어 놓은 비밀 노트예요."

혜규는 노트를 천천히 넘겼다. 노트에는 장보는 법부터 재료 고르는 법과 각종 요리법이 가득 적혀 있었다.

"떠날 건가요?"

순이는 대답하지 않고 김이 오르는 수프 냄비 너머에서 미소 지었다. 가슴이 에일 정도로 선연한 슬픔이 번져 가는 흐릿한 미소였다. 혜규는 카페에서 나오다가 혜도와 마주쳤는데도 아무 말도 할 수 없었다. 혜규는 뛰다시피 카페에서 나와 차를 타고 철길을 건넜다. 혜규가 건넌 뒤에 차단기 내려지는 소리가 들렸다.

딸랑 딸랑 딸랑……

3

장례식이 있는지 지하 영안실 입구엔 화환들이 재이다시피 빼곡히 세워져 있었다. 병원 로비엔 환자복을 입은 환자들이 텔레비전을 향해 앉아 있고 칸막이 너머엔 간호원 몇이 서성댔다. 어디에도 의사는 없을 것 같은 병원이었다. 간호원들이 환자가 죽어 가는 것을 무성의하게 관찰할 것 같은 병원이었다. 혜규는 3층으로 올라갔다. 소독약 냄새와 질병의 퀴퀴한 냄새들이 밴 병원 내부는 벌써 땀이 솟도록 후덥지근했다. 엘리베이터 문이 열리자 좁은 로비에 놓인 긴 비닐 의자를 향해 등을 보이고 꿇어앉은 아이가 보였다. 아이는 의자 위에 화판과 도화지를 놓고 크레용으로 그림을 그리고 있었다. 아이가 홱 뒤돌아보았다. 혜규의 눈과 아이의 눈이 마주친 채 시간이 흘러갔다. 혜규는 놀라 입을 막았다. 아이스 셔벗같이 투명하게 빛나는 흑 고동색 눈빛, 연약한 얼굴 선, 고수머리…… 혜규의 자궁에 깃던 손님, 꿈 속의 청년이었다.

혜규는 와락 다가가 곁에 쪼그리고 앉았다. 크레용을 꼭 쥔 아이의 손가락 사이에 때가 엉겨 더러웠다. 그림 그리기에 몰두했는지 이마엔 땀이 송글송글 맺혀 있었다. 여섯 살쯤 되어 보였다. 혜규는 손수건으로 땀을 닦아 주었다. 조그만 아이들이 무언가를 하기 위해 노력하며 땀을 흘리는 것을 볼 때, 혜규는 늘 가슴이 아팠다. 그런 때에 삶이란, 더욱 가엾고 엄숙한 것이었다.

"이름이 뭐니?"

"문선우"

"아빠가 문인채 씨니?"

아이가 슬픔을 건들린 듯 얼굴이 어두워지며 고개를 끄덕였다.

아, 어떻게 그렇게도 까맣게 몰랐을까? 꿈속의 낯익은 얼굴은 인채와 예경을 반반씩 섞어 놓은 얼굴이었다. 그 아이의 얼굴이 그 청년의 얼굴이었다. 혜규의 자궁에 깃들었던 얼굴이라고 거품처럼 꺼져 버린 얼굴이라고 죄책감에 시달려 왔는데, 버젓이 세상에 태어나 하루하루 자라고 있는 얼굴이었다. 혜규의 뱃속 깊은 데서 진동이 느껴졌다. 그런데, 예경의 아들이라니…….

"아줌마는 몇 킬로그램이에요?

선우가 불쑥 물었다.

"뭐?"

"난 25킬로그램이거든요. 아줌마는요?

"난 50킬로그램이야."

마치 몸무게로 신원 증명이라도 하는 듯 심각하게 느껴졌다.

"나보다 두 배 많네요."

"유치원에 다니는 내 여자 친구 채현이는 23킬로그램이에요. 우리 아빠는 70킬로그램이었어요, 예전에요. 지금은, 몰라요. 지금은 무게가……, 없어졌어요."

선우는 몸무게가 실존의 전부라는 듯 말끝을 얼버무렸다. 아빠는 죽어 가고, 엄마는 사라져 버린 천지간에 25킬로그램이 실존의 전부인 아이였다.

"그런데, 아줌마. 내 꿈 속에는 왜 왔어요?"

"뭐?"

"밤에 내 꿈에 왔잖아요? 몇 번이나."

선우는 간밤에도 본 것처럼, 그 일을 잊었느냐는 듯 반문했다.
혜규는 세상에서 가장 이해할 수 없는 일과 마주친 셈이었다.

"근데 내 꿈 속에는 왜 왔어요?"

혜규는 선우의 손을 꼭 쥐었다. 선우가 혜규의 얼굴을 들여다보
며 왜 왔는지 알겠다는 듯 은밀하게 웃었다. 신비롭도록 사랑스러
운 아이였다. 너는 왜 내가 아니고 다른 몸을 빌어 태어났을까. 왜
그랬을까, 그럴만한 무슨 이유라도 있었던 것일까……. 혜규는
잠시 넋을 빼앗긴 듯 아이를 바라보았다.

"병실엔 누가 있니?"

"아빠와 간병인 아줌마요."

"아빠를 보고 올게."

병실로 걸어가는데 다리가 후들거렸다.

잠든 인채의 코엔 산소호흡기가 꽂혀 있고 팔엔 링거 호스의 바
늘이 꽂혀 있고 그 링거 호스 속으로 두 개의 다른 링거가 연결되
어 흘러들고 있었다. 얼굴은 붓고 몸은 뼈 위에 낡은 천같이 얇은
피륙만 걸쳐진 모습이었다. 이미 인채가 아닌 존재였다. 혜규의
눈에서 눈물이 흐르기 시작했다. 그것은 예상치 못한 돌발적이고
격한 슬픔이었다. 화장실에서 나온 간병인이 혜규의 울음을 일별
하고 창 쪽으로 가 돌아앉아 뜨개질 거리를 손에 쥐었다. 죽지는
말아……, 제발 죽지는 마…… 눈물이 턱 끝으로 툭툭 떨어졌다.
병실에 들어선 지 40분쯤 흘렀을 때 인채가 눈을 떴다. 인채는 처
음엔 혜규를 알아보지 못했다. 얼마간이 흐르자 텅 빈 눈 속에 혜

규를 알아보는 분별이 떠올랐다.

"혜규……."

인채의 눈은 마치 강기슭에서 서서 강물에 떠가는 배를 보는 사람 같았다. 그리고 배, 라고 하듯 텅 빈 눈으로 혜규, 라고 불렀다. 그 음성엔 아무런 감정의 이름도 없었다. 혜규는 눈과 기도와 통각이 없는 허파까지 격통으로 아팠으나 마음은 평화롭게 떠가는 배처럼 진정되었다.

"고마워."

성대가 아니라 폐의 공기가 말을 실어 내는 듯 바람 소리가 났다. 귀 기울이지 않으면 알아듣기 어려웠다.

"네가, 살아 있어, 고마워."

인채가 너무 힘겹게 말해 혜규의 얼굴이 와락 붉어졌다. 인채는 천장으로 시선을 돌리고 얼마간 침묵했다. 간병인이 물 잔을 들고 와 약을 먹였다. 그리고 소변을 받으려 해 혜규는 복도로 나갔다. 아이는 여전히 그림을 그리고 있었다. 간병인이 밖으로 나오자 혜규는 병실로 들어갔다.

"고흐……."

혜규가 침대 앞 보조 의자에 앉으니, 인채가 뭔가를 원하는 듯 간절히 고흐라고 했다. 인채의 눈이 혜규를 독촉했다. 혜규는 그것이 원하는 답인지 가늠하기 위해 인채의 눈을 들여다보며 천천히 입을 열었다.

"지도에서 도시나 마을을 가리키는 검은 점을 보면 꿈을 꾸게 되는 것처럼, 별이 반짝이는 밤하늘은 늘 나를 꿈꾸게 한다?"

바로 그거라는 듯 인채는 귀를 기울였다.

"그럴 때 묻곤 하지. 왜 프랑스 지도 위에 표시된 검은 점에게 가듯 창공에서 반짝이는 저 별에게 갈 수는 없는 것일까? 타라스콩이나 루앙에 가려면 기차를 타야 하는 것처럼, 별까지 가기 위해서는 죽음을 맞이해야 한다. 죽으면 기차를 탈 수 없듯, 살아 있는 동안에는 별에 갈 수 없다. 증기선이나 합승 마차, 철도들이 지상의 운송 수단이라면 콜레라, 결석, 결핵, 암 등을 천상의 운송 수단인지도 모른다."

문장을 외우면서 혜규 스스로 당황스러웠다. 마지막 문장을 혜규는 삼켰다.

"기억 나. 다 기억 나. 난, 괜찮아."

혹시 암으로 죽게 되어도 천상의 운송 수단으로 여기자고 했던 말을 떠올린 모양이었다.

"혜규, 넌, 걸어서 와……, 꼭 끝까지 걸어서 와. 늙어서 죽는다는 건 끝까지 걸어서, 하늘에 닿은 것, 내가 죄를 졌지만, 이렇게 되고 보니, 차라리 다행이야. 너와, 결혼하지 않은 거, 하지만, 혜규 너와 살아 본 것만, 같아."

인채는 다시 천장으로 시선을 돌렸다. 얼굴에 초조함이 어렸다. 뭔가 망설이는 듯했다. 그러는 사이 간호원이 병실 문을 노크하고 들어왔다. 간호원은 체온을 재고 링거를 갈고 주사액을 주입하고 나갔다.

"부탁이 있어."

혜규는 말없이 인채를 바라보았다.

"우리 선우, 대모가 되어 줘. 선우는, 할아버지 할머니께 보내게 돼. 서로 초면이야. 또, 할머닌 친할머니가 아니야. 대모가 되어서, 가끔 선우를 들여다봐 줘. 아버지가 재혼 하면서, 나와 관계가 끊어진 지, 오래 되었어. 오랫동안, 본 적이 없어. 그런데도, 선우를 거기 밖에는, 보낼 데가 없어. 부탁해, 가끔 내 아들을, 보러 가 줘. 그리고 내 보험금과 아파트 정리한 돈을, 혜규 네가, 관리해 줘. 아이가 자라는 동안 필요한 곳에 쓰고, 남으면, 나중에, 결혼, 할 때, 도와, 줘."

"……."

"내가, 뻔뻔하다. 미안, 해……, 네게, 꼭, 이 부탁을, 하고, 싶었어. 너, 외에는……, 사람이, 없어."

인채는 말이 길어지자 숨을 헐떡였다.

"예경 언니는?"

혜규가 낮게 물었다. 인채는 입을 만큼 벌린 채 멍하니 혜규를 마주보았다. 혜규가 알고 있어 놀란 것 같았다.

"그 사람, 나와 겨우 2년 살았어. 그 사람은 일체의 의무와 권리를 버렸어."

혜규는 의자에서 일어서서 창가로 갔다. 아래로 은하수가 흘러가는 철교가 보이고 산 위의 아파트가 보였다. 지난 상처 속으로 끌려와 사과를 받는 일만 해도 힘겨웠다. 그런데 부탁이라니, 분노인지 아픔인지 모를 한 덩이 열기가 명치에 고였다. 등이 식은 땀에 젖었다. 복도의 의자에 꿇어앉아 이마에 땀을 흘리며 그림을

아무도 사랑한 것을 모욕할 순 없어 209

그리고 있을 선우가 떠올랐다. 몇 번이나 혜규의 꿈 속을 찾아온 얼굴이었다. 열기의 덩어리가 몸을 훑고 지나간 뒤 한차례 오한이 지나갔다. 혜규는 등을 돌린 채 말했다.

"선우 대모가 될게요."

인채가 부신 듯 아득한 눈으로 혜규의 등을 보았다.

"혹시, 내게, 하고, 싶은, 말은?"

혜규가 고개를 저었다.

"내게, 풀어야 할 분노, 같은 거라도. 무엇이든……"

혜규가 몸을 돌렸다. 인채는 사정이라도 하듯 간절하게 혜규를 바라보았다. 혜규는 고개를 저었다. 둘은 잠시 눈이 마주친 채 그 대로 바라보았다. 욕망이란 말의 어원은 사라진 별을 그리워하는 거라 했죠. 당신은 부모님이 이혼하기 전 아직 완전했던 어린 시절에, 아름다운 인생의 맨 처음에 내가 아니라, 예경을 보았던 거예요. 내가 인생의 처음에 당신을 본 것처럼. 신비란 별 것이 아닌지도 몰라요. 혹은 그처럼 뻔하고 평범한 일이 시간의 작용으로 숙성되면 누구도 해명할 수 없는 신비로운 것으로 변하는 지도 모르죠. 영원을 떠도는 우리 각자의 영혼에는 어떤 표지들이 새겨져 있을까요? 당신은 사라진 별을 한결같이 욕망했고 어느 날 밤 만난 거죠. 두 유성의 재가 뒤섞이듯 치명적으로……. 아무도 사랑한 것을 모욕할 수는 없어요.

"걱정하지 말아요. 선우는 내가 지켜볼게요."

"고마워. 정말, 고맙다."

인채가 눈을 감았다. 편안해 보였다. 혜규는 무엇인가에 압도되어 얼마간 그의 앞에 머물렀다. 살과 피가 말라가면서 담담하게 죽음을 기다리는 인채는 마치 초인처럼, 순교자처럼 보였다. 죽음은 도처에 있지만 누구에게도 익숙한 일이 아니었다. 죽음이란 한 인간 인간에게 최대치의 비범함을 요구하는 지점이었다. 그러므로 가장 평범한 인간조차 자기 한계를 넘어가 위인으로서 죽는 것이다. 저마다의 생애의 끝에서 초극을 청구하는 그것이 죽음이었다.

혜규가 나가니, 선우는 의자에 앉아 있었다. 도화지에는 남자 구두가 그려져 있었다.

"뭘 그린 거니?"

"아빠 구두요."

이젠 신을 일이 없는, 주인 잃은 구두였다. 혜규는 잘 있거라, 라고 인사하고 가려다가 아이 앞에 쪼그리고 앉았다. 병원 복도나 병실에서 잘 있기는 불가능한 일이었다. 혜규는 얼마간 망설이다가 물었다.

"아줌마랑 갈래?"

"어디요?"

"아줌마 집에. 가서 저녁도 먹고 텔레비전도 보고 그림도 그리자. 너, 25킬로그램, 목욕도 해야겠다."

"나 데리러 왔어요?"

"응, 선우 데리고 가려고 선우 꿈 속에 몇 번이나 갔었지."

선우는 후다닥 일어났다.

"아빠 보고 올게요. 그리고 함께 가요."

선우는 병실로 조르르 들어가더니 곧 나왔다. 혜규는 선우의 땟
물 진 손을 왼손으로 꼭 잡고 엘리베이터를 탔다. 시계로 상처를
가린 팔목이 흐드득 떨었다. 선우가 어떤 낌새를 느끼는지 걱정스
런 표정으로 혜규의 얼굴을 올려 보았다. 혜규는 미소를 지었다.

4

에프엠에서 국악이 흐르고 있었다. 둘안 댁이 저녁 준비를 하느
라 도마를 두드리는 시간이면 엄마는 라디오를 켰다. 고모할머니
와 엄마는 삶은 풋콩을 까먹었는지 바구니에 콩깍지를 수북이 쌓
아두고 마루 소파에 앉아 있었다.

"누구냐?"

고모할머니가 콩꼬투리를 씹으며 물었다. 그러자 방심해 했던
엄마는 누가 왔느냐는 듯 뒤늦게 눈썹을 들어 올려 혜규 뒤에 선
선우를 보았다.

"제 아들이에요."

"내가 아는 누구와 닮은 것도 같은데……. 너와 닮기도 했구
나."

고모할머니가 선우를 살피며 고개를 갸웃했다.

"제 아들이라니까요."

"저 애가 누구라고?"

엄마는 여전히 무표정한 얼굴로 도저히 풀 수 없는 수수께끼라
는 듯 큰 소리로 물었다.

"혜규 아들이래. 그런데, 혜규야. 아들이 어디서 온 거냐?"

"제 뱃속에서 왔죠."

"애가 농담도 잘 안하는 애가 오늘 왜 이래?"

"농담 아니에요."

혜규가 생글생글 웃었다. 두 노파는 어안이 벙벙한 표정이었다.

"몇 살이냐?"

고모할머니의 의식 속에 문득 무언가 짚힌 것 같았다.

"일곱 살요."

선우가 대답했다. 고모할머니의 얼굴이 굳어졌다.

"어쩌려고 이러는 거냐?"

고모할머니가 물었다.

"나중에 말할 게요."

"그래, 그렇구나. 혜규 니 아들은……, 정말 그 둘을 꼭 섞어서 닮았구나."

엄마는 여전히 오리무중인 표정으로 선우를 바라보았다. 고모할머니는 자신이 보는 것이 믿어지지 않는다는 표정이었다. 고모할머니는 예경이 인채의 그 여자라는 것을 알고 있었던 것이다.

아무도 사랑한 것을 모욕할 순 없어 213

진실과 거짓의 레이스 조각

1

엄마는 팔을 부축한 혜규의 손을 슬그머니 떼어 내고 홀로 걸었다. 이른 아침의 학교 운동장이었다. 선우와 문기는 운동장 가의 철봉에 거꾸로 매달려 이쪽을 보고 있었다. 오래 매달리기 시합 중인 것 같았다. 둘 다 얼굴 쪽으로 피가 몰려 붉었다. 엄마는 커다란 원을 그리며 걸었다. 원은 점점 오른쪽으로 옮겨 갔고 조금씩 작아졌다. 자동차 한 대가 운동장으로 들어와 플라타너스가 나란히 서 있는 운동장 가장자리에 섰다. 운전석에서 노인이 내리더니 조수석으로 돌아가 문을 열었다. 그리고 조수석의 노인을 부축해 내렸다. 조수석에서 힘겹게 내린 노인은 중풍 환자 같았다.

오른쪽 얼굴이 돌아갔고, 팔과 다리도 굳은 듯한 팔을 앞으로 내밀고 다리를 끌며 간신히 떼었다. 노인은 마치 신부를 팔에 끼고 예식장에 들어서는 신랑처럼 중풍 든 노인을 부축하고 엄숙할 만큼 느리게 걷기 시작했다. 두 노인은 아마도 친구 사이 같았다. 그들은 운동장 가장자리를 따라 걸었다. 그런 걸음으로는 한 바퀴 걷는데 두 시간은 걸릴 것 같았다.

엄마는 점점 오른쪽으로 옮기며 갈수록 작은 원을 만들었다. 두 손을 옆구리에서 약간 벌려서 펭귄처럼 잔걸음을 걸었다. 엄마는 무엇을 보고 있을까. 지금 어디에 있을까. 엄마는 마치 빙판 위를 걷듯 어색한 자세로 조심조심 걷고 있었다. 엄마가 한 말이 떠올랐다. '난 이제 보는 것이 사실이 아니라는 것을 알아. 착각하지 않지. 그러니 이제 넘어지지 않는 거야.' 혜규는 갑자기 조바심이 나 정말 빙판이기라도 한 듯 엄마의 팔을 잡았다.

"선우 말이야……."

엄마는 선우와 문기가 매달려 노는 철봉 쪽으로 고개를 돌리고 말했다.

"난 정말 놀랐다. 인채와 여관에 들어간 년이 다름 아닌 예경이란 건 3년 전쯤 알았다. 혜도가 비밀을 지켜 달라고 당부한 뒤 말해 줬어. 하지만 그때도 이번처럼 놀래지는 않았다. 네가 저 아이를 집에 데리고 오다니……. 너, 인채를 용서한 거냐?"

"용서?"

용서라는 단어는 너무 생경해서 현기증이 날 지경이었다.

"난 용서가 뭔지 모르겠어요. 그냥 인채의 길은 인채의 것이고 난 내 길을 가는 거죠."

"그건 용서가 아니야. 차라리 미움에 가까운 냉담이지. 그런데 어떻게 아이까지 데려왔는지 모르겠다."

혜규의 눈앞이 흐려졌다. 왜 데리고 왔는지 자신도 논리적으로 납득할 수는 없었다.

"엄마, 용서가 뭐예요?"

"······사랑하는 거다."

맙소사······. 혜규는 화들짝 놀란 듯 엄마의 팔을 놓았다.

"내가 정말 그 사람들을 용서까지 해야 하나요?"

엄마는 말이 없었다. 혜규의 손에서 놓여난 엄마는 다시 빙판 위를 걷듯 조심조심 잔걸음을 걸었다. 노파들이란 정말 이상한 존재들이다. 한 발은 이미 저승을 밟는 것 같았다.

2

순이와의 약속 장소는 큰 호텔 근처 한적한 거리의 2층 카페였다. 길도 잘 모를 그녀의 편의를 위해 혜규가 정한 장소였다. 순이는 흰 바탕에 물방울무늬 판탈롱을 입고 파란색 매니큐어를 칠한 발톱이 드러난 흰색 샌들 차림으로 나타났다. 길게 늘어뜨린 유난히 검은 파마머리, 화려한 프러시안 블루의 보석이 박힌 은목걸이와 은팔찌. 낡은 단추 같은 담황색의 눈동자와 광대뼈를 감싼 얇고 건조한 갈색 피부······, 혜도가 곁에 없으니 그녀를 뒤덮은 세월이 한눈에 보였다.

"오늘 우리가 만난 건 혜도 씨에겐 영원히 비밀로 해 줘요."

웨이트리스가 메뉴를 가지고 왔다. 순이와 혜규는 에스프레소

진실과 거짓의 레이스 조각 217

와 카푸치노를 시켰다.

순이는 담배를 꺼내 물고 유난히 천천히 라이터를 누르고 불꽃이 높이 솟자 망설이듯 불을 붙였다.

"혜규 씨, 그럴 수 있나요?"

약속하지 않으면 한마디 말도 하지 않겠다는 표정이었다.

"그러죠."

"옛날에 혜도 씬 키는 좀 작았지만 무척 예쁜 남자였어요. 고급스러운 옷을 입었고, 성격은 까다로웠고 위로 약간 떠오른 커다란 동공은 꿈꾸는 듯했죠."

혜도는 어릴 때 밥 대신 카스텔라와 우유만 먹고 자란 남자 애였다. 그리고 스무 살 무렵에는 베이지색 스웨이드 구두와 셔츠들과 양복들을 이웃 시의 최고급 양복점에서 맞추어 입었었다. 순이는 길게 연기를 뿜어냈다.

"그런데, 지금은 술주정꾼같이 험하게 늙었어요. 겨우 서른아홉 살인데……. 난 첫날 너무 놀래 그대로 돌아서서 미국으로 가고 싶었어요."

혜규는 순이를 처음 보았던 날 인상이 떠올랐다. 낯이 익은 지금은 오히려 모든 게 모호해져 버렸지만 첫날 그녀는 쉰 살도 더 되어 보였었다. 누군가가 꿈에도 못 잊어 하는 첫사랑의 연인이라기보다 산전수전 다 겪고 생리도 끝난 허접한 동양 여자로 보였다. 순이는 생각에 잠겨 고개를 저었다.

"얼마 전에 카페에 형님이란 자들이 왔어요. 그러자 혜도 씨가 나를 그들에게 소개하더군요. 그리고는 자기 여자를 보고 큰 형님게 술을 따라 올리라고 말했어요. 마치 연극하는 것 같았어요. 너무나 이상한 일이었죠. 하지만 그게 진짜라는 걸 난 알았어요. 그것만이 진짜죠. 그는 건달 세계의 똘마니에요. 걸레처럼 그렇게 살아온 거죠."

"그런 건, 그 정도는 아니에요. 그냥 좀 알게 된 사람들일 뿐이에요. 오빠 온갖 계층의 각양각색의 사람들과 알고 지내요. 연극인들, 시인들, 운동가들, 정치인들, 부랑자들, 시민운동가들, 조직도 마찬가지예요. 오빠 정식 조직원도 아니고, 그런 일을 한 적도 없어요."

"조직원은 아니겠죠. 그래요. 상관없어요. 혜도 씨가 어떻게 살아왔는지 공항에 도착한 지 3분여 만에 난 알아챘어요. 우린 첫눈에 말로는 다 늘어놓을 수 없을 만큼 많은 것을 동시에 보고 동시에 알아 버리죠."

"중요한 건, 오빠가 당신 하나만을 너무 오랫동안 사랑해 왔다는 거예요."

"사랑하면 뭘 하죠? 비열하고 무능한데. 그는 사랑스럽지만 비열해요. 무능하고 타락했어요. 애인들의 이력이 다들 대단하더군요. 현직 술집 작부거나, 전직 작부거나……."

순이는 담배를 껐다. 웨이트리스가 커피를 가져왔다. 혜규는 웨이트리스가 갈 때까지 기다렸다가 말했다.

"그 여자들과 오빠는 서로 사랑한다기보다는, 서로 가여워하는 사이에요. 당신은 그간의 사정을 몰라요. 그렇게 비열하고 무능한 것마저 사랑 때문인걸요. 스무 살에 당신을 사랑하지 않았다면 오

진실과 거짓의 레이스 조각 219

빤 지금쯤 평범하게 가장 노릇을 하는 사십대 남자가 되었을지도
몰라요."

"그런 말은 듣고 싶지 않아요. 책임감을 느끼고 싶지 않고. 돌아
나가지 못한 건 어디까지나 그의 기질 탓이니까. 난 현실적으로
말하고 싶어요. 순진하고 비극적인 생 따윈 중요하지 않아요. 더
구나 첫사랑의 실패를 핑계로. 개츠비처럼 반전이라도 시킨다면
모르지만. 난 감상을 버린 지 오래 되었어요."

"……"

갑작스럽고 냉소적인 공격에 혜규는 대응을 할 수 없었다.

"혜도 씨가 편지로, 나를 아직도 사랑하고 한결같이 기다려 왔
고 사업이 잘되고 돈도 모았다고 하기에, 그가 하는 거짓말을 믿
어 버렸나봐요. '위대한 개츠비'이기라도 한 것처럼. 그런 일은
실제론 없죠. 현실에선 형편없는 남자는, 늘 형편없어요."

혜규로서도 변명의 여지가 없었다.

"결혼도 하지 않고 나를 기다렸다고 했지만 결혼도 했었잖아
요?'

"아버지 때문에 어쩔 수 없었어요. 그리고, 그런 것이 별 의미가
없다는 건 순이 씨는 알지 않나요?"

순이는 고개를 끄덕였다.

"그래요. 일말의 감상적인 만족이 없지 않았지만, 처음부터 그
런 건 나에게 아무 의미도 없었어요. 나 역시 혜도 씨에겐 거짓말
쟁이죠. 스무 살적의 순수성을 그대로 간직한 첫사랑의 여자 역할
을 수개월 동안 최선을 다해 했으니까요. 20년 만에 만난 이 첫사

랑은 거짓투성이에요. 더군다나 난, 일생 동안 단 한 번만 사랑할
수 있는 남자를 그다지 존경하지 않아요. 만약 내가 그런 순정주
의 여자라면 이번에 난 끔찍하게 상처를 입었을 거예요."

"……."

"다행히, 난 순정적 생에 관심 없어요. 생에 어리광 피울 생각
없어요. 생이 한 번도 어리광을 받아 주지 않았으니까요. 내가 왜
미국 남자와 결혼해 갔을 거 같아요? 겨우 스무 살이었어요."

"……."

"그건, 내가 바이킹을 절대로 타지 않는 이유와 같아요. 언젠가
바이킹을 탔을 때……, 바이킹은 그해 여름의 끔찍한 악몽을 상
기시켰어요. 강간을 당했어요. 열아홉 살이었어요. 세 명. 뒤집히
는 바이킹 위에서 난 살려 달라고 소리 질렀죠. 그만 해, 그만, 그
만 해……. 살려 줘, 살려 줘……. 제발 그만, 그만……."

순이의 얼굴이 이내 새하얗게 질리고 몸이 와들와들 떨렸다.

"……아래에서 사람들이 비명을 지르는 나를 보며 웃고 있었어
요. 맞은편에 탄 사람들도 나를 향해 일제히 웃었어요. 난 뛰어내
리려고 했어요. 안전대를 밀어내려했지만, 완강했죠. 나는 거의
나를 놓아 버렸어요. 그래요……, 그 여름밤에 강변에서 일어난
일에 비하면 바이킹은 아무것도 아니죠. 아무것도 아니에요. 비교
할 수 없이 짧고, 깨끗하고 가볍죠. 그 여름밤은 영원히 내릴 수
없는 바이킹을 타고 끝없이 뒤집히는 것과 같아요. 난 정말, 바이
킹을 탈 수 없어요. 바이킹은 순식간에 그날 밤으로 나를 데리고
가요……."

진실과 거짓의 레이스 조각 221

혜규는 순이의 떨리는 손가락들을 바라보았다. 순이는 떨리는 손으로 백에서 손수건을 꺼내 눈을 닦고 코를 횡횡 풀었다. 그리고 는 떨림을 붙잡으려는 듯 열 손가락들을 모아 깍지를 꽉 끼었다.

"그날, 밤이 되기 전까지, 강변에 가기 전까지 난 열아홉 살이었 어요. 그날 밤이 지난 후 난, 백 살도 더 된 여자였죠. 난 유령이 고, 헛것이고 껍데기예요."

순이는 커피 잔을 들어 올렸다. 입에 가져다 대는데 손이 덜덜 덜 떨렸다. 순이는 주스 마시는 것을 포기했다. 혜규는 담배에 불 을 붙여 그녀의 입술에 끼워 주었다. 순이는 다급하게 연기를 빨 아들였다.

"내가 이 나라를 떠난 건 어쩌면 엄마 때문이었어요. 엄만 나 보 다 더 못 견뎌 했거든요. 금방 심장이 멎을 것처럼 위태로워 보였 어요. 아빠 나를 다 보다 더 불편해 했고요. 밤의 강변에서 저항하 다가 죽지 않은 게 미안할 정도였죠. 난 사라지고 싶었어요. 할 수 만 있었다면 지구 밖으로라도 튀어나갔을 거예요."

그 마음을 혜규는 상상할 수 있었다.

"결혼한 지 5년 만에 그에게 다른 여자가 생겼어요. 당연한 일 이죠. 내가 섹스를 싫어했으니……. 그는, 실은, 운이 나빴던 거 예요. 상처 입은 여자를 만났으니까요. 금발 머리에 파란 눈, 상처 의 기억 따윈 발붙일 곳 없는 경쾌하고 합리적이고 근면한 전형적 인 미국 여자를 선택했더군요. 그에게 여자가 생긴지 3년 만에 난 결정을 내렸어요. 서로 자유롭게 살고 막내가 열여덟 살이 되면 이혼하기로 했죠. 그는 그 결정이 된 후부터 생활비를 반만 넣어 주었죠. 우린 한집에서 다른 살림을 살았어요. 난 처음엔 구두 가게에 가서 일했어요. 그 다음엔 마트에서 일하다가 호텔 레스토랑에 들어갔죠. 웨이트리스로 5년 정도 일했고 호텔 바에서도 얼마간 일했어요. 난 미국 남자들에게 인기는 있었어요. 이런저런 작은 선물들을 자주 받았어요. 남자들은 모텔로 가기를 많이들 원했지만, 아무도 진지하지는 않더군요. 몸속에 피가 돌아다니듯 늘 그런 생각이 순환했어요. 그때 떠나지 않았더라면 어떻게 되었을까. 이를 악물고 한국에서 버텼더라면, 혜도와 헤어지지 않았더라면 어떻게 되었을까? 하지만 난 떠났죠. 그렇게 도망친 여자는 어느 곳에서도 마찬가지예요. 도망자일 뿐이죠. 적어도 엄마도 있고 혜도가 있는 곳이라면 어떤 일이 일어났더라도 그렇게 힘들지는 않았을 거 같아⋯⋯."

순이의 눈에서 눈물이 흘렀다. 눈물이 테이블 위로 툭툭 떨어지는데도 이번에는 닦을 생각도 하지 못했다. 혜규는 그제서야 이해가 되었다. 미국에서 남편과 아이들과 집과 차를 가지고 20년이나 살아온 여인에게 왜 그토록 가난과 외로움과 두려움과 삶의 때가 엿보이는지를. 그녀는 남편과 완전히 분리된 경제생활을 한 모양이었다.

"혜도 씨는 내게 무엇이든 해 주었어요. 아침에 유럽식 블랙퍼스트가 룸서비스 되는 고급 호텔에서 자게 했고 쇼핑을 마음껏 하도록 신용카드를 주었고, 내가 원하면 어디든, 나를 태우고 구경시켜 주었어요. 행복했어요. 정말 행복했죠. 여자들은 아무리 부정해도, 남자가 자신을 위해 아낌없이 돈을 써 줄 때 행복한 거예요. 진심을 느끼죠. 우리 같은 사람에게는, 돈은 물질만이 아니라 정신적인 거예요. 그 사람의 피같은 것이고 빛 같은 것이니까요. 생명을 나누는 것이죠. 하지만, 혜도 씨가 형편이 좋아서가 아니라 얼마 남지 않은 유산을 그런 식으로 탕진하고 있다는 것을 눈치 챘어요. 그 뒤로는 일부러 내가 카페로 함께 출근했어요. 돈을 벌지는 못해도 쓰지는 않는 방법이니까요. 아마도 통장의 돈이 바닥났을 거예요. 너무너무 가슴이 아팠어요. 카페에서 자자고 했지만 혜도 씨가 말을 듣지 않더군요. 내가 보기에 카페에서 버는 수입은 거의 없어요. 게다가 술값은 외상이 밀리고 월세 정도만 겨우 내며 버티고 있어요. 그렇죠? 혜규 씨는 알고 있죠?"

혜규는 고개를 끄덕였다.

"그래서 난 메뉴들을 개발했고, 혜도 씨에게 남길 비밀 노트를 만들었어요."

순이의 서툰 글씨가 꼼꼼하게 메워진 그 노트를 떠올리니 금세 콧등이 시큰해졌다.

"우린, 3개월여 동안 일종의 연극을 했어요. 왜 그랬을까요? 첫사랑을 다시 만나, 행복한 시간을 함께 보내는 것. 그런 특별한 꿈을 이루는 것이, 아무것도 성취하지 못한 평범하기 짝이 없는 우리 생애에 꼭 필요해서 일까요? 그런 사치가 사랑일까요? 그는 술주정꾼처럼 험하게 나이 들었고, 난 백 살도 더 된 유령같이 속이 비었지만, 첫눈에 우린 서로를 알아보았지만, 속고 싶었고 속이고 싶었어요. 그래서 그렇게 했죠. 3개월 동안 이 생애 속에서 눈부시게 행복한 시간을 갖자. 그에게도 나에게도 기적을 선물하

자. 생애의 3개월이란 이상한 시간이죠. 그런 예외와 환상과 기적과 일탈이 가능한 시간이에요. 난 행복했어요. 그리고, 혜도 씨를 사랑했어요. 하지만, 지속할 수 없어요. 우리에겐 지속할 현실적 능력도 바닥이 났고, 만들어 낼 수 있는 환상의 재료도 없어요."

마시지 못한 커피가 싸늘하게 식었다. 어쩌면 거짓말이 전혀 없는 사랑은 세상에 없을지도 모른다. 사랑하는 사람은 어느 정도 거짓말을 하게 된다. 상대에게, 스스로에게. 사랑은 눈을 가린 장님 놀이 같은 성격이 분명히 있다. 아무리 사랑한다 해도 절대적 가치를 가진 상대를 사랑하는 것이 아니라, 우리가 절대적 가치를 부여한 상대를 사랑하기 때문이다. 그래서 가차 없는 미움보다 오히려 관대한 사랑 속에서 진실은 오리무중이 되기 쉬운 것이다. 진실만을 요구하는 사랑이야말로 그 불가능성으로 인해 오히려 더 많은 거짓을 만들 수도 있다. 그리고 거짓에 점유되어 버린 사랑은 공허하고 누추한 것이다. 열정과 진실과 관용과 거짓의 적절한 비율과 종속 관계가 진정으로 사려 깊은 사랑인지도 모른다. 그것은 얼마나 난해하고 진지하며 허허로운 것인지 거의 지성의 한 종류이거나 변칙적으로 날개를 펄럭이며 나는 나비의 일종 같다. 그러니 사랑이란 얼마나 난감한가? 연약해서 꽉 쥘 수도 없고 풀어 두자니 빠져나갈 구멍이 너무 많아 두 사람이 지키기란 거의 불가능한 것이 아닐까……. 더구나 시간이라는 저항에 끊임없이 마모되면서 말이다. 사랑이란, 어쩌면 인생의 총체적 자본을 남김없이 그 입속에 쏟아 붓고도 회수할 길이라곤 없이 흘려보내야 하는 속절없는 사업인지도 모른다.

"혜규 씨, 오늘 나 만난 거, 이런 이야기 한 거, 혜도 씨에겐 영원히 비밀로 해 줘요. 약속하죠?"

순이는 다시 한 번 확인했다.

"그럴게요."

"난 모레 돌아갈 거예요."

"오빠는 알고 있나요?"

"내일 알게 될 거예요. 오빠도 받아들일 거예요. 그도 많이 지쳤으니까요."

그 말이 사실일지도 몰랐다. 순이의 잔소리와 요구에도 지치지만 스스로의 거짓말과 돈 문제로 지칠 것이다.

"내 꿈은 통역사 시험을 쳐서 이혼하려는 우리나라 교포 부부들의 재판 과정을 법정에서 통역하는 일을 하는 거예요. 난 돌아가서 얼마간 쉬었다가 작은 아이가 대학에 들어가면 공부를 시작할 거예요. 교포 부부들이 이혼을 많이 하기 때문에 일거리가 많다고 들었어요."

"뜻대로 되기를 기원할게요."

"혜규, 부탁이 있어요. 꼭 들어 줘요."

순이는 거미 같은 검은 손가락을 열고 혜규의 손을 잡았다. 깊은 장롱 속에서 이제 막 꺼낸 묵은 비단 같이 건조하고 서늘한 촉감이었다. 묵은 비단 특유의, 동물성을 극복한 식물적 향기가 전해 왔다. 그 순간 혜도가 다시 남은 평생 동안 헤어나지 못하게 될 순이의 매혹을 감지했다. 지평선 끝까지 열려 버린 황량한 표정과 훈풍이 떠도는 따스한 마음과 스산하고 차가운 피부와 지진과 해

일과 용암의 슬픔이 차곡차곡 수납된 강렬한 몸이 느껴졌다.

"혜도를 도와서 우리 카페를 지켜 줘요. 지금처럼 하면 곧 수입이 좋아질 거예요. 난 그 먼 곳에서 영영 다시는 돌아오지 않을지 몰라요. 하지만, 늘 이곳이 그리울 거예요. 철길 옆 카페, 세상 끝의 입맞춤과 혜도와 혜규 씨, 어머니, 아름다운 못…… . 모두 모두…… . 이곳은 저쪽 대륙에서 내가 꾸는 꿈이에요."

순이의 눈에 눈물이 어렸다.

"약속할게요. 그리고 돌아오기를 기다릴게요."

"혜규, 고마워요."

순이는 한동안 혜규의 손을 잡고 있다가 시계가 묶여 있는 손목 안 부분을 쓰다듬었다.

"혜규 씨, 다신 그러지 말아요. 상처와 실패투성이어도 삶은 소중한 거예요. 그럴수록 우린 가치 있게 살아야 해요."

혜규는 고개를 끄덕였다. 순이의 평범한 위로는 추상적이지 않았다. 그녀는 상처와 실패를 충분히 경험한 여자이며 사랑을 위해서라면 허위조차 얼마나 소중한 것인지를 잘 아는 여자이기 때문이었다.

3

가랑이 사이에서 머리가 나오듯, 치마 속에서 얼굴이 솟아나오듯, 마치 아이가 태어나는 것처럼 형주는 끊임없이 혜규의 몸에서 빠져나왔다. 이미지가 떠오르기 전에, 생각하기 전에, 상념이 되기 전에, 이미 몸에서 솟구쳐 올라왔다. 무언가를 잡기 위해 팔을 들 때도, 얼굴을 아래로 숙일 때도, 앉을 때나 일어설 때, 팔과 다리, 얼굴과 손, 옆구리와 목에서 형주는 미끄러지듯 빠져나왔다. 혜규는 낳은 아이를 다리 사이에서 방치하는 비정한 어미처럼 형주를 낳고 또 낳으며, 동시에 버리고 또 버렸다. 그토록 많은 장소, 그토록 많은 눈빛, 그토록 많은 미소, 그토록 많은 문들, 그토록 많은 순간들……. 지나가지 않는 것이 어디 있을까. 모든 것이 그렇게 지나갈 것이다. 지나간 일이 되어 모든 게 그렇듯 마르고 부서져 먼지가 되어 날아갈 것이다.

그러나 무엇인가, 사랑과 삶을 사라지지 않게 만드는 그 무엇인가가 있을 것도 같았다. 빈손으로 안개 속을 날아가는 새를 잡듯, 흐린 물속에서 헤엄치는 물고기를 잡듯 어려운 일이지만, 언뜻 그 무엇이 세상에서 가장 분명한 실체처럼 빈손을 둔탁하게 스치고 가는 순간도 있었다. 그런 때면 혜규의 몸에 전율이 흘렀다.

처음 형주의 이름을 불렀던 날이 떠올랐다. 황사로 인해 세상이 온통 누런빛이었다. 산장의 격자 창가에 벗 꽃이 날아오르는 벌 떼처럼 어지러이 낙하하고 있었다. 4월이 깊은 한낮, 방 안도 온통 오래된 흑백사진 속처럼 누랬다.

"이름을 부르고 싶어요."

왜 그랬을까? 왜 그토록 이름을 불러야 했을까. 그러나 속삭임의 그 순간에 이미 혜규는 커다란 파도에 실려 현실 저 편으로 넘어가 버렸다. 삶도 죽음도 아닌 저편의 공활한 피안에서 혜규는 그의 이름을 불렀다.

"형주······."

혜규가 이름을 부른 첫 순간이었다. 거대한 광활함 속에서 무언가를 잡고 싶었던 것만은 아니었다. 그의 실체를 붙잡았기에, 그것의 이름이 그리웠던 것일까. 그를 믿고 싶었던 것일까······. 형주는 혜규의 눈 속을 들여다보았다. 멀었다. 강 건너처럼 멀었다. 바다 건너만큼, 닿을 수 없을 만큼, 마치 상상인양 멀었다. 그처럼 먼 거리가 있을까······. 현실에는 없는 거리였다. 형주는 혜규의 얼굴을 감싸 안고 입을 맞추었다. 그리고 눈을 감아 버렸다. 아주 어릴 때부터 낡고 낡은 사진 속에서 눈감은 하나의 얼굴을 보면서 자란 것만 같다. 형주가 다시 눈을 뜨고 혜규를 보자 혜규의 몸이 그를 깊숙이 끌어당겼다.

"사랑해."

그 순간 형주의 몸에서 처음으로 사랑해, 라는 말이 빠져나왔다. 형주는 자신 속에서 나온 말 때문에 스스로 놀라 멈칫했다. 아내와 아이들이 있는데, 진흙탕 속에서 씨름할 것이 뻔한 사랑을 시작하고 싶지는 않았을 것이다. 그것이 무엇이든, 사랑만은 아니기를 바랐을 것이다. 혜규도 고개를 저었다. 그건 아니에요. 사랑은 아니에요. 어쩌자고 우리가 사랑을 해요. 하지만 그것이 무엇일까, 명분을 찾을 수 없는 규명할 수 없는 돌연변이의 열정이었다.

그때 혜규는 알게 되었다. 그의 이름을 부르고 싶었던 것은, 그의 존재가 감사했기 때문이었다는 것을. 그를 있게 한 이 세계에 대한 감동의 표현이었던 것을······.

마지막으로 사랑을 나눈 날은 온종일 흐린 일요일이었다. 위풍

진실과 거짓의 레이스 조각 229

이 센 셋집에서 가습기가 작동하는 전기 히터를 틀어 놓고 낮부터 밤까지 침대에서 하루를 다 보냈다. 침대 옆 테이블에는 오렌지 껍질과 케이크가 담긴 접시와 우유 잔들이 놓여 있었다. 저녁이 되자 마침내 방 안이 어두워지더니 유리창에 찬 빗방울이 타닥타닥 떨어졌다. 마치 누군가 굵은 모래 알갱이를 한 줌씩 내던지는 것 같은 소리였다.

"밤이 와."

형주가 놀랍다는 듯 속삭였다.

"비도 와요."

혜규는 웃으며 형주의 눈을 뚫어지게 보았다. 빗방울이 우박처럼 단단해 창문이 젖지 않았다.

"무엇을 봐?"

"진실."

혜규는 돌아누웠다.

"당신을, 더 확인하고 싶어요."

형주는 다시 올라와 가슴으로 혜규의 등을 꽉 눌렀다. 혜규의 몸을 빈틈없이 끌어안은 형주는 접촉을 유지하며 꿈 속처럼 천천히 파고들었다. 혜규는 그의 품 안에 바늘 하나의 빈틈도 없이 완벽하게 뒤로 안긴 것을 느꼈다.

"혜규……."

형주가 그녀를 불렀다. 존재의 뒤쪽, 영혼의 뒤쪽, 의식과 이성과 차원의 뒤쪽……. 혜규는 그것들의 이름이었다. 마치 달에 착륙한 것 같은 무중력 공간에 둥둥 뜬 채 하나의 점으로 통합된 두

사람은 아득하고 검은 무(無) 속으로 빠져 들어갔다. 눈앞에 흘러
내리는 어둠의 너울이 둘의 넋을 다시는 되찾을 수 없도록 완전히
수거해 가는 듯했다.

"방황하는 화란인이라는 이야기 알아?"

그날 형주는 엎드린 채 열기를 식히며 담배를 피우다가 물었다.

"몰라요."

혜규는 이불을 말고 하얀 두 다리를 드러내 놓았다.

"그 화란인은 평생을 통해 진정한 여인을 발견하지 못하면 영원
히 바다에서 헤매야 하는 저주에 걸린 남자야. 그 남자는 항구에
서 항구로 진정한 여자를 찾아 사랑을 하지만 방황을 멈출 수가
없지. 남자들은 누구나 저주받은 화란인처럼 방황한대."

"그것이 남자와 여자의 운명일지도 모르죠. 하지만 남자든 여자
든, 상대가 진정하다는 것을 언제 확인하나요? 진정하지 않은 상
대라면 떠나겠다는 방황의 마음으로는 우린 저주를 풀 수 없을 거
예요. 자신의 진정과 저주를 사랑하는 하나의 대상 속에 묻어 버
려야 끝나요. 우린 그때에 진정한 상대를 만난 것이 되죠."

"그건 왕자가 몰라주면 거품이 되는 인어 공주와 같은 이야기
야. 그럼에도 불구하고 상대에게 버림받는다면, 그는 역시 거품이
되어 영원히 바다에서 방황하는 저주에 빠지게 되는 거지."

형주는 거품이 되고 마는 걸까, 그리고 나 역시 고독한 거품으
로 사라지는 걸까. 때로는 뒤돌아서서 정면으로 진실을 마주치고
싶은 충동을 누르기 어려울 때도 있었다.

진실과 거짓의 레이스 조각 231

나에게로 와요, 내가 기다리고 있어요, 라고 속삭이며 진실의 목을 꽉 붙들어 등에 올라타고 싶었다. 그럴 수 있다면, 삶과 꿈을 일치 시키며 살고 싶었다. 삶이 과도하여 웃는 얼굴 아래로 사랑의 슬픔이 흘러가도, 사느라 힘들어 지쳐도, 서로 어긋나서 혼란 속에서 다투더라도, 어쩌면 생활에 찌들며 야위어 가도 생각이 달라 때론 어처구니 없어하며 혀를 차더라도 두 몸을 끌어안고 삶의 칼날에 정면으로 찔리고 싶었다.

그러나 혜규는 손가락을 벌린 채 자꾸만 형주를 놓았다. 완전한 중립 시대에서 작동하는 저울처럼 자신과 형주의 향방을 바라보았다. 하루하루 날이 가면, 결국 그는 하루하루 아내의 곁으로 돌아갈 것이다. 하루하루 많은 날이 흐르면, 그는 저만큼 멀리 가 있을 것이다. 지금쯤은 얼마나 갔을까, 얼마나 평화로워졌을까, 아주 갔을까, 사랑을 삶으로 이루지 못하고 이렇게 헤어진다면, 죽어서도 후회할 것이었다. 죽어서도, 땅속에서도, 천애에서도……. 그러나 죽어서도 후회할 이별도 해야 하는 것이다.

혜규의 기도는 그것이었다. 진심이 아니라 해도, 혜규는 그것을 진심으로 바랐다. 진심이 아닌 것을 가슴이 에이도록 진심으로 기원하면서, 혜규는 자신이 삶의 수심을 재는 수표인양 이마 끝까지 물이 차는 것을 느꼈다.

4

혜규가 귀향한 후 빠르게 회복되는 것처럼 보였던 엄마가 느닷

없이 마루에서 발을 헛딛고 떨어져 머리를 다쳤다. 실수로 미끄러진 게 아니라, 마치 평지를 내달리듯 두 팔을 벌리고 방에서 허둥지둥 달려 나와 그대로 마루 끝에서 떨어졌다고 했다. 병원으로 실려가 왼쪽 이마에서 머리 쪽을 다섯 바늘 꿰매고 돌아온 엄마는 이상할 만큼 멍했다. 의사는 상처가 낫지 않고 염증으로 발전할 가능성이 있으니 주의해야 한다고 당부했다.

"엄마."

벽 쪽으로 얼굴을 돌리고 모로 누운 엄마의 몸은 버려진 이불 보퉁이 같았다. 누가 폐기하고 있는 것일까, 엄마 자신인가, 시간인가, 이 세계인가……. 지층 속의 중력이 엄마를 빨아들이고 있는 것 같기도 했다. 혜규는 파묻히는 엄마를 끌어올리기라도 하듯 힘껏 엄마의 몸을 흔들었다. 급한 연락을 받고 온 혜도도 곁에 꿇어앉아 있었다. 혜도는 순이가 떠난 뒤에도 집에 들어오지 않고 가게에서 잠을 잤다. 그 사이에 밥을 입에 대지 않고 술에 절어 몸은 축이 나고 코끝이 붉었다.

"엄마, 왜 그랬어?"

혜규가 묻자 엄마의 두 눈에서 눈물이 흘러 이내 베개를 적셨다.

"……너무 많은 게 보여. 너무 많이 보여 정신이 없었다. 난 뒷마당 밭에 있었다. 닭들이 파종한 씨앗을 죄다 뒤집어 파먹고 있어서 닭을 쫓느라 달려갔지. 너무 생생한데 헛것이었어. 난 이제 자신이 없다. 죽을 때가 되었나 보다. 기운이 없어 못하겠다. 내 눈으로 보는 것이 사실이 아니라고 억누를 기운이 없어. 차라리 내 몸을 좀 묶어다오. 난 눈 깜짝 할 사이에 다른 곳에서 다른 곳으로 옮기며 다른 것을 봐."

혜규와 혜도도 눈이 붉어졌다. 우울증은 치매나 심장마비, 혹은
자해와 자살로 발전할 수도 있는 무서운 병이었다. 상태가 호전된
줄로만 여겼던 것은 겉으로만 본 착각인지도 몰랐다. 사실은 엄마
가 초인적인 힘으로 자신을 통제해 왔는지도 모를 일이었다. 엄마
는 어느 순간 의식을 잃듯 커다랗게 입을 벌리고 잠이 들었다.

"오빠, 괜찮은 거야?"

혜도의 표정이 정처 없이 비어 있었다. 십 년은 늙어 버린 얼굴,
마적에게 생을 다 털린 얼굴이었다.

"괜찮아질 거야."

"내가 가게 좀 도와줘?"

"……엄마부터 보살펴 줘. 집 앞으로 트럭들이 부쩍 많이 다녀.
대문 잘 걸어야겠다."

혜규가 고개를 끄덕였다. 혜도는 힘겨워 보였다. 마당에서는 문
기와 선우가 붉은 파리채와 흰 파리채를 하나씩 들고 고양이를 잡
느라 살금살금 걸어가고 있었다. 선우는 며칠 동안 매일 목욕을 하
고 깨끗한 옷을 입고 식사를 잘 챙겨 먹어 털갈이한 강아지처럼 보
송보송하고 반들거렸다. 마루를 내려서면서 혜도가 중얼거렸다.

"어느 때 넌 사람 같지 않다. 훌쩍 뛰어내리고, 획 뛰어 올라. 병
원에 가 보라고 내가 등을 떠밀기는 했지만, 설마 선우를 데리고
올 줄은 몰랐다. 어떤 여자들은, 정말 호랑이 같아."

그건 한 사람이 너무 불행했기 때문이었어

1

여름의 오후 세 시, 시간이 구덩이에 빠지기라도 한 듯 좀 채로 흐르지 않는 것 같았다. 문기와 선우는 나뭇잎을 깐 유리병에 개구리를 잡아 두고 관찰을 해 가며, 로봇 합체와 분리 놀이를 하고 있었다. 고모할머니와 엄마는 안방 문을 활짝 열어 놓고 이따금 부채를 부쳐 공기도 식히고 파리도 쫓으며 이런저런 이야기를 나누고 있었다. 엄마가 다친 뒤로 고모할머니는 늘 한방에 머물렀다. 다행히 엄마의 이마는 염증 없이 잘 아물고 있었다.

"옛 이야기에 나오는 참말 정분이 깊은 부부는 도미와 그의 처가 제일이야. 백제 개루왕 때 사람이었지. 도미 부부가 하도 아름답게 사니 장 안에 소문이 자자하게 났어. 좋은 것은 다 손을 타게 되어 있으니, 어느 날 개루왕이 도미를 궁궐로 불러 물었지."

고모할머니는 도미 부부 이야기에 운을 붙여 흡사 창이라도 하는 것 같았다.

"'네 아내가 아무리 너와 금실이 좋다 해도 왕인 내가 금은보화와 권력으로 유혹하면 내 여자가 될 것이야. 안 그러냐?' 그러자 도미가 대답했어. '그렇지 않습니다. 제 아내는 금은보화와 권력 때문에 저를 저버리지 않을 것입니다.' 그 말에 마음도 상하고 투지도 생긴 왕이 팔을 걷어붙였지. '그래? 어디 두고 보자.' 왕은 도미를 옥에 가두고 도미 부인을 불렀어. 도미 부부는 백제의 백성이 아니고 실은 유민이어서 아무런 보호를 받을 수 없는 처지였지. '나는 왕이다. 내 금은보화와 권력을 너와 나눌 테니 오늘 밤 나를 모시겠느냐?' 왕의 청에 도미 부인은 침착하게 대답했어. '주왕의 청을 어찌 순종치 않겠습니까? 그러나 오늘은 신첩이 월경하는 날이라 불결합니다. 내일이면 끝나니, 몸을 깨끗이 씻고 제 집에서 기다리겠습니다.' 왕은 그것 봐라, 하고 기분이 풀려 다음날 밤을 기다려 도미의 집에 들었지. 그런데 그날 밤 왕이 안고 잔 여자는 도미 부인이 아니고 어둠을 틈타 몸을 바꾼 계집종이었어. 왕은 노해서 도미 부인도 잡아들였지. '네가 몸을 지키는 것은 남편이 있어서겠다?' 남편이 없으면 내게 허락하겠지. 왕은 도미를 옥에서 끌어내 두 눈알을 후벼 파낸 뒤 강물에 띄워 보내게 했어. 도미가 없어진 뒤 왕이 다시 물었지. '자 큰 상을 내릴 테니, 오늘 밤 나를 모시겠느냐?' 도미는 단호히 거절했어. '왕을 모실 수 없습니다.' 왕은 도미 부인을 가두었지만 도미 부인이 죽기를 작정하고 굶고 지내자 결국 풀어 주게 되었어. 도미 부인은 그길로 길을 떠나 물어물어 강 하류 어느 마을에서 죽어 가는 도미를 찾아냈다네. 처형으로 장님이 된데다 병까지 얻어 참혹한 거지 신세가 되어 있었지. 도미 부인은 도미를 구환해 깊은 산속으로 들어간 뒤 다시는 속세로 나오지 않았다네."

이야기가 끝나자 문기와 선우가 무선 암호라도 대듯 도미, 도미, 도미라고 중얼거렸다. 도미 부인 이야기는 혜규도 여러 번 들었으니 엄마는 말할 것도 없었다. 그러나 엄마는 생전 처음 듣는 사람처럼 연신 고개를 끄덕이고 추임새를 넣었다.

"사랑도 너무 깊으면 세상에서 살아 낼 수가 없어요. 그래도, 무섭고 슬프지만, 그리 정 깊게 한 목숨 살고 간 사람은 한이 없을 테죠."

엄마는 말을 한 뒤 방바닥을 짚고 일어났다.

"왜? 오줌 누려고?"

"예."

마침 마루에 있던 혜규는 엄마를 부축해 욕실의 변기에 앉혔다.

"나가 있거라."

혜규는 늘 나가기를 깜박 잊었고 엄마는 늘 나가라고 성화를 했다.

화장실에 다녀온 엄마는 자리에 누웠다. 두 아이도 그 곁에 조롱조롱 누웠다.

"나는 형님이 해 주는 이야기 중에서 조신이라는 중이 김 씨 딸을 사랑해 둘이 도망쳐 산 이야기가 제일 좋아요. 혹시 그 책 갖고 있어요?"

그건 한 사람이 너무 불행했기 때문이었어 **237**

엄마는 그중에서도 큰아들은 굶어 죽고 딸아이가 구걸하다가 개에게 물려 울며 드러누웠을 때 김 씨의 딸이 울며 말하는 대목을 특히 좋아했다.

"책 안 봐도 내가 다 외워. 어디서부터 해 줄까?"

"헤어지는 장면이 좋아요."

고모는 헛기침을 해 음성을 가다듬고 눈을 지그시 감고 또 노래하듯 이야기를 시작했다. 혜규는 부엌으로 가 집안의 여름 별미를 만들어 냈다. 불려서 차게 해둔 콩을 갈아 콩국을 만들고 가늘게 썬 우무를 넣어 간을 했다.

"내가 처음 당신을 만났을 때는 얼굴도 아름답고 꽃다운 나이에 옷차림도 깨끗했습니다. 한 가지 맛있는 음식이라도 당신과 나누어 먹었고, 몇 자 되는 따뜻한 옷감이 있으면 당신과 함께 해 입었습니다. 집을 나와 산 지 수십 년 동안 정분은 가까워졌고 은혜와 사랑이 깊어졌으니 두터운 인연이라 할 것입니다. 그러나 어려운 세월이 이어지니 쇠약해져 병은 날로 심해지고 굶주림과 추위도 날로 더하는데, 곁방살이에 차고 시어빠진 음식조차 빌어먹지 못하여 이 집 저 집 구걸하며 다니는 부끄러움은 산같이 무겁습니다. 아이들이 굶어 죽고 개에게 물려 앓고 추위에 떨어도 돌봐 주지 못하니, 어느 겨를에 사랑을 싹 틔워 부부 정을 즐길 수 있겠습니까? 젊은 날의 고왔던 얼굴과 웃음도 풀잎 위의 이슬이 되었고, 지초와 난초 같은 약속도 회오리바람에 날리는 버들솜이 되었습니다. 당신은 내가 있어 금심만 쌓이고 나는 당신 때문에 근심거리만 많아지니, 곰곰이 생각해 보면 옛날의 기쁨이 바로 근심의 시작이었던 것입니다. 당신이나 나나 어째서 이 지경이 되었는지 요. 여러 마리 새가 함께 굶주리는 것 보다는 짝 잃은 난새가 거울 을 보면서 짝을 그리워하는 것이 낫지 않겠습니까? 힘들면 버리 고 편안하면 친해지는 것은 인정상 차마 할 수 없는 일입니다만 가고 멈추는 것 역시 사람의 마음대로 되는 것이 아니고 헤어지고 만나는 데도 운명이 있는 것입니다. 이 말을 따라 이만 헤어지기 로 합시다."

혜규가 우무 넣은 콩국 쟁반을 내려놓자 고모할머니는 반기 며 후르르 마셨다. 아이들은 우무의 감촉이 이상한지 씹다말고 물었다.

"고모, 이게 뭐야?"

선우는 문기처럼 혜규를 고모하고 불렀다. 물처럼 투명하고 흐 늘거리면서도 고형인 우무가 신기한 모양이었다.

"우뭇가사리를 끓여서 식혀서 굳힌 거야."

"우뭇가사리가 뭐야?"

이번에는 문기가 물었다.

"바다풀이야."

두 아이는 당혹스러운 표정으로 마주 보았다.

"너 바다 본 적 있니?"

문기가 선우에게 물었다.

"아니"

"고모 바다는 어딨어?"

"바다는 얼마나 커요? 바다는 전부 하나의 바다야? 아니면 다

그건 한 사람이 너무 불행했기 때문이었어 239

른 바다들이야?"

"바다는 푸른데 왜 파도는 희지?"

"바다는 정말 왔다 갔다 해요?"

문기와 선우는 다투어 물어대고 콩국 우무를 다 마신 고모할머니는 이야기를 계속했다.

"조신이 말을 듣고 차라리 기뻐하며 각기 아이를 둘씩 데리고 이별을 하고 길을 가다가 꿈이 깨니, 희미한 등불이 어른거리고 밤이 깊어 가고 있었다. 아침이 되어 보니 수염과 머리카락이 모두 하얗게 세 있었다. 조신은 마치 백 년 동안의 괴로움을 맛본 것 같아 세속을 탐하는 마음이 얼음 녹듯 사라졌다."

"아이구, 덧없어……. 사는 일이나 꿈꾸는 일이나, 차이가 하나도 없어요."

엄마가 탄식했다. 그것은 아버지가 하던 늘 하던 말이기도 했다.

"그러이, 그러이……. 그래도 살아 보는 게 최고지."

고모할머니는 아무래도 아버지와 다르고 엄마와도 달랐다. 바다를 모르는 두 아이는 어느 사이 잠들어 있었다. 땀이 송송 맺힌 이마를 닦아 주다가 혜규는 선우와 문기의 이마에 입을 맞추었다. 아이들의 땀은 늘 가슴이 아팠다. 자신이 원인이 아니면서도 불탄 재 같은 상처 속에서 태어난 존재들. 성장과 함께 상처와 풀 수 없는 문제들도 함께 자랄 것이다. 두 아이에게도 삶은 결코 평탄치 않을 것이었다. 정원에 왕파리와 왕벌들이 뒤섞여 붕붕 잉잉대는 소리가 들릴 뿐 온 집 안에 적막이 흘렀다. 여름 꽃들과 노랗고 붉고 흰 장미꽃들이 한창이었다. 향기가 그물을 드리운

듯 무거웠다. 어느 결에 둘안댁도 마루 끝에 앉아 이야기를 들었
는지, 꾸벅꾸벅 졸고 있었다. 커다란 트럭이 유난히 굉음을 일으
키며 달려와 대문 앞을 지나갔다. 그 소음에 둘안댁이 깨어 뒷마
당으로 갔다.

"혜규야, 저녁에는 갈치 구워서 완두콩 섞은 쌀밥 먹고 싶다. 오
이냉국도 하자."

엄마가 불쑥 당부를 했다. 그동안 계속 먹어 온 현미밥이 질리
는 모양이었다. 엄마가 식욕을 느끼는 것은 좋은 증상이었다.

혜규는 둘안댁을 보내지 않고 시장에 나가 직접 갈치를 골랐다.
중국산이 아닌 제주 갈치인 것을 몇 번이나 확인하고서야 샀다.

저녁을 먹은 뒤에도 엄마와 고모할머니는 모기향을 피우고 두
런두런 이야기를 나누었다.

"아이구, 덧없어……. 사는 일이나 꿈꾸는 일이나, 차이가 하나
도 없어요."

엄마가 다시 중얼거렸다. 그 말에 고모할머니가 맞장구를 쳤다.

"그러이, 그러이……."

'그러이, 그러이……. 그래도 살아 보는 게 최고야.' 두 노파는
그렇게 덧없어 하며 죽음도 편안히 맞을 것 같았다. 그러이, 그러
이, 수긍하며 하룻밤의 잠이 들 듯 영영 눈을 감을 것이다. 마루에
엎드려 누워 유리병 속의 개구리를 보고 있던 문기와 선우가 무심
코 그 말을 따라하며 발을 까딱까딱했다. 그러이, 그러이……. 아
이들의 무의식 속으로 노인들의 초탈이 성급하게 삼투되는 것이

그건 한 사람이 너무 불행했기 때문이었어 241

보였다. 팬티 한 장만 입고 노는 아이들의 뺨과 팔과 다리에 인주로 도장을 찍은 듯 모기 물린 붉은 자국들이 나 있었다. 혜규는 연고를 찾아 그 붉은 자국들 위에 발라 주었다.

2

인채가 죽었다. 상주는 선우 하나뿐이었으나, 혜규와 혜도가 내내 함께 했다. 손님도 없었고 화환도 없었다. 하필 바로 옆방은 고인이 축협 조합장을 지낸 이라 문상객들이 들끓었다. 문상 온 사람들이 호기심 어린 눈으로 인채의 영정을 기웃거렸다. 선우는 평복 차림으로 인채의 영정 사진 아래서 문기와 그림을 그리거나 낮잠을 잤다. 장례식 날 아침에 예경이 왔다. 머리를 잘라 부드럽게 컬하고 검은색 실크 블라우스와 스커트를 입고 망사 펌프스를 신은 예경은 텔레비전에서 본 대로 아름다웠다. 예경에게는 타고난 흡인력이 있었다. 위험하고 날것이고 오만하고 거칠며 우수가 어린 강렬한 힘이었다. 그러나 그 힘은 이제 세련되고 우아하게 정돈되어 은은하게 빛났다. 예경은 여느 손님처럼 상주인 선우와 예의를 갖추어 절했다. 절을 하고 일어선 예경이 선우에게 다가가 조그만 몸을 폭 감싸 안았다.

"내 아들……."

하필 그때 들렀던 혜미가 '어머나' 하고 가느다란 신음 소리를 냈다. 아마도 예경의 등장 자체에서부터 놀랐을 터였다. 옆 장례식장에 문상 왔다가 술을 마시고 앉아 있던 혜도의 친구 둘도 눈을 커다랗게 떴다. 혜미는 그길로 가방을 챙겨 쌩하니 나가 버렸다. 화장터로 가는 버스 안에서 예경과 선우는 나란히 앉았다. 화장터에서 선우는 어른들이 시키는 대로 의식들을 했을 뿐 관이 화로로 들어갈 때도 울지 않았다. 관이 화로로 들어갈 때, 문득 격렬하게 흐느낀 사람은 예경이었다. 화장터 대기실에서는 잠든 선우를 예경이 안고 있었다. 인채의 골분은 유언대로 그의 아파트 뒤 은백양나무 숲에 뿌렸다.

장례식 다음 날 혜진에게서 전화가 왔다.
"혜미에게 들었다."
"……."
"맙소사, 중학교 다닐 때, 인채가 예경을 짝사랑한 건 나도 알았지만, 그 일이 그렇게 오래 계속된 줄은 까맣게 몰랐어. 두 살 위인 예경은 편지나 선물을 받고도 웃어 넘겼지. 게다가 그 당시 예경을 좋아한 남자 애는 한두 명도 아니었어. 예경이네 담임 선생님까지 예경을 짝사랑한다고 소문이 났으니까. 당시 예경에게 인채는 그저 자신을 흠모하는 하나의 숫자에 불과했어. 인채가 몇 년 동안 애태울 때도 즐기기만 할뿐, 인정이라곤 없이 코웃음 쳤던 애가, 갑자기 왜 그랬을까……. 정말 상상이 안 간다."
예경과는 색깔이 완전히 다른 혜진은 이상할 정도로 예경 일이라면 촉수가 사나워졌다.
"그러고 보면 인채 그 인간은 세상사 모르게 꼭 막힌 데가 있는 외골수이고, 예경이 년은 사람의 도리를 모르는 무도한 데가 있는

그건 한 사람이 너무 불행했기 때문이었어 243

애니 이런 기막힌 사건도 일으킬만한 인물들이지. 예경은 남자들 앞에서 얌전하고 도도하게 굴었지만, 실은 천박하고 거친 애야. 다른 사람들이 알고 있는 것과 일치되는 단 하나의 진실은 어두운 성격 정도였지. 캄캄하게 어두운 성격이 우수로 해석되어 신비스러운 소녀가 된 거야. 내가 알기로 예경은 허간증이라 할 만큼 거짓말을 많이 하고 도벽까지 있었어. 그 애 주변 애들은 물건을 안 잃어버린 친구가 없었어. 내 물건들은 주로 이유도 없이 남몰래 망가졌지. 그게 다 누구의 손길이겠니? 남의 것을 예사로 훔치고 망가뜨리는 애야. 한참 동안 못 보았지만, 그 습벽은 어른이 되어서도 그대로였나 보다, 다른 사람도 아니고 혜규 네 남자를……."

혜진은 예경을 욕하는데도 왠지 혜규의 얼굴이 수치심으로 달아올랐다.

"그리고 너도 정신 차려라. 너 보다시피 사랑 사랑하지만, 네 희생을 그만큼 치르고 멀리 도망까지 가서 맺은 사랑이 그리 허약해. 한 사람 목숨을 앗아 갈 뻔한 사랑조차 그리 허술하니, 사랑이란 게 참 한심한 거지. 그나저나 일은 잘 하나보더라. 거지같이 텔레마케팅이나 하던 애가……. 세상일이란 이상해. 그런 되먹지 못한 인간이 그렇게 성공할 줄 누가 상상이나 했겠니? 너, 선운지하는 그 애부터 보내라. 그 애가 대체 왜 우리 집에 있는 거니?"

혜규는 묵묵히 전화기를 놓았다.

옆에서 듣고 있던 엄마가 고개를 끄덕였다.

"어미가 나타났으니, 무슨 수가 나겠지……."

3

장례식을 치르고 3일이 지난 뒤 예경에게서 만나자는 연락이 왔다. 마주앉은 두 사람은 한동안 말을 시작하지 못했다. 혜규는 탁자 위에 놓인 예경의 손만 쳐다보고 있었다. 매끈한 피부에 손가락이 길고 매니큐어를 바르지 않은 손톱이 적당히 길었다. 손가락엔 문라이트를 가공한 장식이 큰 은반지 하나를 끼고 있었다.

"시간은 오류마저 인생이 되게 해. 선우가 태어나 저렇게 자라고……. 혜규 너도 많이 변했구나. 늘 새침하고 여린 소녀 같았는데……."

예경의 음성은 기어들 듯 낮았다.

"……."

"미안해."

예경은 혜규의 대답을 기다리는 듯, 혹은 사죄에 따르는 얼마간의 시간이 필요하다는 듯 약간 고개를 숙이고 앉아 있었다. 엄마가 말한 용서라는 생경한 단어가 떠올랐다. 미안하다고 말하는 사람은 용서를 구하는 것일까. 아니면 자신이 미안한 것으로 완결되는 것일까. 용서란 사랑하는 것이라던 엄마의 말이 떠올랐다. 혜규는 고개를 절레절레 저었다.

"네가 아직도 혼자이니, 내가 너의 인생을 박탈한 것 같아서 죄스럽지만, 그래도 이렇게 살아 있는 것만으로도 진심으로 고마워. 새로워 보인다. 그리고 좋아 보인다."

소읍의 찻집에 앉은 몇 안 되는 남자들이 예경을 알아보는지 흘깃흘깃 훔쳐보았다. 인채의 장례식에 나타남으로써 예경은 이 소

그건 한 사람이 너무 불행했기 때문이었어 245

읍에서 악명 높은 스캔들의 여왕이 되었다. 그녀는 결혼식이 불과 열흘 밖에 남지 않은 사촌 자매의 약혼자와 여관 잠을 잔 바로 그 여자로 밝혀진 것이다. 그녀는 사촌의 약혼자를 빼앗아 달아났고, 그 뒤엔 그와 아이를 버리고 또 달아나 버렸다. 그리고 홀로 성공해 텔레비전에 등장하는 유명 인사가 되었다. 남자는 불치의 병이 들어 아이를 데리고 소읍에 돌아왔었는데, 며칠 전에 장례식을 치렀다. 사람들은 예경의 행적을 실컷 쑥덕거릴 것이다. 이야기들이 더 이상 씹을 것 없는 누더기가 된 뒤에야 마침내 입을 다물게 될 것이다.

"그 당시에, 문화원으로 너를 찾아갔었어. 너를 만난 뒤 난 멀리 떠나려고 했어. 문화원에 가니 넌 결근 중이었어. 그리고 며칠 뒤 그 일이 일어났지. 네가 손목을 칼로⋯⋯."

예경은 자신이 한 짓보다 혜규가 한 짓을 더 유감스럽게 느끼는 듯 들려 혜규의 신경이 날카로워졌다.

"네가 그랬기 때문에 난 네 뜻에서 벗어날 수가 없었어. 아이가 생긴 것을 알고도 손을 쓸 수가 없었고, 저항하면서도 인채와 살게 되었어."

"꼭 나를 탓하는 것 같네요."

혜규의 얼굴은 자괴감으로 달아오르고 음성이 까칠했다.

"아니야, 그런 게 아니야."

예경이 황급히 부인했다.

"나도, 그 일을 후회해요. 하지만, 그 일은 나를 죽일 만큼 모욕적이었어요."

246 언젠가 내가 돌아오면

혜규는 말을 잇기 어려웠다.

"절대로 너를 탓하지 않아. 단지, 나도 모르게 자꾸만 돌이킬 수도 있었던 어떤 지점을 찾아 헤매게 돼. 네가 동맥을 자르지 않았다면…… 내가 그토록 불행하지 않았더라면…… 인채와 같은 택시만 타지 않았더라면…… 이혼하고 고향으로 돌아오지 않았더라면…… 그날 밤은 모든 것이 꿈 속 같아. 난 밤늦게 읍으로 오기 위해 합승 택시 정류장으로 갔어. 조수석엔 먼저 온 손님이 있어, 난 택시 뒷좌석에 탔지. 네 명이 차면 떠나잖아. 깜박 졸았나 봐. 어느 결에 택시 문이 열리더니 누군가 내 옆에 탔어. 난 무릎을 바로 세우며 힐긋 옆을 보았지. 인채였어. 인채도 나를 알아보고는 지뢰라도 밟은 사람 표정이었지……. 이런 말하기 조심스럽지만, 실은, 인채 중학교 2학년 때부터 군대 가기 전까지 거의 십 년 가까이 내게 편지를 보냈었어."

예경이 말을 멈추자 혜규는 긴 숨을 내쉬었다. 긴장되어 목이 붉어지는 것 같았다. 예경은 미안한 표정으로 혜규를 바라보았다. 긴장을 풀기를 기다리는 것 같았다.

"괜찮아?"

혜규는 고개를 끄덕였다. 혜규 앞에서 단 한 번 예경이 이름을 입에 올렸던 인채의 음성이 망각의 지붕을 뚫고 아프게 올라왔다. 예경의 이름이 너무나 깊은 곳으로부터 태연하게 올라와서 마치 혜규와 인채 사이에 늘 묻혀 있었던 존재 같이 느껴졌다. 예경의 윤곽이 뚜렷한 턱과 가느다랗고 긴 몸과 길고 검은 눈에 어린 우수와 갑작스럽게 터뜨리는 웃음소리와 보조개가 떠오르자 혜규의 얼굴이 화르르 달아올랐었다. 붉게 상기된 얼굴은 좀체로 진정되지 않았다. 그날 인채와 헤어져 집에 돌아온 뒤에도 그가 입에 올린 예경의 이름이 혜규의 마음을 괴롭혔었다. 그는 마치 하루도 빠짐없이 불러온 것처럼 다정하게 '예경'이라고 말한 것이다. 혜규는 거울 앞에 앉아 얼굴이 달아오르던 순간의 감정을 헤아려 보았다. 그 이상한 수치심은 무엇이었을까. 열등감을 불러일으키도록 유혹적인 사촌 언니에 대한 동경이었을까, 혹은 사랑하는 남자가 그녀를 다정하게 불렀기 때문에 솟구친 질투 섞인 모욕감이었을까, 혹은 전모를 알 수 없으면서도 직감적으로 느낀 불길함이었을까, 어쩌면 인채의 열정적인 대상이 혜규 자신이 아니라, 예경이일 가능성을 이미 예감했던 게 아니었을까……. 그런데 왜 확인해 보지 않았을까? 혜진에게 전화만 했어도 알 수 있었을 일을 왜 그냥 덮었을까. 하지만 그때 예경은 너무나 먼 곳에 있었다. 인채가 불렀거나 부르지 않았거나, 상관이 없을 만큼 먼 곳에 예경이 이혼하고 소읍으로 돌아온 것은 그로부터 한 달 뒤였다.

"인채는 술을 많이 마셔 방심한 채 택시에 올랐었나 봐. 인채가 기사에게 한 사람 몫을 자기가 더 낼 테니 떠나자고 했지. 택시는 출발했어. 그리고 우린 이야기를 하기 시작했어. 피할 수 없었지, 이젠 수줍음이 정당한 소년 소녀도 아니니까. 이야기할 의무와 권리가 있는 것처럼 나는 말을 걸었어. 인채가 술을 많이 마신 것처럼 나도 그날 술에 취했었어."

예경은 커피를 두고 물을 마셨다. 그리고 창밖을 잠시 응시했다.

"언젠가, 혜규 네게 이 이야기를 해야 한다고 생각했어. 괜찮니?"

혜규는 고개를 끄덕였다.

"이혼하고 돌아온 지 두 달쯤 지난 뒤였어. 엄마가 노래 주점을 준비하고 있기에 말리고 내가 일자리를 구했었어. 그날은 백화점 지하 꽃가게에서 운영하는 텔레마케팅 일을 시작한 지 일주일 되는 날이었어. 좁고 막힌 사무실에 앉아 하루 종일 백화점에서 빼낸 정보를 이용해 직장에서 일하는 남자들에게 전화를 걸었지. 며칠 내로 아내의 생일이나 결혼기념일이 다가오는 남자들에게 우선 축하한다고 호들갑을 떤 뒤 배달 꽃바구니와 포도주와 케이크 세트를 선물하라고 권하는 일이었어. 남자들은 잊고 있기도 했고 선물을 준비해 두기도 했고, 혹은 반기며 주문을 하기도 했지. 더러는 이혼했다고 대답하며 치근거리기도 하고 십 년 살았는데, 아내를 좀 바꾸어 줄 수는 없느냐고 너스레도 떨었어. 심지어, 그 여자 딴 놈과 도망갔으니 좀 찾아서 전해 주라고 하는 남자도 있었어. 혹은 웃기고 있네, 하며 전화를 끊어 버리는 남자, 돈을 줘야지, 그런 거 집에 보내면 혼난다고 말하는 남자도 있었지. 아직도 그런 짓을 하는 놈들이 있느냐고 화내는 남자도 있었어. 하루에 이백 통쯤 전화를 했어. 정말 쉴 새 없이 했지. 그날 밤엔 마지막 전화 통화를 했던 남자를 만났었어. 남자는 가장 큰 꽃바구니와 케이크와 값비싼 포도주를 집으로 보내라고 한 뒤, 맥주 한 잔만 마시자고 했지. 난 맥주가 마시고 싶었어. 하루 종일 쉬지 않고 같은 말을 하느라 목에 모래가 찬 것 같았거든. 맥주로 씻어 내리고 싶어졌어. 맥주를 마셨지. 맥주를, 난 많이 마셔 버렸어. 남자가 원한 건, 더 있었지. 그 남자는 나를 그런 여자로 본 거야. 남자들에게 전화를 걸고 업무를 하면서 동시에 남자를 골라 즐기기도 하고 형편이 맞으면 남자에게 좀 엎히기도 하는 여자로……. 남자와 호텔 앞에서 실랑이를 했어. 내가 완강히 거절하자, 남자는 웃으며 술이나 한잔 더하자고 했지. 호텔 바에서 남자는 양주를 시켰어. 난 인색하게 마셨지만 꽤 취했지. 내가 호텔에서 기어이 엘리베이터를 타고 밖으로 나오자 남자가 내 핸드백을 빼앗았어. 아랑곳 않고 난 거리로 나섰지. 남자가 뒤에서 욕을 했어. 욕을 하며 내 핸드백을 도로 가운데로 내던졌지. 차들이 줄지어 내 핸드백을 짓이기고 지나갔어. 난 차들이 다니는 도로로 천천히 내려가 핸드백을 주웠어. 내 핸드백은 터져서 내용물들이 으깨어진 채 잔해가 흩어져 있었어. 난 도로 가운데 서 버렸고 자동차들이 경적을 울렸어. 왜 눈물이 났을까. 더럽혀진 지갑만 겨우 찾아들고 자동차 사이를 지나오는데 눈물이 걷잡을 수 없이 흘렀어."

예경은 말을 멈추고 다시 창밖으로 시선을 돌렸다가 혜규를 똑바로 보았다.

"난 그날 밤, 죽고 싶도록 불행했었어. 한 사람이 그토록 불행하면, 누구도 행복할 수는 없을 거야. 그런 이야기인지도 몰라."

예경은 무표정을 유지하기 위해 애썼지만 아픔을 견디는 게 눈에 보였다.

"난 큰집인 너희 집을 증오했었어. 너희 아버지, 너희 엄마, 혜진, 혜미…… 엄마가 그래도 큰집이라고 나를 너의 집에 맡기고 떠나 있었던 몇 년 동안, 난 어느 때보다 힘들었어. 제도와 관습과 윤리와 예의가 한통속이 되어 나를 학대했지. 난 태생적인 불평등을 받아들여야 했는데, 그럴 수가 없었어. 내가 순순히 받아들였다면 난 선량한 소녀인 대신 병적이고 비열했을 거야. 나 자신을 부정했을 테니까. 난, 내 정신은 너무 건강했기 때문에, 저항해야 했어. 혜진이 많이 당했지. 태생의 특이함과 평범하지 못한 성장, 어쩌면 불안정한 혈통 때문일 수도 있어. 아버진 알코올중독으로 돌아가셨어. 사람들은 나를 우울한 소녀로 여겼지만, 나는 실은, 거칠고 무서운 소녀였어. 난 세상을 증오했고 못할 일이 없는 분노를 품고 있었으니까."

예경의 톤은 아주 일정하게 흘러나왔다. 그녀는 과거를 자신이 쌓은 지성으로 재해석할 작정인 것 같았다.

"나중에 내가 좋아하게 된 남자가 생겼었어. 그 사람도 나를 좋아했고."

예경을 좋아한 남잔 수 없이 많았을 것이다. 그러니 중요한 것은 예경이 좋아했다는 표현이었다.

"나와 달리 그는 객관적으로, 누가 봐도 좋은 사람이었어. 하지만 그의 부모가 나를 알고는 길길이 반대했지. 아버지가 첩의 자식이란 게 이유였어. 서자라는 말을 분명히 썼어. 믿어지니? 그랬다는 게? 모두가 차별 없이 투표권이 있는 민주 시민사회라는 이 현실이 그래, 그랬어. 우리 사회는 아직도 혈통과 지역과 학력과 빈부와 성별로 서로의 기본적 인권을 차별 하는 중세 사회야. 아마 아버진 네 아버지에 비해 10분의 1도 상속을 받지 못했을 거

그건 한 사람이 너무 불행했기 때문이었어   251

다. 아니 교육을 못 받은 것처럼 숟가락 하나도 못 물려받았겠지."

예경의 눈이 눈물이 맺히는 듯했지만 그녀는 다시 삼켰다.

"우연히 인채와 택시를 탔던 그 즈음에 난 신경이 극도로 날카로웠어. 이혼하고 아무 대책도 없는 집으로 다시 돌아오자 새삼 네 아버지가 미웠지. 네 아버진 내 결혼식 때 손을 잡아 달라고 한 부탁을 거절했었어. 난 결혼식장에 혼자 들어갔어. 우리 엄마, 얼마나 울었는지 몰라."

혜규는 당황했다. 아버지가 차가운 사람이긴 하지만 그 정도로 몰인정한 줄을 몰랐던 것이다.

"난 너희 아버지와 엄마, 혜진이, 혜미, 혜규 네가 나를 어떻게 불렀는지 알아. 너희가 그렇게 부를 정도면 그 당시 너희들에 대한 나의 감정도 어땠는지, 그것이 어떻게 표현되었는지 알만하지. 내 표적은 늘 혜진이었지만 그때 내 속으로 가장 미워했던 애는, 다름아닌 혜규 너였어."

혜규는 당황했다. 혜규는 예경에 대해 그다지 나쁜 기억이 없었다. 예경이 모두와 싸우면서도 혜규와는 직접 부딪친 적은 없었기 때문이었다.

"네 얼굴에 찍힌 푸른 점, 내가 보기에 넌 그 점 하나에 갇힌 것 같았어. 내 일기장 속에서 넌 푸른 섬의 엄지 공주였지. 지극히 내성적이고 여리고 감상적이고 수줍어하면서도 오만하고 고집스러웠고 내게 진정으로 무관심했어. 다른 사람들이 네 눈 밑의 점을 볼 것이라는 강박에 빠져 넌 장님처럼 앞을 보지 않았지. 푸른 점의 나르시시즘에 빠져 사는 것 같았고, 네 식구들도 푸른 점이 얼

252 언젠가 내가 돌아오면

굴에 있다는 이유 하나로 마치 연약한 식물이나 기이한 새처럼 너를 비호하더군. 네 아버지, 엄마, 혜도, 혜미까지. 네 왼쪽 눈 밑에 있던 점이 새끼손가락만한 크기였다면, 내 푸른 점은 온몸을 덮고 있었는데도 모두 모르는 척 했어. 몸뚱이 전체가 푸른 얼룩에 파묻혀 난 아직 태어나지도 못한 채 세계의 이편과 저편 사이에 내동댕이쳐진 것 같았는데도, 아무도 내 얼룩엔 관심 없었지. 난 한 번쯤 네게 꽝 부딪치고 싶었어. 그 따위 점 하나 가지고 엄살 그만 떨고 두 눈을 떠 앞을 보라고 소리 지르고 싶었어."

혜규는 새삼 예경을 쳐다보았다. 예경은 진지했다. 자신에 대해서 뿐 아니라 혜규에 대해서도.

"그리고, 십 년 가까이나 내게 연애편지를 보낸 사람이 하필, 사촌인 혜규 너와 결혼하는 게 혐오스럽기도 했어. 그렇게 굳건한 제도적 형식으로 진실들을 덮으며 살아가는 너의 엄마 아버지의 방식에 충격을 가하고 싶기도 했고…… 초자아가 발동한 이상한 정의감까지 있었는지도 몰라. 그래서 내가 그날 밤 인채를 유혹했어. 잘했다는 건 아니야. 나빴지, 비윤리적이었고. 악마적이었어. 하지만 당시 내겐 제도도 관습도 윤리도, 예의니 도리니 하는 것조차 문제가 되지 않았어. 나의 적이었지. 그것을 지키는 인간일수록 내게 더욱더 비인간적이었거든. 도덕이란 소수의 기득권이 다수를 지배하기 위한 전략이라는 말이 있어. 그건 기득권을 가진 자들의 자기 방어이자 자기 정당화이고 자기들의 이익을 수호하기 위한 도구였지. 당시 내겐 도덕의 의미란 그 정도였고 난 그것들을 격렬하게 경멸했어."

그건 한 사람이 너무 불행했기 때문이었어 253

혜규는 예경을 이해할 수 있었다. 왜 어떤 여자가 마녀가 되는
지, 나빠지는지, 비윤리적인 여자가 되는 지 알 것 같았다.

"아마도 너와 인채는 잘 어울렸을 거야. 이 소읍에서의 삶이란
나르시시스적이어도 상관없지. 오히려 무지가 행복의 조건일지도
몰라. 넌 예쁘고 평화롭게 엄지 공주처럼 세계를 줄인 채로 눈을
감은 채로 살았겠지. 인채는 과학 서적들을 옆구리에 끼고 학교와
집을 오가며 조용하고 성실했을 거야. 평화롭고 따스하고 규칙적
이고 진지했을 거야. 쓸데없는 감정 낭비도 하지 않았을 거야. 돈
도 시간도 알뜰하게 썼을 거야. 해야 할 일들을 하면서 단순하고
선량하고 아름답게 살았을 거야. 인채는 학교를 그만 두지도 않았
을 것이고 건강했을지도 몰라……."

예경이 두 손으로 눈을 가렸다.

"난 잘 되지 않았어."

손안에 눈물이 고이는 게 보였다. 혜규는 예경이 등장하지 않았
다면 어쩌면 가졌을 수도 있는 그 인생에 대한 상상으로 두 눈이
뜨거웠지만, 그런 식의 가정이란 불가능한 것이었다. 예경 말대로
혜규는 시계를 확장시켰고 눈을 떴다.

"남자들은 나를 꿈꾸지. 하지만 내가 원하면 도망쳤어. 사실은
나를 무서워하면서, 나를 나쁘다고 부정해. 릴리트라는 여신 기억
나? 고모할머니가 이야기 해 주었지."

혜규는 고개를 끄덕였다. 자기 아이들을 버리고 하늘에서 바닷
가로 내려와 괴물들을 낳은 마녀 여신 릴리트. 아담의 반쪽인 릴
리트는 성 관계를 가질 때 아담 위에 올라가려고 했고 아담보다

254 언젠가 내가 돌아오면

열등한 존재라는 사실을 받아들이지 않아 늘 신과 다투었다. 어느 날 릴리트는 신의 비밀스러운 이름을 알아낸 뒤, 하늘에서 멀리 날아가 바다 곁에 있는 동굴에서 자유롭게 살 수 있도록 날개를 달라고 요구했다. 신은 요구를 들어주는 대신 아이들을 남겨 놓고 혼자 떠나라고 했다. 릴리트는 바닷가 동굴에서 살면서 바다 악마의 정부가 되어 매일 수백 마리의 괴물들을 만들어 냈다.

"몇 년 전 어느 날 도서관에서 우연히 릴리트를 발견했어. 메소포타미아에서 제작된 벽화였는데, 릴리트는 달 왕관을 쓰고 새의 날개와 새의 발을 가지고 두 마리 사자의 등 위에 올라 서 있었지. 양옆엔 밤의 지혜를 뜻하는 두 마리 부엉이를 거느렸어. 얼굴과 두 발과 가슴과 허리와 다리……. 너무나 아름다운 날개를 가진 여신의 벽화야. 릴리트는 괴물을 만들어 낸 것이 아니라 하늘에 두고 온 자식들을 잃은 상실감과 그리움으로 수많은 창작을 한 거였어. 난 운명적으로 릴리트를 닮았다는 생각이 들어. 그 생각을 하면 마음이 침착해지고, 내 삶이 명확해져."

예경은 혜규가 이해할 수 있도록 모든 능력을 동원해 자신을 설명하는 것 같았다. 혜규는 자신의 운명을 예리하게 베고 지나간 날카로운 검의 푸른 날을 담담하게 바라보았다. 그 칼은 혜규에게 자신의 역사를 시작하게 한 기원이기도 했다.

"삶이란 무엇일까? 제도와 구조, 더 유리한 생존 논리와 습관 속에 고착되는 일상, 필요와 역할에 의해 고착되는 관계들. 난 고착을 피해 달아났어. 무정형 상태에서 무결정적 상태로 떠 있었지. 무엇이든 가능했어. 난 그대로 무중력 상태에서 평생 떠 있을 수도 있었을 거야. 하지만 내려서기로 했어. 내 얼룩을 모두 벗고, 지상의 인간으로 돌아와 인간적 존엄성에서 평등하고 그 평등의 정신으로 타인을 사랑하고 그런 애타의 힘으로 자유로운, 그런 사람이 되고 싶어."

예경은 초조한 표정으로 왼손 약지에 낀 반지를 오른 손으로 빙빙 돌렸다.

"인채는 나를 믿지 않았어. 인채가 네게 어떤 부탁을 했는지 들었어. 선우의 할아버지는 13평 임대 아파트에 앓아누워 있고 할머니는 선우와 생명부지야. 그 분들은 선우를 맡을 형편이 안 돼. 내가 선우를 데려가게 허락 해 줘."

혜규는 예경을 묵묵히 쳐다보았다.

"나를 믿어 줘."

예경은 바로 그 말을 하기 위해 그토록 길고 어려운 이야기를 모두 털어놓은 것 같았다. 생의 고통이란 역설적으로 생을 단단하게 세우고 바르게 걷게 하는 뼈가 되고 빛을 인식하게 하는 선명한 질료가 된다. 혜규의 얼굴이 붉어졌다. 예경이 그렇게 재생된다면, 혜규 자신도 재생될 것 같았다. 열정의 버릇으로 허공에서 허공으로 비약하는, 지표면 위의 펄럭임 같은 사랑이 아니라, 이 삶의 조건 속에 태연하게 내려앉아 살면서도 현실을 초월하는 사랑을 할 수도 있을 것 같았다.

"어려운 일이 있으면 나와 의논해요. 난 선우 대모니까."

예경이 화르르 미소 지었다. 겹겹의 꽃잎이 열리듯 마름다운 미소였다. 예경은 대재앙을 극복하고 새롭게 회복된 여인 같았다.

256 언젠가 내가 돌아오면

"네가 선우 대모를 맡았다는 말 듣고 너무 고마웠어. 정말 고마웠어."

예경은 혜규의 손을 꼭 잡았다. 그때 불쑥 용서라는 말을 다시 떠올렸다.

'용서란 사랑하는 거야.'

엄마의 음성이 들렸다. 혜규는 예경의 손을 마주 잡았다. 마치 용서와도 같은 사랑, 그것이어야 했다.

우리는 저마다 혼자인 이교도들

1

"오늘 밤 안에 생리를 할 거야. 당신 입에서 피 냄새가 올라와."

혜규는 꿈 속에서 형주의 음성을 들었다. 생리 날짜가 이틀 사흘 늦어져 초조하게 기다릴 때면, 형주는 키스를 통해 혜규의 몸을 정확히 읽어 내곤 했다. 새벽 세 시였다. 잠자리에서 일어나 보니 잠옷에 생리 혈이 묻어 있었다. 혜규는 욕실로 가 몸을 씻고 옷을 갈아입었다. 다시 불을 끄고 누웠으나 잠을 들일 수 없었다. 혜규는 몸을 일으켜 벽에 기대고 앉았다. 어둠 속에서 꼬박 한 시간이 흘러간 뒤 혜규는 불을 켰다. 그리고 노트를 펴고 글자를 천천히 적기 시작했다.

oblivion, oblivion……

당신이 잠든 세상의 머리맡에 앉아 꿈같은 지난날을 생각해요. 그리고 oblivion, oblivlon. 글자를 써요. 몇 개의 현을 가진 악기 같은 oblivion, 그러나 망각이라는 뜻. 당신 잠든 사이에 머릿속으로 염산처럼 독한 망각의 강이 흘러 오늘 밤부터 까맣게 나를 잊었으면 좋겠어요. 가슴도 몸도 잊지 않고 다만 머리로 나를 잊어, 내 이름도 내게 오는 길도 잊었으면……. 정체 모를 그리움만 남아 나 있는 곳으로 가끔 깊은 한숨이나 보내 주면…….

밤 네 시, 검은 광물질에 붙박인 듯한 밤의 한가운데였다. 혜규는 상 앞에 꼿꼿이 앉아 형주의 잠을 생각했다. 어쩌면 아내의 옆자리, 어쩌면 소파, 또 어쩌면 혜규의 침대에 누워 있을지도 모를 형주의 모서리 잠. 혜규는 꼬박 밤을 새워 형주의 잠을 지키며, 그 밤으로 모든 것이 잊혀지라고 단어를 반복해 적었다.

oblivion, oblivion…….

고모할머니가 믿듯이 혜규도 글자의 주술적인 힘을 믿었다.

2

"나, 가야겠어."

뒤늦게 카페에 나온 혜도가 카운터에 서 있는 혜규에게 곧장 다가와서 말했다. 장마철이라 카페는 한산했다. 웨이트리스는 주방

에 들어가 요리사를 도와 설거지를 하고 있었다. '나, 가야겠어.'
그 말은 늘 혜규의 몸속에서 늘 웅웅대는 소리였다. 엄마가 머리
를 다치지 않았다면, 혜도가 방황하지 않는다면, 무작정 돌아갔을
지도 모른다. 그 후엔 어떻게 되든 무작정…….

"어딜?"

혜규는 전표를 정리하느라 고개를 숙인 채 시치미를 떼듯 물었다.

'나, 가야겠어.' 그 말은 제 몸속에서 빠져나온 말 같기만 했다.

"수니에게"

혜규가 고개를 들었다.

"시애틀에?"

수니가 사는 곳은 시애틀 근교의 작은 타운이었다. 혜도는 아래
로 처진 바지 허리춤을 한 손으로 쥐고는 바로 앞 테이블로 가서
앉았다. 순이가 떠나고 한 달이 지나자 혜도는 재빨리 예전 습관
으로 돌아 가버렸다. 구부정하게 앉아 다리를 떨고, 허리춤을 쥐
고 다니고, 쉽게 술에 취해 뻗어 버렸다. 가게를 도중에 닫아 버리
고 나가다가 철길 앞에다 차를 세워놓고 울음을 터뜨리고 술에 취
해 모르는 사람에게 맞고 들어오기도 했다.

"오빠……."

혜규는 만류의 말을 찾으려 했다.

"소용없어, 결심했으니까."

혜도는 혜규의 마음을 꿰뚫는 듯 미리 대답했다.

"혜규야, 나 돈이 필요해."

혜도는 통장의 잔고가 빈 모양이었다. 차라리 잘 됐다는 생각이

들었다.

"난 이 카페 못해. 너도 알잖아. 네가 인수하면 좋겠다. 그렇게 해 줘, 당장. 나 돈이 급해."

혜규는 물끄러미 혜도의 눈을 보았다. 내 눈도 저럴까, 저렇게 한 시도 잊지 못해 이지러진 꽃잎 같은 눈빛일까. 혜도가 시애틀로 가는 것은 누가 보아도 어리석은 짓이었다. 아무리 그리워도 왜 그냥 견디며 살지 못하는가. 왜 그렇게 고꾸라져 흙탕물에 빠지고 마는가.

"한심한 인간이지. 알아. 한심해……. 난 한심한 인간답게 달리 욕심 없어. 수니에게 가보고 싶어. 그뿐이야. 그러니 그런 눈으로 보지 마."

"그 후에는?"

"그 후……."

혜도는 그런 게 있겠느냐는 허탈한 표정을 지었다.

"그 후란 게 있다면, 어떻게 되겠지. 여기로 돌아오지 않으면 성공한 거야."

"순이와 미국에서 살 길이라도 있을 거라고 기대하는 거야?"

"나 한심한 인간이기는 해도 바보는 아니야. 아무 기대 없어. 희망도 없어. 그냥 수니 보고 싶어."

"오빠……."

그 편이 훨씬 더 위험해 보였다. 순이와의 비밀 약속을 의식하면서도 혜규는 아슬아슬하게 말했다.

"순이는, 사랑을 끝내고 간 거야. 그 기간 안에서만 현실적으로

262 언젠가 내가 돌아오면

허용한 사랑을 한 거야. 그 기간 외에는 환상이라고 했어."

"……그래서, 내가 그 빌어먹을 기간 안에 못 죽은 게 한이 된다."

"오빠, 그런 말은 안 돼!"

혜규가 단호하게 소리치고 혜도를 멍하니 바라보았다. 피범벅이 된 이불 속의 혜규를 끌어안고 가족이 모두 깨어 달려왔을 때까지 짐승처럼 비명을 질러댔던 혜도를 혜규의 몸은 기억했다. 아버지가 도경계선 밖에서 불러들인 사람들이 혜규를 보고 떠났을 때 혜규는 혜도에게 살려 달라고 매달렸었다. 어딘가로, 아주 먼 곳으로 보내 달라고.

"난 세상을 모르니, 오빠가 나 좀 보내 줘."

혜규는 혜도가 백수건달로 떠도는 동안, 아버지의 질타와 엄마의 눈치를 막아 주며 끼니와 옷과 용돈을 챙겨 준 동생이었다. 둘 사이엔 끈끈한 연민과 신뢰의 연대가 형성되어 있었던 것이다. 사회생활을 해 본 적도 없었던 혜도는 혜규를 위해 그 당시 자신이 할 수 있는 노력 이상을 했었다. 그래서 윤 실장에게까지 선이 닿은 것이었다. 혜도는 어느 날 혜규를 기차에 태우고 먼 도시로 데려갔다. 거처 할 방을 마련해 주고, 편집 일을 배울 학원에 등록을 시켜 주고, 월급을 제대로 받을 때까지 생활비를 보태 주었었다. 지금은 혜도가 매달리고 있었다. 혜규는 혜도가 부탁하면 그게 어떤 것이라 해도 거절할 도리가 없었다.

"걱정 마. 뒤늦게 죽기야 하겠니."

"순이가 돌아갈 때, 뭐라고 했어?"

둘 다 어조가 누그러졌다.

"네 말과 비슷해. 난, 정말 몰랐어. 수니가 처음부터 우리의 시간을 정해 놓고 있었을 줄은."

"그런데 순이를 찾아가서 어쩌려는 거야?"

"아무 것도……. 그냥 보고 싶어."

"그게 문제야."

혜규가 난처한 상황을 모면하기 위해 일어서자 혜도가 붙잡았다.

"혜규야, 부탁이다. 카페, 네가 해라. 너한텐 잘 어울려. 능력도 있고. 난 이 짓 못하겠어."

혜도가 미간을 깊게 찌푸렸다.

"실은, 수니 떠난 뒤에 곧바로 부동산에 카페를 내놓았었어. 한 달이 넘도록, 구경 온 사람조차 없었어."

그것은 혜규도 전혀 몰랐던 사실이었다. 혜규는 다시 자리에 앉았다.

"순이가 다녀간 뒤로는 손님도 많이 늘었어. 이대로 가면 수지타산이 괜찮아질 거야."

"모르겠니? 난 손님이 싫어. 손님 맡기가 싫다고."

혜도는 무엇엔가 끔찍하게 시달리는 얼굴이었다. 손님들 중에는 순이의 안부를 묻는 연인들이 꽤 있었다. 혜규와 혜도는 그저 웃음으로 얼버무렸다. 어차피 그들이 납득할 수 있을 만큼 자세하게 말해 줄 수는 없는 문제였다.

"오빠가 순이에게 가지 않는다고 약속하면 카페를 받을 게."

"나를 어린애 다루듯 하지 마."

혜도가 벌컥 화를 냈다. 그렇게 화내는 모습은 처음이었다. 두 주먹을 꽉 쥐었고 얼굴이 벌겋게 달아올랐다.

"가고 안 가고는 내가 해. 내 인생 속에서 내가 결정해. 일생일대의 어리석은 짓이 되어도 나는 가. 어쩔 수 없어."

혜도의 눈 속이 이내 붉어지고 이마에 핏줄이 솟았다. 혜규는 혜도의 눈과 이마를 쓰다듬어 주고 싶었다. 혜도가 혜규를 구해 주었던 것처럼 혜규도 혜도를 구하고 싶었다.

"미안해."

혜규가 사과했다.

"네가 카페를 인수하지 않으면, 난 집을 담보로 잡고 대출을 할지도 몰라."

집은 혜도 명의로 되어 있었다. 혜도의 결심은 확고했다.

"그래요. 내가 맡을게요."

"고맙다."

혜도는 재빨리 대답했다.

"니가 맡아줄 줄 알고 있었어."

"오빠가 그렇게 나오니, 달리 어쩌겠어."

혜규가 눈물이 핑 도는 눈으로 가볍게 흘겼다.

혜도는 그제야 등을 뒤로 뻗어 의자 등받이에 기댔다. 그는 많이 지쳐 보였다.

"맥주 한 병 주면 좋겠다."

맥주를 시킨 혜도는 벌써 지나가는 손님인 듯 한결 홀가분한 표정이었다. 혜규는 그렇게 창졸간에 카페 주인이 되었다.

우리는 저마다 혼자인 이교도들 265

3

혜도가 사라진 것은, 혜규가 권리금과 비품비, 전세 보증금을
계산해 준 바로 다음날이었다. 가족들은 혜규가 카페를 떠맡은 것
에 대해 걱정 반 기대 반이었다. 혜도가 말아먹고 있는 중인 카페
였고 위치로 보아도 어차피 잘될 것 같지는 않았기 때문이었다.
그러나 혜도가 앉아서 말아먹는 것 보다는 혜규가 나서서 노력해
보는 것이 한결 희망적이라는 데는 이견이 없었다. 달리 사람을
수소문해 넘기기도 어려운 일이었다.

카페를 넘기자마자 사라져 버린 혜도에 대해 아무도 궁금해하
지 않았다. 또 첫사랑이 돌아왔을 리는 없을 테니, 이번에야말로
어느 바닷가 모래 해변에 엎어져 있을 거라고 여겼다. 고삐 풀린
데다 목돈도 쥐었으니 당분간 얼굴 보기 어려운 게 당연했다.

엄마는 혜도의 일에 대해 일체 입을 다문 채 대부분의 시간을
방 안에 앉아 염주를 돌렸다. 그런 엄마의 모습은 산 채로 집 안의
가신이 된 것 같았다. 집집마다, 더 이상 엄마도 아니고 여자도 아
니고 인간조차 아닌, 산 채로 귀신이 된 노인들이 얼마나 많이 거
처하고 있을 것인가. 하지만 혜규는 엄마가 산 사람이기를 바랬
다. 엄마의 어깨를 흔들어 깨우고 싶었다.

"엄만 무엇을 빌어요?"

아침기도를 끝내고 염주를 챙겨 넣는 엄마에게 혜규는 말을 붙
였다.

"아버지 극락에서 편히 지내라고 빌고, 천지 모르고 설치는 우
리 혜도 어디 있거나 무사하고 한평생 무탈하게 보내기를 빌고,

266 언젠가 내가 돌아오면

우리 불쌍한 강아지 문기, 에미 없이도 무럭무럭 잘 자라라고 빌지. 그리고 너희 딸들, 혜진이, 너, 혜미 서로 제발 좀 잘 봐 주라고 빈다."

혜규는 웃었다.

"딸들끼리 서로 잘 봐 주라고? 그건 우리에게 직접 청탁하는 게 빠를 것 같은데요?"

"너희들은 어릴 때부터 늘 삐걱거렸지. 너는 조용한 대로 뼈가 있고, 혜진은 차갑고 오만하고 욕심이 많지. 혜미는 정은 많지만 사납고 덜렁대니 꼭 서로 남남 같이 굴지 않니. 청탁해서 되는 일이면 내가 너희들에게 뇌물이라도 쓰겠구나. 너희들은 한 배에서 났는데도 어쩌자고 그렇게 서로 다르냐."

엄마 말대로 한 배에서 난 자매인데도, 저마다 다른 신을 섬기는 이교도들 같았다. 혜규는 선뜻 엄마를 안심시킬 방법이 없었다. 형주가 해 주었던 이야기 하나가 떠올랐다. 신은 천사들을 창조하고, 신인 자신 외에는 어떤 것에도 절하지 말라고 엄명했다. 그 후 신은 천사보다 한 등급 높은 인간을 창조했다. 신은 천사들에게 인간에게도 절을 하라고 명령 했다. 그런데 천사들 중에서 신을 너무나 사랑한 사탄은 인간에게 절하기를 거부했다. 사탄이 끝내 신만을 섬기고 인간에게 절하지 않자 신은 사탄을 지옥으로 보내 버렸다. 그런데 왜 신은, 단지 불복한 죄로 지옥까지 보내는 저주를 내렸을까? 신의 명령과 불복 사이에는 어떤 비의가 있을까? 모든 신앙에서 신과 인간은 동일하다. 네가 곧 부처이고 네 속에 신이 거처한다. 그러니 사탄이 신만을 섬긴 것은 자기 자신

우리는 저마다 혼자인 이교도들 267

만을 섬긴 죄를 지은 것이다. 너는 곧 나이니, 인간, 즉 타자를 사랑하라고 신은 명령한 것이다. 우리는 혼자 고독하지만 편안하게 살아갈 수도 있을 것이다. 그러나 그곳은 나르시시스트의 지옥이다. 인간의 세상은 타자를 사랑하며 파도치듯 힘겹게 부대끼며 살아가는 곳이다. 그래서 사람은 끊임없이 다른 사람을 사랑하려 한다. 남동생을 보자고, 태어나면서부터 남자 애의 옷을 입고 자란 혜미, 니가 아들이었으면 얼마나 좋을까, 하는 한탄 속에서 열등감을 키우며 자란 혜진, 그리고 푸른 점에 갇혀 마음의 고집을 키우며 어둡게 자란 혜규 자신, 원죄처럼 마녀의 자리에서 태어난 예경. 누구나 자신이 만들지 않은 아픔으로부터 태어난 상처들의 기원이었다. 그 이름들은 별자리처럼 아픔으로 반짝였다.

"그러니까, 엄마가 건강해야죠. 건강해져서 우리 좀 잘 사귀게 밀어주세요."

"좋아서 사랑하는 건 부족하다. 미운데도, 쓴맛을 베어 물고 사랑하는 게 진짜 사랑이야."

엄마가 한 마디 한 마디 또렷하게 말했다.

4

카페 입구에 순이가 심은 샐비어 무리가 붉게 피었다. 기온과 습도는 조금씩 떨어지지만 볕은 더욱 따가웠다. 9월이었다. 어느 날 막 카페에 도착했을 때, 젊은 우체부가 모터바이크를 타고 들어왔다. 우편물은 혜도의 편지였다. 떠난 지 30여일이 지난 뒤였다.

나는 시애틀을 떠나 이집트 오아시스 마을 시와에 와 있다. 내가 지금 밟고 있는 모래사막이 내 삶의 행로 같기도 하다. 넌, 내가 시애틀 근교 작은 마을에서 순이를 만났는지 궁금하겠지. 우린 모래알처럼 무수히 만나고 헤어졌다. 집 근처의 먼발치에서, 길거리에서, 상점에서 면식 없는 타인과 스치듯이 나 홀로 순이를 잠깐 잠깐 보았을 뿐이다.

나는 다가가지 않았다. 아니, 다가갈 수 있는 몸이 없더구나. 순이와의 인연이 이미 모래처럼 부서졌다는 것을 애초에 난 알고 있었는지도 몰라. 내가 시애틀에 간 것은, 순이를 만나기 위해서가 아니라 죽도록 그리운 내 안의 무엇을 그곳에 놓고 오기 위해서였는지도.

하는 것마다 실패했고, 왜 사는 지 의미도 모르겠지만, 살아 있는 게 좋다. 이렇게 눈물이 흐르는 순간에 무엇엔가 고마운 마음까지 든다. 이를테면 수니 앞에 나서지 않고 끝까지 견딘, 하찮기 그지없는 혜도라는 존재 속에 살아 있는 분별력과 인내심에도……. 엄마가 아직 살아 있는 것이 큰 위안이 된다. 문기가 자라고 있는 것도 그렇지 않다면 난 어디로 갈지 정말 모를 거야. 혜규야, 난 얼마간 여행을 하고 돌아 갈 테니 걱정 하지 마.

그리고 내가 사랑하는 두 사람을 잘 부탁한다.

혜규는 카페 현관의 계단에 앉은 채 편지를 읽었다. 혜도의 편지를 세 번 거듭 읽고 다시 이집트 시와의 소인이 찍힌 봉투에 넣고 있을 때 혜진의 차가 들어왔다. 차에서 내리는 혜진은 흐릿하고, 머리도 흐트러져 있었다. 오전 11시였다. 면바지와 셔츠 차림을 보니 집에 있다가 충동적으로 뛰쳐나온 것 같았다.

혜규는 열쇠로 문을 열고 들어가 곧장 커피를 뽑았다. 창가로 화물 기차가 지나갔다. 잠을 못 잤는지 혜진의 이목구비는 이상할 만큼 흐릿하고 한데 엉긴 느낌이었다. 딸들끼리 서로 좀 잘 봐 달라던 엄마의 소원이 떠올랐다. 커피를 놓고 마주앉자 혜진은 얼굴을 찌푸리며 어깨를 좁게 움츠렸다.

"어제 저녁에 네 형부와 그 미친년을 만났어."

혜진의 음성은 까칠하고 낮았다.

"몇 년을 허구 헌 날 그 짓을 하면서도 염증도 안 나는지, 둘이 정말로 살고 싶으니 이혼해 달래. 그 년이 고개를 빳빳이 들고 기세등등하게 내게 말하더라. 무슨 권리로 붙잡고 있느냐고. 다른 여자를 사랑하는 남자를 붙잡고 이혼해 주지 않는 것이야말로 불결하고 부도덕 하대."

혜진은 그 여자가 혜규이기라도 한 것처럼 쏘아보았다. 혜규는 커피를 한 모금 삼켰다. 바로 간 커피는 탑탑하고 고소했다.

"세상이 정말 뒤집혔어. 그 썩어빠질 사랑이 무슨 권리나 되는 것처럼. 감히 아내인 나를 앉혀 놓고 그렇게 말하는 거야. 내가 하기에 따라 감방에서 썩어야 할 년이. 그리고 네 형부는 자기를 놓아 달라고 사정을 하더라. 자기를 좀 놓아 달래. 기가 막혀……. 해도 해도 안되니까. 이제야 나한테 등기된 몸인 줄을 실감했나 보더라. 날고 기어도 지가 내 남편이지 어딜 가겠어? 그 인간은 죽어도 내 애들 아버지이고 내 남편이지."

혜진은 커피가 식어 가도록 버려두고 혼잣말을 계속했다. 눈빛이 불안정했다.

"사랑이 다 뭐야? 내가 중간에서 버티고 있으니, 놀아나는 재미가 있겠지. 둘이 살아 보라지. 똑같지, 똑같아지지. 뭐 다른 게 있을 거라고, 미친 인간이 살아 보고도 그걸 몰라. 몇 년 지나지 않아 집구석에 사랑이 없다고 둘이 제각각 바람이나 피울 것들이. 내가 놔 줄줄 아니? 절대로 안 놔 줘."

"왜?"

"……."

혜진은 대답하지 못했다.

"언니, 형부 인생을 생각해 본 적 있어?"

"인생? 그래, 네 형부 인생이 여기 말고 어디에 또 있을 수 있니?"

혜진의 눈 속에 캄캄한 무지가 몰려들더니 세상에서 가장 불쾌한 질문을 받은 듯 입술이 떨렸다.

"사랑? 그 놈의 사랑? 난 이제 사랑이 뭔지를 모르겠다. 어떻게 제 가족에게 주어도 모자랄 돈과 시간과 정을, 담 넘어 생판 다른 사람에게 퍼 줄 수 있는지 절대로 이해가 안 된다. 제 가족을 두고 피도 안 섞인 딴 인간을 사랑할 수가 있느냐고? 사랑이 대체 무엇인데 그 남을 제 식구로 만들고 제 식구를 남으로 만든다니? 그게 뭐 길래, 인생을 여기가 아닌 다른 곳으로 옮긴다니? 그게 정말 뭐니?"

본질적으로 가족이란 타인과 타인이 결합해서 생기는 것이었

우리는 저마다 혼자인 이교도들 271

다. 새삼 이상해 할 일도 아니었다.

"언니, 손에 쥔 것, 여기 있는 것만 인생이 아니야. 인생은 예측하지 못한 곳으로도 흘러가고 모이고 또 흩어지는 거야. 움직이는 그것이 인생이 되는 거야. 좀 놓아도 돼."

혜진이 입을 꼭 다물고 혜규를 노려보았다.

"꽉 잡고 있을 수 있는 건 실제로 아무 것도 없어. 언니 자신도, 이 삶도, 세월도, 하물며 남이야 오죽하겠어. 그렇게 원하는데, 왜 못 놔주는 거야?"

"내 작품이니까. 아이들, 남편, 나, 그건 내 인생의 작품이야. 난 실패할 수 없어."

맙소사……. 혜규는 가족과 가정을 자신의 작품이라고 말하는 여자들을 몇 번이나 만났다. 이 사회 어딘가에 남편과 자식과 가정을 작품화시키는 신사임당식의 현모양처 커리큘럼이 분명히 모양이었다. 작품이기 때문에 혜진은 남편의 진실을 부정할 수 있을 것이다. 남편의 사랑과 욕망과 꿈을, 생애 전체를 부정하고 무생물적인 작품으로 붙잡아 두려는 것이다.

"아이들은 아이들대로 머리가 굵어져 내 말을 듣지 않아. 겨우 고등학교 1학년인 석주는 집을 나가 학교 앞에서 하숙을 하겠다고 졸라대고, 석희는 중학생이 벌써 나를 속이고 밤거리를 몰려다녀. 남편이란 자는 여자에게 미쳐 돈과 시간을 다른 데다 퍼다 주고, 난 빌어먹을 남자 동료들에게 밀리고 밀려 늙어 죽도록 강사만 하다 끝날지도 몰라. 뜻대로 되는 게 하나도 없어. 어느 땐 그년과 네 형부, 아빠한테 새 여자가 생겨 엄마가 죽게 생겼는데도 눈도 깜짝하지 않는 아이들, 전부 죽여 버리고 나도 죽고 싶어."

혜진의 눈에 살의와 눈물이 섞여 번쩍거렸다. 혜진은 자신이 만들다 뜻대로 하지 못한 작품을 구겨서 뜯어 버리려는 성난 아이 같았다.

"길게 생각해 봐. 가정도 생물체처럼 제 스스로 변해 가. 생성하고 발전하고 쇠퇴하고, 때론 분리하고 결국엔 가장 마지막 단위인 한 사람으로 소멸하는 구성체일 뿐이야. 언니, 삶을 나누어야 하는 다른 의지들을 수용해야 해."

그것을 인정하지 못하면 혜진은 위험해질 것이었다. 나이가 들수록…….

"우린 가족이고 운명 공동체야. 왜 뿔뿔이 흩어지는 것을 보고 있어야 해?"

"저마다 제 갈 길을 가면서 흩어져서도 근본적으로 함께인 것이 더 진정한 유대니까. 필요할 때면 그것조차 포용할 수 있어야 진짜 가족의 힘이니까. 석희와 석주도 언니의 의도를 강요하지 말고, 그 애들이 품은 의지를 함께 발견해야 해. 그러면 아이들도 훨씬 능동적으로 자신을 책임지게 될 거야. 언니가 일방적으로 의도를 강요할수록 아이들을 제 인생을 내동댕이치며 맹목적으로 반항해. 부모와의 갈등으로 청소년기를 어리석게 낭비하는 것처럼 아까운 건 없어."

혜규는 조심스럽게 말했다.

"넌 그 년과 한통속이야. 일부일처제의 결혼과 가정, 이 사회의 제도와 가치와 관습과 법을 허깨비로 보지 마."

우리는 저마다 혼자인 이교도들 273

문득 혜진이 이를 악문 듯한 신음 소리를 냈다.

어릴 때부터 교수가 되겠다는 목표로 철저히 제도적 권위와 대세에 순응해 승승장구하며 살아온 혜진은 지금 여자라는 이유로 대학 사회의 마지막 문턱을 넘지 못하고 있었다. 그런데도 왜 한사코 두 눈을 가리고 그것을 의지 처로 삼으려는 것일까. 혜규는 혜진이 자신을 찾아온 이유를 알 것 같았다. 스스로의 모순으로 폭발해 버리기 전에 외부로부터 깨어지고 싶었던 것이다. 혜규는 한 중심에 바늘을 넣고 망치로 치듯 주의 깊게 말했다.

"언니, 힘들어도, 지금 철저히 정직해져야 해."

혜진의 눈이 오히려 서늘해졌다. 혜진은 이제 혜규를 보지 않았다. 창밖 어딘가를 향한 시선은 자기의 내부를 보고 있는 것 같았다.

"이렇게 말해서 미안해, 언니. 하지만 언니도 알잖아. 내가 얼마나 피투성이가 되었었는지. 하지만 생은 새로워져. 생의 경이로움은 회복에 있어. 모든 건 다시 시작 돼. 얼마간 힘들겠지만, 새로워질 거야. 언니의 생도."

"착각하지 마. 파혼을 당하고 네 손목에 칼날을 눌렀을 때, 넌 산산조각 났어. 내가 보기엔 넌 실체 없는 유령같이 불쌍해. 네 인생이 뭐가 있니? 남편이 있니? 자식이 있니? 집이 있니? 일이 있니? 뭐 하나 보여 줄 게 있니?"

"언니, 보이는 것만, 남의 눈에 보여 줄 수 있는 것만 인생은 아니야. 난 그 잔해 속에서 내 인생을 처음으로 시작했어. 언닌, 자신을 알아. 샅샅이 알아. 그런데 모르는 척 하는 거야. 용기를 내봐. 자신을 아는 것 보다 더 진정한 지성은 자신을 모르는 척 하지 않는 거야."

혜진이 자리에서 일어서서 나가다가 로댕의 〈입맞춤〉 패널 앞
에 멈추었다. 혜규가 뒤 따라 가 섰다. 혜진은 입맞춤의 한 중심을
노려보며 말했다.

"넌 한번도 내가 네 형부를 사랑하는 지는 묻지 않았어. 그건 또
무슨 오만이지?"

그러자 혜규의 가슴이 먹먹해졌다.

"내 뱃속에도 사랑은 있어. 가슴도 머리도 질도 아니고 너무 오
래 전에 뱃속에 삼켜 버려서 오리무중이지만, 난 그걸로 버틸 거
야. 네가 그렇듯 난 내 생의 주인이거든. 그게 내가 모르는 척 할
수 없는 나의 진실이야."

혜진의 표정이 조용하고 쓸쓸했다. 조금 억지스러운 혜진의 신
념에 혜규는 처음으로 가슴이 아프도록 공감했다. 주차장에서 혜
진이 차문을 열 때, 혜규가 엷은 미소를 지으며 말했다.

"언니, 가끔 와. 내가 맛있는 거 만들어 줄게."

혜진은 차문을 열어둔 채 혜규를 빤히 쳐다보았다. 그리고 몇
걸음 다가와 혜규의 손목을 잡았다.

"혜규야, 예전에 네가 그러지 않았더라면, 어젯밤에 내가 동맥
을 끊었을 거야. 네게 이 말을 하고 싶어서 왔어."

혜진은 놀라는 혜규의 손목을 꽉 쥐었다 놓고 차에 올랐다. 혜
진은 손을 들어 짧게 흔들고는 차를 몰고 나갔다. 혜규는 철길을
건너가는 차 꽁무니를 향해 뒤늦게 손을 흔들었다.

우리는 저마다 혼자인 이교도들 275

| 에필로그 |

　혜규는 고흐의 복제화 〈붓꽃〉을 구해 2층 벽에 걸었다. 그림을
걸 때, 어째서 그의 작품은 이리도 다정한가 하는 순진한 생각이
떠올랐다. 그 친밀함, 이해와 온기와 미칠 것같이 뒤틀리는 희망
과 살아 있는 것들의 생생한 아픔과 슬픔. 그는 너무 깊이 우리에
게 들어와 있다. 마치 그의 혈통을 물려준 것처럼. 아마도 그가 우
리의 영혼에 이미 도달해 바로 나의 것을 그려 냈기 때문일 것이
다. 아니, 그는 우리 모두가 향수를 가진 세상의 핵에 도달해 세상
의 본질적 실체를 그려 냈기 때문일 것이다. 그것은 가능한 일이
다. 자기 영혼에 도달하고 그곳에서 사는 일은 모두의 영혼에 도
달하여 그곳에서 사는 일이 된다. 고흐는 순이의 붓꽃을 그리기도
했고 인채의 별이 빛나는 밤을 그리기도 했다. 아니, 순이와 인채
가 고흐의 붓꽃과 별이 빛나는 밤의 혈통을 가진 친척들이었다.

에필로그　277

고흐의 그림은 사랑의 본질과도 같다. 사랑은 궁극적으로 이 세계의 모든 것과 친척이 되게 한다.

몇 년 전 혜규는 고흐의 도시 암스테르담을 여행했었다. 암스테르담 중앙역엔 열네 개의 플랫폼이 있었는데, 독일을 경유해 들어간 기차는 열네 번째 플랫폼으로 들어갔다.

혜규가 중앙역에서 나가 처음 본 것은 고흐의 〈자화상〉이었다. 고흐의 〈자화상〉은 여행 안내소 겸 미술관 순례 보트 투어를 시작하는 작은 선착장 앞에 세움 간판으로 서 있었다. 이내 빗방울이 떨어질 것 같이 흐리고 차갑고 바람이 휑휑 부는 날씨였다. 중앙역 앞 전차들이 서 있는 거리는 세계 온갖 인종의 여행자 무리들이 이제 막 여행을 시작하거나 막 끝내는 극적인 교차로였다. 비가 몇 번이나 왔다가 그치기를 반복한 모양이었다. 거침없는 자유로움과 흥분에 치친 피로와 떠도는 스산함과 이유 없는 활기와 비애, 그리고 다시 다른 여행지로 기차를 타고 떠나는 우수, 혹은 집으로 귀가하는 여행자의 가슴에서 번지는 안도감과 되찾아야 할 해묵은 근심 같은 것이 젖었다가 마른 비냄새와 섞여 짙은 체취를 풍겼다. 혜규는 알아들을 수 없는 언어들이 뒤섞이고 전차의 경적이 울리는 소음 속에서 여행을 시작하는 한 무리에 섞여 호텔들과 카페들과 보트 투어 선착장이 늘어선 거리를 올라갔었다.

암스테르담 고흐 미술관은 작품을 연대기 순으로 전시해 놓았다. 발길을 옮길수록 고통과 슬픔으로 몸이 무거워져 나중에는 발바닥이 들러붙는 것만 같았다. 다름 아닌 고흐의 연대기였기 때문이었다. 고흐는 화가로 산 8년 조금 넘는 기간 동안 879점의 그림을 그렸다. 해마다 100점 이상을 그린 것이다. 그는 서른 살의 여름에 자신이 그런 식으로 작업을 계속하면, 6년이나 10년 정도는 버틸 수 있을 것 같다고 예견했다. 예견은 거의 정확했다.

전시관의 중앙홀 중앙 벽에 1888년, 〈열두 송이 해바라기〉와 1889년, 〈룰랭 부인의 초상〉이 나란히 걸려 있었다. 고흐가 서글프고 고독한 선원들의 어머니를 연상케 하는 요람처럼 편안한 모성의 모습을 표현한 초상화였다. 혜규는 〈룰랭 부인의 초상〉 앞에 오래서 있었다. 복제화에서 느낄 수 없었던 진실이 거기 있었다. 그리고 고흐 스스로 자신의 절정이라고 했던 〈꽃이 활짝 핀 아몬드 나무〉는 참으로 놀라웠다. 그는 이 그림을 그리다가 발작을 일으켰는데, 희망으로 뒤틀리는 가지들과 툭툭 피어나는 꽃의 요사스러운 곡예는 보는 사람조차 미칠 것 같은 흥분을 불러일으켰다. 그리고 요양원의 정원과 함께 1890년의 7월이 다가왔다. 〈까마귀가 나는 밀밭〉……. 암스테르담의 고흐 미술관은 마지막 작품으로 알려진 그 작품 뒤에 까마귀가 없는, 마치 총소리가 난 직후를 연상시키는 고요한 밀밭과 적막한 하늘의 그림을 배치해 놓았다. 그리고 길고 공허한 한숨처럼, 다음 작품은 녹색을 주조로 한 빛을 잃은 듯한 요양원 마을의 풍경이었다. 그것은 대상과 색채 속에 제 자신의 생명을 옮겨 넣었던 고흐를 잃은 이 세계의 창백함 같았다.

'서두르지 않고, 규칙적으로, 집중하면서, 핵심에 접근해서, 완벽한 평온과 안정 속에서 작업을 계속해 나가야 한다…….' 혜규는 고흐의 어록에 이따금 작업 대신 삶이라든가 사랑이라든가 하는 단어를 바꾸어 외우곤 했다. 때로는 장난스럽게 작업이란 단어 대신 형주를 넣고 혼자 웃기도 했다.

카페에 오는 연인들은 간간히 순이와 혜도 이야기를 물었다. 그 연인들은 '세상 끝의 입맞춤'에 오면 사랑이 이루어진다는 소문을 듣고 찾아왔다고 말했다. 그들은 '세상 끝의 입맞춤'이 초록 글자로 들어간 흰색 목 간판 아래서 손바닥을 대거나 입을 맞추었다. 소문에 따르면, 첫사랑을 찾아 20년 만에 시애틀에서 돌아온 순이와 긴 세월이 흐르도록 오직 그녀를 기다려온 가난한 혜도가 이 카페를 만들었고, 꼭 100일 동안 이곳에서 함께 산 뒤에, 지금은 시애틀로 날아가 둘이 행복하게 살고 있다는 이야기였다. 세상 끝의 입맞춤 카페 주방에는 순이가 만든 비장의 요리책이 숨겨져 있고 카페의 모든 메뉴는 순이가 기록한 지시대로 나온다고 했다. 이야기 속의 순이는 아직 밤의 강변에 가기 전, 백 살이 되기 전의 스무 살 시절처럼 얼룩 한 점 없이 싱그러웠다. 혜도도 첫사랑을 빼앗기기 전, 아직 생을 잃기 전의 스무 살 청년 그대로 자유롭고 풋풋했다. 이야기 속에서 순이는 마치 하데스에게 끌려가 지하의 세계에서 유폐되었으나 오히려 지하 세계의 여왕이 된 검은 사랑의 여신 페르세포네 같았다. 혜도는 권력도 재물도 없지만 남신 중 가장 아름답고 순수하고 자유로워 지하 세계에까지 내려가 페르세포네를 사랑한 미소년 아도니스 같았다.

순이와 혜도의 소문은 조금씩 더 부풀어 오르고 하루하루 신비로워졌다. 인간의 모든 이야기란 원래 그런 것인지 모른다. 그것의 진위를 떠나 사람들은 자신들이 꿈꾸는 표상을 사랑하는 것이다. 혜규의 가슴 속에선 시애틀 근교 타운에서 홀로 버스를 기다리고 서 있을 순이와 이집트의 오아시스 마을 시와의 모래 속을 떠돌고 있을 혜도가 겹쳐졌다.

모든 이야기가 그렇듯이, 혜도와 순이의 신화는 현실을 넘어가 실제보다 더 강력한 진실의 영역이 되었다. 혜규는 사랑을 이루려는 염원을 가진 연인들이 카페에 들어와서 불가능의 오염을 씻고 정화되고 해독되기를 바랐다. 그들이 동아줄 같이 질기게 포박했던 세상사로부터 자신들을 온전히 구해서 밖으로 나가기를, 마치 벽화 속에서 빠져나온 사람처럼 자신들을 붙박은 세계의 허상에 놀라고, 자신들이 획득한 실체성에 놀라워하며 전 존재로서 첫 걸음을 떼기를 기원했다.

계단을 밟고 아래층으로 내려올 때였다. 문득 혜규의 가슴속에 격통이 엄습했다. 그 통증은 혜규의 버릇처럼 낯익은 것이었다. 사랑의 일상 속에서 돌연하게 찔리던 애정의 통각. 이대로, 이토록 보고 싶은 격정을 안은 채, 어느 날 문득 삶과 죽음의 금이 그어지고, 하나의 얼굴을 다시는 볼 수 없게 된다면, 그러면 가슴이 터지겠지. 전소된 집처럼, 가슴이 흑연색으로 불 타 영원히 흩어져버리겠지…….

혜규는 파도가 일어나는 뱃전에서 멀미라도 하듯이 계단의 난간을 꽉 쥐고 주저앉았다. 공간을 이동한다는 것은 신비로운 일이다. 마치 생각이 이루어지듯……. 이곳에서 저곳으로 가 있는 것은 믿기 어려운 일이다. 기차를 다섯 시간쯤 타고 레일 위를 달려 역에

에필로그 281

서 내리고 택시를 타고 셋집의 골목 앞에 내려서 계단을 올라가 복도 끝 셋집의 문 앞에 서는 일. 너무 자주 상상한 나머지, 너무 오래 그리워한 나머지 아직 자신의 가구들이 있는, 자신이 살았던 그 집에 가는 일이, 공기가 아니라 마치 광물질을 뚫고 지나가야 하는 일처럼 현실에서는 불가능한 마법처럼 느껴졌다. 방콕과 인도와 네팔의 도시와 지방들, 런던과 베를린, 암스테르담과 프라하까지도 홀로 갔으나 셋집은 그 모든 곳보다 먼 곳에 있었다.

오래 그렇게 서 있으니 눈앞에 셋집의 현관문이 보였다. 혜규는 집중력을 잃지 않게 앞쪽을 똑바로 응시한 채, 상상 속의 현관문을 열었다. 마치 수문이 열리듯 유보되었던 시간의 잔해들이 와르르 쏟아질 것만 같다. 그러나 상상 속의 문이 열린 뒤에도 아무 일도 없다. 축축한 습기도 건조한 먼지 냄새도, 칼칼한 곰팡내도 나지 않는다. 정적이 찰랑찰랑 차 있는 집 안은 잘 정돈 되어 있다. 그리고 바로 그날 아침에 닦기라도 한듯 반들거린다. 열려 있는 욕실 문 너머로 새하얀 타일 벽이 햇빛에 반짝이는 것이 보인다. 바닥의 흰색과 파란색 격자 타일은 청결하게 바싹 말라 있다. 세면기와 변기, 칫솔 통, 비누갑……. 모든 것이 아침에 씻은 듯 청결하다. 사용하던 비누 대신 새 비누가 반쯤 남아 있다. 칫솔통의 칫솔도 새것이다. 칫솔 모가 꽤 닳아 있다. 싱크대도 얼룩조차 없이 잘 닦여 있었다. 냉장고 속엔 생수와 맥주들과 소시지와 과일이 들어 있다. 방 안엔 이불이 침대 끝까지 단정히 덮여 있고 혜규가 꽂아 놓고 온 수선화들이 샛노랗게 말라 있고 은은한 백합 스킨 향이 떠 있다. 마치 자신과 형주가 하루도 빠짐없이 계속 살고 있었던 집 같았다.

'당신은 순금 같아. 버릴 게 하나도 없어, 당신 몸에서 새어나가
는 신음 소리 하나도 아까워⋯⋯.'

집 안에 형주의 음성이 스스로 파동 하는 음표처럼 공중을 돌아
다니고 있었다.

"영혼이라는 말은 그 속에 존재의 복수를 함유한 단어일 거야.
사랑이 없다면 우린 모두 저마다 혼자인 이교도들이야. 소통이 안
돼. 저마다 다른 것을 믿고, 다른 사람의 신념을 사이비라고 일축
하지. 난 내가 믿는 것을 세상에 단 한 사람, 혜규 너와 함께 믿고
싶어. 우리가 한 영혼이 될 수 있다는 것을. 사랑이 삶이 되지 못
한다 해도, 그래서 천국의 문 앞에서 되돌아오고 되돌아오는 구름
처럼 물처럼 바람처럼, 안개와 눈과 비처럼, 늘 우리 곁을 이렇게
서성이며 감고 도는 것이라 해도, 우리가 하나의 영혼으로 이 세
상을 안을 수 있다는 것을 당신과 믿고 싶어."

혜규는 미소를 지었다.

"당신이 믿는 것을 나도 믿어요. 정말 믿어요."

혜규는 하늘이 우주 끝까지 열린 텅 빈 천공이라는 것을 알면서
도, 그 무엇인가를 통해 자신에게로 기도를 해왔다. 죽음이란 원
소로의 환원일 뿐이어서 사후 세계는 삶의 천공처럼 텅 비어 있다
는 것을 알면서도 삶과 죽음을 지나 결합하는 영혼을 믿었다. 그
것은 영혼이라는 이름으로 형주와 자신의 틈을 채우려는 결심이
었다. 생의 초 현실은 과거에 허용되었던 것이 지금 불가능하고,
지금 불가능한 것이 다른 시간 안에서 가능하다는 것이다. 혜규는

알고 있었다. 다른 시간으로 가기 위해서는 여기 이 삶을 차곡차곡 밟아야 한다는 것을. 혜규는 계단을 천천히 내려와 주방으로 들어갔다. 주방 아주머니가 양파와 당근, 익힌 토마토, 양송이와 브로콜리를 썰어 놓고 파슬리를 다지고 있었다. 혜규는 야채수프 냄비를 가스레인지 위에 올리고 불을 켰다. 그리고 냄비 바닥에 올리브 오일을 살짝 부었다.